遙遠的布萊梅

はるか、ブレーメン

重松清

王華懋——譯

U0545679

楔子

七七法事[1]和納骨[2]結束了。

我唯一的家人——阿嬤，與世長辭，平靜地啟程去了西方極樂世界。

阿嬤是在櫻樹長滿綠葉的季節過世的，而現在已是繡球花的季節了。比起櫻花，阿嬤更喜歡繡球花。繡球花不像櫻花，怒放之後隨即凋謝，即使花色轉為黯淡，仍堅毅地綻放不懈，就是這一點令人欣賞。阿嬤還健朗的時候，老是說「阿嬤不能丟下小遙一個人，得努力長命百歲才行」。

實際上，阿嬤可能是太放不下我了，即使被醫生宣告癌末，只剩下半年可活，仍繼續撐了一年兩個月。享壽七十三歲。阿嬤辛苦了。謝謝阿嬤。我由衷感謝。

把阿嬤的骨灰放進墓地以後，法事之前和骨灰罈同住了一個半月的生活宣告結束，我真的孑然一身了。

小川遙香，十六歲，高二。從現在開始，我要在屋齡三十年的透天厝一個人生活了。

因為有阿嬤留下的存款和壽險金，經濟上不虞匱乏。只要申請到獎學金、找到打工，上大學應該不成問題。寂寞和不安我也熬得過去。我完全不在乎。雖然有親戚問我要不要搬過去同住，直到高中畢業，但我恭敬地婉拒了，因為總覺得他們是在覬覦阿嬤留下來的錢。

我已經習慣孤獨了。我在三歲的時候，就被未婚單親的母親拋棄，父親一得知母親懷了我，馬上就跑了。換句話說，我現在是不折不扣的舉目無親。

法事和納骨，是住在東京的大輔前天回來主持的。大輔是阿嬤的兒子，也是我的母親大五歲的哥哥。從五年前過世的阿公還很健康那時候，大輔就一直很照顧我。阿嬤過世以後也是，如果不是大輔多次往返東京和這裡——周防市，為我跟律師還有教育委員會周旋，我現在可能已經被送進孤兒院了。

法事的時候，大輔也全家都出席了。平時兩家的往來，就只有盂蘭盆節[3]和過年，他們一家會返鄉而已，不過大輔的太太麻由子，還有表哥雄彥和表姊美結，都對我很好。

納骨結束以後，約三十名參加者分乘計程車和自用轎車，前往站前飯店的日本料理店。納骨後的素齋[4]預約和帳單，也都是大輔處理和買單。

1 原文「四十九日法要」，日本葬禮中最重要的儀式，在故人逝去的第四十九天（七七日）會安葬下土，葬儀流程也以此日作結。
2 即將遺骨安葬於墓地的儀式。
3 以七月十五日為中心的祭祖活動。日本人會在這天迎接祖先的靈魂回家，予以祭拜。
4 原文「精進落とし」，指傳統於七七法事結束後，遺族初次開葷的一餐。

「如果遇到任何困難，不管是什麼事，都要隨時跟我說。」大輔在計程車裡這麼說道。同車的麻由子也接著說「真的不要客氣喔」。「接下來妳還有升學那些問題要面對嘛。」

大輔和麻由子都很清楚我變成一個人的經緯。

直到三歲，也就是我被母親拋棄以前，我住在東京。

母親有時會帶我去大輔家，也有在大輔家拍的照片，像是麻由子抱著小嬰兒的我、大輔高高地舉起我逗弄的畫面，再大一點，也有我和雄彥、美結三個人在充氣游泳池玩水的照片……

不過，照片上看不出母親拜訪大輔的理由。

大輔只說「我忘記了」，麻由子也神情落寞地說「都是以前的事了」，結束這個話題。

不過，在我國中畢業的時候，阿嬤說「小遙也已經夠大了……」，告訴了我理由。

原來母親向大輔借了好幾百萬圓。

得知這件事以後，我再也不叫大輔「舅舅」了。如果喊他「舅舅」，就會不由自主地意識到我們的血緣關係。罪無可逭的母親身影會驀然逼近眼前，讓我厭惡萬分。

直到幾年前，母親好像還會偶爾連絡一下大輔，但她絕對不會說出她在哪裡。後來，連那些心血來潮的連絡也斷絕了，因此我也無法通知她阿嬤的訃聞。就連她是不是還活在世上，都不曉得。

母親名叫史惠。家人和要好的朋友都叫她「小惠」[5]。

這個綽號還有下文。大家會帶著親暱，並摻雜著調侃，歌唱似地說：

小惠隨風飄，悠悠晃搖搖……

母親似乎是一個沒有定性又漫不經心的人。我懂。在即將懂事的年紀被拋棄的我，對母親毫無記憶。除非是風一樣的傢伙，否則不可能會把自己親生的孩子丟給鄉下的老母，人間蒸發。

「她這孩子本性不壞。」

有一次，我聽到阿嬤在電話裡跟別人談到母親。

「這孩子從小就很悠哉，迷迷糊糊，但成績不算差，也不會惹麻煩，而且喏，我們家哥哥很懂事，所以比較小的她就變得愛撒嬌。」

實際上，大輔似乎很疼小惠，就像保鏢一樣處處護著她。

「她考上大學，跑到東京去找哥哥，之後我們就不管了，全部丟給她哥哥去照顧。嗳，我這個做母親的，到現在還是覺得很對不起哥哥和那孩子……」

就是太驕縱了。大輔也就算了，我覺得阿嬤應該對小惠更嚴厲一點才對。

儘管結果我一次都沒有當面對阿嬤這麼說過。

5 「史惠」的發音為FUMIE，原文中的綽號「ふうちゃん」（FU-CHAN）音同「小風」，故親友依她的性格，以「風」之意為她的名字編了曲子。

素齋宴之後，大輔叫了廂型計程車，說「反正去機場會經過，順便載妳回家」，除了一家四口以外，還載上了我。其實會繞滿遠的路，但大輔人就是這麼好。

計程車從飯店出發，穿過市區，爬上坡道。街景盡收眼底，另一頭則是大海。是瀨戶內海。也看得到造船廠和船塢。

裝卸貨櫃的港口碼頭上，並排著四台門式起重機。我想起阿嬤都把那些起重機稱為「長頸鹿」，阿公則會嚇唬小時候的我說「三更半夜時，長頸鹿會自己走來走去，一路散步到車站喔」，禁不住有些感傷。

「這個地方變得好老舊了呢。」大輔低聲道。「現在人口多少？」

「應該十三萬還十四萬人。」

「這樣啊，那也沒有減少多少呢。以前也差不多是十五、六萬人。」

「可是，平成的時候和周邊很多城鎮合併，所以範圍變得很大。」

「說得也是，那人口還是變少了呢。」

周防市是當地代表性的工業都市。海岸地區化學工廠林立，造船廠和船塢隨時都有正在建造或修繕的大型船隻。由於有許多三班制工作的員工，即使是大白天，居酒屋街也生意火熱。不過這都是遙遠的過去，大輔和小惠小時候的事了。

計程車抵達家門前，大輔全家都下車和我道別。

我和讀大一的美結擁抱，和大三的雄彥擊掌，麻由子雙手握住我的手，說：「那，盂蘭盆連假再見囉。」

今年的盂蘭盆節，會是阿嬤的「初盆」。大輔說，他會負責從東京連絡寺院、供奉燈籠等等。一切都安排得無微不至。

然後大輔讓麻由子她們先回車上，清了一下喉嚨，鄭重其事地說：

「高中畢業以後要怎麼打算，妳隨時都可以來跟舅舅討論。」

高中畢業後要怎麼辦……？

我打算升學，但還沒有決定要讀當地的大學，還是報考東京或大阪的學校。

「妳現在才高二第一學期，所以還不用急，不過也得考慮一下這房子以後該怎麼處理。」

說到「這房子」，大輔抬頭看向二樓。

「老實說，目前我完全沒有搬回周防的打算，而且我退休以後，雄彥和美結搬出家裡，我八成——九成九也會繼續留在東京，在那裡終老一生。不好意思，我對這個家沒有任何留戀。」

現在的家，是阿公阿嬤後來新買的房子，並不是大輔出生成長的家。

「小遙也是，雖然現在說這個還太早，但不管是考大學，還是以後找工作，都沒必要被這個家綁著。如果妳想讀的大學在東京，不用客氣，搬來東京就行了，或是大阪、京都，甚至要出國唸書也行。這是妳的人生，去妳想去的地方、做妳最想做的事吧。」

說來抱歉，實際上在周防的通學範圍裡，也沒有半間我想讀的大學。

「要去都市唸書的話，那段期間，這房子不管是要空著還是租人都可以……視情況，我覺得妳高中畢業時就可以把它賣了。」

所以，不必有「要守住這個家」、「要繼承這個家」的壓力——大輔是在預先告訴我這一點。

我默默地輕輕點頭，不曉得該說「謝謝」還是「對不起」。

「這也是妳阿嬤的遺言。」

「是這樣嗎？」

「是啊，我想七七也過了，可以跟妳說了。」

阿嬤過世不久前，等於是大輔最後一次探望還有意識的她時，兩人趁著私下獨處的機會，討論了我的事。

一開始是聊起往事。

「阿嬤說，小遙從小就喜歡眺望遠方。說妳不是看著眼前的景色，而是看著更遠的地方……就坐在二樓窗邊，目不轉睛、不厭其煩地看個不停，就好像看得到天空上面有什麼似的。」

確實如此。這個家蓋在半山腰上，因此景色絕佳。二樓不用說，光是走出庭院，眺望街道、大海和藍天，一、兩個小時一眨眼就過去了。

「妳阿嬤說，」大輔接著道。「那孩子或許想要去遠方。」

又說：

「果然是小惠的女兒啊……」

我的母親也如同「小惠隨風飄，悠悠晃搖搖」的鼓譟聲，就像被風吹起的氣球般，飄到遠方去了。

當時阿嬤說到這裡，似乎頓住了，突然老淚縱橫起來。

「妳阿嬤本來應該不想講小惠的事吧。但不小心提到她的名字，一下子百感交集了。」

「……嗯。」

「掉了一陣子眼淚後，妳阿嬤對我說，小遙想做什麼，都讓她去做吧。如果她想去遠方，就讓她去吧……」

我也覺得這樣才對——大輔補了句。我沉默著，比剛才更輕微地點點頭。

「噯，妳現在才高二，不必急著做決定。覺得迷惘的話，隨時都可以來找舅舅，只要是妳好好想過再決定的事，舅舅都會支持。」

大輔再次叮嚀，留下一聲「再見」，不待我回話，就返回計程車上了。

目送計程車駛離後，我回到家裡。

我習慣性地看了一下信箱，忘記今天是星期天，郵差沒送信，卻發現裡面躺著一封信。

上面蓋著限時印章，收信人欄以手寫字寫著〈貴戶長收〉。翻到背面一看，寄件人也是手寫字：

〈布萊梅旅程　葛城圭一郎〉。

我用警覺百分百的眼神盯著擱在餐桌上的信封。

阿嬤在與病魔對抗時，家裡曾收到一大堆癌症治療法的廣告信，甚至還有推銷電話。不光是業者，也有許多認識的人推薦可疑的能量水和能量石。阿嬤不玩社群媒體，但如果她有帳號，情況一定會更可怕。

就連過世以後，也有人推銷「要不要把骨灰做成項鍊？」「低價代客處理遺物」……昨天也才剛接到佛具行的推銷電話而已。

所以這封信也很可疑。

不過住址和姓名是手寫的，信封也不是公司信封，而且還是用限時寄送，或許不是廣告信。上面的細簽字筆字跡，雖然遠遠稱不上秀麗，但也不是一口氣抄寫幾十封的感覺。

布萊梅旅程——

我用手機上網查了一下，沒有半個符合的結果。既然叫「旅程」，應該是旅行社，但有可能連個官網都沒有嗎？

地址是東京都澀谷區。位於都心的公司，怎麼會特地用限時寄信到接近本州西端的城市？而且什麼叫「貴戶長收」？不知道住戶的姓名嗎？還有，郵戳是周防市郵局。東京的人跑來周防這裡，不是登門拜訪，而是寫信寄過來……？

而且地址還寫錯了。但也不算錯。郵差用紅筆附上了正確的地址。信封上寫的，是許久以前，這個地區的地址尚未變更時的舊地址。

莫名其妙。

布萊梅，是格林童話《布萊梅的音樂隊》裡的布萊梅嗎？

葛城圭一郎。沒聽過的名字。葛城、葛城、葛城，我在嘴裡喃喃了幾次，卻勾不起任何記憶。

無所謂，我才不怕！

我這麼告訴自己，把信封拆開來。

信件措詞非常有禮。

葛城圭一郎這個人先為突然來信致上歉意，並確定我家的地址。「周防市山手三區778」——信封上的收件地址，是昭和時代的寫法，現在已經改為「周防市山手東7丁目7番地之8」了。雖然算是比較容易推測的住址變更，但正確送達的郵差真是太厲害了。

布萊梅旅程果然是一家旅行社，業務是客製化個人旅遊，他說自己為了達成目前負責的客人的要求，而寫了這封信。

要求的內容是——

〔我負責的顧客，約四十年前住在該地址。顧客的希望是拜訪當時的住處。〕

當然，那已經是四十年前的往事了，對方也不認為原住處還在。

〔不過在客戶的記憶中，從那裡望出去的景色非常美麗。即使建築物已經不同了，仍強烈地希望能夠再次回味那幅美景。〕

能否請貴戶同意我的顧客拜訪府上？第一頁信紙的末尾如此詢問。

讓人家回味一下景色罷了，也沒什麼不行吧。我這麼想著，繼續翻開第二頁，很快地叫出聲來：「咦？真假？」

〔我清楚這是極為唐突的不情之請，但如果能夠，是否能讓我的客戶在府上住宿幾天？當然，我們會提供謝酬。〕

客戶是八十五歲的老婦人，由兒子陪伴。

〔雖然有些失智症狀，但有兒子照顧，應該不至於對府上造成太多的麻煩。〕

葛城從週末就來到周防了。他說明天傍晚會來拜訪，希望到時能得知我的意願。

〔當然，也可以在府上以外的地方見面。無論如何，都敬請與我聯繫，不勝感激。〕

信件結尾附上了手機電話號碼和電子郵件信箱。

第一章

1

葛城圭一郎準時現身在家庭餐廳。

是分秒不差的「準時」——擱在桌上的手機時鐘顯示從「16:59」變化成「17:00」的同時，店面自動門打開，一名提著公事包的高瘦男子走了進來。

一眼望去，我立刻就知道是他。

昨天電話討論見面的地點和時間時，我問「有什麼信物或特徵嗎？」，葛城說「我會穿全身黑色的服裝拜會」。

梅雨季穿一身黑……？不會太熱嗎？

「是公司制服嗎？」

「不是的。」

「那，你喜歡黑色打扮？」

「唔，可以這麼說。」

葛城的嗓音低沉從容，卻一點笑意也沒有。不曉得是生性冷淡，還是公事公辦，總之不是那種會跟人聊開的語氣，感覺陰森之氣都從電話彼端乘著5G電波飄過來了。

這樣的印象在實際見面之後，變得更強烈了。葛城穿著黑色西裝外套和長褲，底下是深灰色襯衫，偏長的瀏海垂落在額前，明明看上去才三十開外，還很年輕，那副相貌卻死氣沉沉。若要比喻，活脫就是個「現代死神」。

葛城在我斜對面落坐，首先為冒昧寄信的舉動鄭重道歉。接著，他再次確定昨天我在電話裡說明的狀況——身為戶長的阿嬤四月過世，現在家裡只有我一個高二女生——然後挺直了身體，說「請節哀順變」。

好有禮貌。他沒有因為我是高中生就態度隨便，而是認真面對。

不過有個地方我很在意。我指著葛城放在桌上的名片，確定地問：「你說你們是旅行社，可是我找不到你們的官網，我覺得這年頭很罕見。」

葛城沒有回應，我接著又說：

「還有，旅行社是要登記的對吧？我看過廣告或介紹行程的小冊子，上面都有旅行社的登記編號，但這張名片上什麼都沒有。為什麼？」

葛城幾乎是當下回答：

「因為我們沒有登記。」

「呃，也就是……地下旅行社？」

雖然這說法頗為失禮，但葛城面不改色，沒有計較，喝了口從飲料吧裝來的氣泡水：

「正確地說，我們並非旅行社。只是在協助客戶的過程中，有時會代為安排車票或住宿而已。」

「協助？協助什麼？」

「五花八門。比方說，有些客戶就像這次一樣，想要回到以前住過的家，也有些客戶想要和老朋友重聚。我們的工作，就是協助客戶達成心願。」

「布萊梅是格林童話《布萊梅的音樂隊》的布萊梅嗎？」

「您知道？」

「只知道大意。」

上了年紀無法工作的驢子，受不了飼主的虐待，離家想要前往布萊梅鎮加入音樂隊，在路上遇到際遇相似的狗、貓和雞，於是一起前往布萊梅鎮。路上，正在森林裡休息的時候，發現一群盜賊正在一戶人家大開宴會。原來那裡是壞人的大本營。

正餓著肚子的驢子們想要坐享宴會上的佳餚，便想出計策，合力扮演怪物嚇人。計畫大獲成功，盜賊軍團嚇得落荒而逃，驢子們得到了美食。然而，盜賊們為了奪回大本營，三更半夜派了一名探子潛入屋內。不過，驢子們漂亮地擊退了探子，此後便一起過著幸福快樂的日子。

「《布萊梅的音樂隊》，和你們公司的業務有什麼關係嗎？」

葛城沒有回答我的問題，而是說：「既然您知道故事大綱，應該就能明白。故事最後，動物們去到布萊梅鎮了嗎？」

「……沒有。」

最後一幕的舞台是森林裡的屋子，因此驢子們並沒有抵達布萊梅鎮。

「我們的客戶也是，他們的目的地，是到不了的地方。」

布萊梅鎮，就是到不了的地方。

布萊梅旅程的客戶，是在前往到不了的地方——

而葛城的工作就是協助客戶，因此才會寫信到我們家。

「您瞭解這樣的比喻了嗎？」

我用力搖頭：

「完全聽不懂。」

我老實地說，葛城也道「說得也是呢」，第一次顯露笑意。

不過那距離笑容差得遠了，僅稍稍沖淡了他宛如烏雲密布的陰沉氣質。

「小川遙香同學……我可以稱呼您遙香同學嗎？」

我點點頭說「當然可以」。要叫我「小遙」也可以。

「遙香同學很成熟，一點都不像高二的學生呢。」

「咦，我有那麼老氣嗎？」

「……不是老氣，能發現名片上沒有旅行社的登記編號，真的很不簡單。」

這是稱讚嗎？

「碰面的地點也是，我提議在我住宿的飯店休息室，您卻指定家庭餐廳。您認為在我住宿的飯店見面，等於是隻身前往客場，會落入被動狀態。這也不是一般學生辦得到的事。」

確實，昨天葛城在電話裡提議在飯店休息室見面。但我拒絕的原因，並不是什麼進入客場這類深奧的理由。

而是我跟葛城見面的時間是放學後，身上還穿著高中制服。穿制服的學生上家庭餐廳天經地義，但是在飯店休息室就太惹人矚目了——惹人矚目的不是我，而是另一個穿制服的人——隔著通道，更裡面的第二張桌子，坐著穿制服的同班同學自裕。他耳朵插著耳機，一臉發呆地滑著手機，喝著檸檬口味的零卡汽水。

不過他用耳機聽的不是音樂，而是透過我的手機麥克風傳過去的，我和葛城的對話。自裕的座位在葛城的斜後方，是可以跟我交換眼神的角度，但我不能隨便亂瞄他。葛城雖然陰沉，但似乎並不內向，眼睛直盯著我看。如果我的眼神有任何可疑，他立刻就會發現吧。

總之，自裕沒有從手機螢幕抬頭，我也只能先聽聽葛城怎麼說。

「就如同我在昨天的信上寫的，我們無論如何都想要為客戶實現願望。」

「如果不能實現，會怎麼樣？被罰款，還是有違約金嗎？」

葛城搖搖頭，說：

「只是會讓客戶留下遺憾。」

「……我想也是。」

想要到我們家小住的，是一位姓村松的八十五歲老婆婆——這個年紀，已經沒辦法輕易說什麼「等下次機會」了。

「是想要從我們家的窗戶，再次看看周防的街景是吧？」

這點小事的話，我是無所謂，但村松阿嬤說想要住上幾天。這樣的話，至少也得先聽聽理由再說。

聽到我的要求，葛城的口中突然冒出意外的詞彙：

「遙香同學知道走馬燈嗎？」

「人死之前會看到的那個嗎？」

「是的。原本是一種比喻，因為人死前一刻，會看到這一生的各種場面，就像走馬燈一樣。」

他接著說：

「村松女士現在正在進行旅程，好打造出在生命最後一刻觀看的走馬燈。」

「停。」我舉手打斷葛城的話。

「打造」走馬燈？這是什麼意思？

……在追問這點之前，仔細想想，關於「走馬燈」，我也只知其名而已。就算在小說裡看到「過去的場景如走馬燈般逐一浮現」的句子，也從來不會實際去想像它長什麼模樣，而是直接帶過。

「我查一下，可以等我一秒嗎？」

我火速用手機上網搜尋。

走馬燈是一種會旋轉的燈籠。原本是中國的東西，在江戶時代中期傳入日本，成為庶民夏季的娛樂，大受歡迎。

燈籠是雙層的，有內框和外框。會旋轉的是內框，最近好像是用電池轉動，但古時似乎是利用燭火加溫空氣，讓上升氣流轉動軸心正上方的風車。

框一旋轉，畫在紙上的圖畫便會跟著旋轉，剪影投射在外框的紙上。也就是說，人死前一刻看到的各種場面，就如同那些剪影吧。

我看了圖片，以及實際旋轉的影片。理解了走馬燈的實物之後，放下手機，重回正題：「讓你久等了。」

結果葛城突然問我：

「有沒有人說您滿古怪的？」

「我嗎？」

「是的。學校朋友或老師。」

「這……」

可能有吧。遇到好奇的事，我就忍不住要調查，遇到無法接受的事，也不想用一句「算了隨便」帶過。小時候，我常被老師提醒「現在先跟大家做一樣的事，晚點再自己回去查」。

葛城說「這不重要」，用氣泡水潤了潤喉，繼續說下去：

「村松女士的走馬燈中，在周防生活的歲月場景是不可或缺的。不過，現在還不清楚那是怎樣的場景。」

因此想要在我家暫住一段時間，探索遺忘的記憶。

我總算漸漸看出端倪了。

打造走馬燈之旅，也就是回溯記憶的旅程吧。

已經八十五歲，也開始有些失智的村松阿嬤，在兒子的協助下，拜訪過去居住的地方。由布萊梅旅程負責規劃這場旅程，承辦人是葛城。

「……是這樣對吧？」

「您這樣的理解沒有錯。」

「有沒有人說你滿怪的？」我決定回敬一下。

「怎麼說？」

「回答有夠拐彎抹角的。」

「您的回答沒有錯，所以我這樣說，如此罷了。」

「這種時候，一般只要說『沒錯』兩個字就夠了吧？」

在葛城斜後方，用耳機聽我們說話的自裕，也點著頭表示：對啊，就是說嘛。

然而，葛城正色道：

「雖然沒有錯，但也不算對，所以我才這麼說。」

「……不算對？哪裡不對？」

「我說的走馬燈一詞，並不是用來比喻回憶。我希望您把它視為原本的意義，也就是在人生最後一刻看到的場景。」

「怎麼可能知道會看到什麼？」

「就是知道，才會安排旅程。」

葛城冷冷地回道，並拉回話題：

「言歸正傳，關於讓村松女士小住的謝酬……」

他提出一個以暫住一星期而言高得不合理的金額。自裕也在我的視野一隅瞪圓了眼睛。

「謝酬我們會先支付，即使沒有住完全程，也不會要求退還。若您希望，我可以現在立刻付現。」

葛城就要打開公事包。

我連忙伸出雙手在臉前亂揮。要是收取現金，就是成捆鈔票了。我從來沒看過，也沒摸過成捆的鈔票。

「那麼，我會用匯款的。」

「好的……麻煩了。」

結果，在對方主導下，事情兩三下就說定了。

不過，嗯，這也沒什麼不好——我看得很開。其實我並不排斥這樣的發展，就好像用擲骰子或轉輪盤來決定前進的路。短短幾小時前，連做夢都想不到會變成這樣的狀況，還滿好玩的。

葛城也第一次露出滲透著喜悅的笑容，說「村松女士也會很開心的」。

村松阿嬤的旅程，都是前往各地逛個幾天，再回到東京的養老院休息，如此反覆。聽說因為丈夫的工作經常調動，因此她在全國各地都有回憶。而這每一段回憶，將會轉化成她的走馬燈圖像。

「要看村松女士兒子的工作安排，因此沒辦法說來就來。最快可能也要這週末。遙香同學的行程有辦法配合嗎？」

「嗯，我都可以。」

「我會先趁今晚回去東京一趟，之後再帶著村松女士過來。我再和您連絡。」

葛城喝光杯裡剩下的氣泡水，抽出兩張千圓鈔票放到桌上，站起來。太多了。兩人份的飲料吧，一千圓就夠了。我想把其中一張退還，他伸手制止說：

「後面座位的同學也請讓我請客。」

被識破了。透過耳機聽到這話的自裕因為驚嚇過度而怪叫著，差點滑下座椅。

葛城看也不看自裕那裡，默默地離開餐廳。他的背影直到最後都一樣陰沉。

2

自裕去飲料吧又裝了零卡汽水續杯後，移動到我的桌位來。即使被葛城臨去的一句話驚嚇，也不忘補充檸檬汽水，他就是這麼樂天，這麼大而化之。最重要的是，他行動力十足，好奇心旺盛，不管拜託他什麼，基本上都會打包票答應。

布萊梅旅程的事實在是太可疑了，為了保險起見，我想要找個朋友陪我一起來。至於人選的優先順位，比起可靠度，我更重視不必麻煩地解釋，因此自裕是不二人選。

「天哪，嚇死我了。那個叫葛城的人太厲害了，好像武術達人還是殺手喔。」

自裕不說這個土地的方言，我也是。我討厭方言。雖然宮澤賢治的童話或詩作裡的方言，或他自創的、代表理想鄉之意的「伊哈托布」等詞彙我很喜歡，但總覺得如果說當地方言，就會連內心都染上當地的色彩。

阿公阿嬤對這樣的我很傻眼，也很擔心，說「入鄉就要隨俗啊」、「妳不是從懂事的時候就住在周防了嗎？說周防的話，不是天經地義嗎？」也許兩人聽到東京腔，就會想起小惠，所以才感到排斥也說不定。

相對地，自裕不說方言的理由更為直白。

自裕從小學就立志要成為名人，總是全力以赴「為成為名人的那天做準備」。

「因為東京腔不是日本的標規嗎？反正都要配合東京，趁早習慣當然比較好哇。」

國三的時候，自裕的格局變得更為壯闊，想要一整天都用英語對話，然而不管遇到任何場面，他都只說得出「噢、耶」，輕易就被世界的高牆給反彈了回來。

真是個怪胎。就連青梅竹馬的我，有時都跟不上他的怪。

最極端的就是名字。自裕在上高中的時候改名了。正確地說，是擅自改掉名字的讀音。

北嶋裕生——KITAJIMA HIROKI，變成了KITAJIMA YUKI。理由是私人物品上的姓名縮寫，比起「H・K」，「Y・K」更要帥氣許多，發音也是，他說YUKI聽起來比HIROKI威風多了。

換言之，他的「自裕」，是「自稱YUKI」的簡稱。

當然，KITAJIMA YUKI完全是自稱。本人雖然想要改掉學生名簿上的名字讀音，但立刻就被打了回票。

我們學校——縣立周防高中，原本是戰前的舊制中學，而且是源自於江戶時代的藩校[1]，歷史悠久，是被當地稱為「周高」的名門高中，也因此校風保守，不懂得幽默……應該說，任何學校都不可能同意這種任性的要求。

結果他的正式姓名依舊是KITAJIMA HIROKI，KITAJIMA YUKI被當成自稱。朋友間的綽號也是，因為有幾個人的名字真的就叫「YUKI」，或也有人叫「YUYA」或「YUHEI」，實在不好亂冒名，因此在前頭加上了「自稱」，變成了「自裕」。

可是到了高二的現在，幾乎所有的人都習慣了「自裕」這個稱呼，甚至忘了它的由來，就連老師也在不知不覺間叫他「自裕」。他就是這種得寵的個性。

不過姓名縮寫帥不帥、發音響不響亮，其實都是後來才加上去的藉口。

我知道真正的理由。

自裕本來有個哥哥。沒錯，是「本來」有，現在沒有了。他的哥哥在三歲的時候過世了。好像天生心臟和腎臟就有缺陷，父母也早有心理準備，知道這個孩子可能活不到成年，所以極盡寵愛之能事。哥哥的名字叫「裕」，發音是「HIROSHI」。

哥哥裕過世幾星期後，發現母親懷孕了。對於深陷在喪子之痛的父母而言，這一定是意想不到的希望之光。許多親朋好友都對父母說：

1　日本江戶時代，由各地方政權（藩）所設置的教育機構。

「一定是小裕來投胎轉世的」、「他想要用健康的身體，再次回來當爸爸媽媽的孩子」、「太好了」、「太棒了」、「又能見到他了」、「又能和他重逢了」——人們立意良善、毫無惡意、不負責任地說。

生下來的是男孩。雖然不清楚他們是否真心相信那是死去的孩子投胎轉世，但兩人將嬰兒命名為「裕生」。和哥哥一樣的「裕」，加上「生」，讀音是「HIROKI」。

「我的名字是哥哥用過的，就只差一個字而已。」

小學的時候，當時綽號叫「小裕」（HIRO-CHAN）的自裕對我說。即使語帶玩笑，臉上也掛著笑，但我覺得其實他很不服氣，也很難過。所以才沒有把自己名字的由來，告訴莫逆之交的我以外的朋友。

不過，小學時候，連自己都還沒辦法釐清自己的感受，只覺得「HIROKI」這個名字就是跟自己不搭調，像是借來的東西，格格不入，卻又不知道該如何用言語來表達。

到了國二、國三，也就是來到比女生更晚一些的「難搞青春期」，他才終於發現自己的感情。

「我知道了，我是討厭這個名字。」

所以才會在上高中的時候，想要把自己的名字從「HIROKI」改成「YUKI」。

因為改名風波，接到學校通知的自裕的父母驚訝萬分，同時低調地傷透了心。兒子居然討厭自己的名字，這是父母萬萬沒有想到的事。

「為什麼都不跟你爸媽說？」

我驚訝地問，自裕滿不在乎地說：「說了我爸媽會難過啊。那樣他們太可憐了，我怎麼可能說得出口？」

我不懂。突然接到學校電話說「你們兒子想要改掉名字讀音」更令人震驚，也更受傷吧？但自裕的說法是，「要是我當面跟他們這樣說，那不是鬧著玩的吧？老師替我說才好。」

一般來說，這會被指責為「奸巧」吧。但青梅竹馬的我很清楚，自裕就是這種個性。

悠哉、大而化之，總是笑咪咪的，有顆溫柔的心。有時我覺得他的肚量超級大，有時又覺得那肚子就像篩網，重要的東西都漏光光了，但他也經常對我覺得根本無關緊要的小事計較到不行，實在有夠複雜。

他總是我行我素，也經常耍白目，惹來眾人側目，小學高年級的時候還遇過霸凌。幸好沒有演變成嚴重的情節，但那也是多虧了我簡單粗暴地用飛踢和拳頭告訴霸凌的那群人「你們少幹那種垃圾行徑」。不過，本人完全不曉得我的辛苦，只是溫吞地笑說「最近好像滿和平的耶」。

自裕就是這種個性。所以沒有對父母說出名字的事，自有他認為正確的道理吧。即使全天下都不認同，我仍對他說：「既然你這麼決定，這樣就好了吧。」

自裕也笑道：「我就知道小遙懂我。」

自裕活在最可愛的三歲年紀便離世的哥哥陰影之中，而我在最可愛的三歲年紀就被母親拋棄，我們一定是孤單兩相好。

自裕完全被布萊梅旅程這件事給吸引了。

「村松阿嬤來的時候，我也可以跟妳一起嗎？」

「你來幹嘛？」

「因為死前看到的走馬燈很有意思啊，而且葛城先生知道走馬燈會出現哪些場面不是嗎？那我也想看一看。」

「看自己的走馬燈嗎？」

「不是啦，」自裕天真地一笑，說：「我想看我爸媽的走馬燈。一定有跟我死掉的哥哥在一起的場面，所以我很好奇那是怎麼樣的場景。」

表情開朗、語氣活潑，看不出一絲彆扭的陰影。也因此更讓人感到心痛。

「倒是，原來妳們家以前有人住喔？我第一次知道。」

「聽說是我出生四、五年前買的中古屋。」

「也就是……」

「二〇〇〇年秋季或是冬季。我阿嬤說，她在二十世紀最後的大工程，就是翻修水電和屋頂，還有搬家。

「妳記得買的時候屋齡是多久嗎？」

「阿嬤過世半年前左右說過，『我們家也已經三十年了，是不是該趁著還有力氣的時候把它賣了，搬去公寓』……所以買下來的時候，屋齡應該十年左右。」

因為想起了生前的阿嬤，我一陣感傷。

阿嬤和病魔對抗了一年兩個月，期間總共住院了五次。第四次出院時，阿嬤振奮起全副精神和體力去找房仲，討論換屋的事。自己已經來日無多，不想在身後給外孫女留下困擾，想要趁生前把能辦的事辦一辦。然而，還沒談到具體細節，阿嬤便第五度住院，就這樣再也沒有回家。

阿嬤一定留下了許多遺憾。我的事就不用說了，沒有見到小惠最後一面也是。

阿嬤嚥氣的最後一刻，看到了怎樣的走馬燈呢？上面全是幸福快樂的景象……這樣期望，果然還是太天真了嗎？

「哈囉——回來喔——」

聽到自裕的聲音，看到手在眼前揮舞，我回過神來。

「我算了一下，二〇〇〇年的時候屋齡十年的話，是在一九九〇年左右蓋的吧？然後村松阿嬤住在周防的時間，是一九七〇年代後半嗎？所以已經不是同一棟房子了。從窗戶看出去的景色一定也跟當時相差很多，這樣也行嗎？」

「聽說只要能勾起回憶就可以了。」

「唔……這走馬燈太深奧了。」

自裕交抱起手臂笑道。

是你的反應太輕浮了——我在心裡吐槽，但又有些認真地覺得，也許身邊最好能有個這樣的人陪伴。

3

後來說定，村松阿嬤和兒子將在葛城陪同下，於星期六的下午兩點左右過來我家。對方說不需要特別準備，因此我只是比平時更認真打掃一下而已。反正房子跟村松阿嬤住在這裡的時候都不一樣了。

更重要的反而是戶外——庭院和二樓窗外的景觀。村松阿嬤也是忘不了那些景色，才會來到周防的。

然而，不巧的是，星期四和五連續下了兩天的雨。因為正值梅雨季，這也是沒辦法的事，但難得村松阿嬤來，我希望她能盡情欣賞街景。村松阿嬤已經八十五歲了，不太可能叫她等到天氣好一點的季節再來吧。這場打造走馬燈的旅程，可能是她人生最後一趟旅程了。

星期六早上醒來一看，雨已經停了。半夜口渴醒來時還有聽到雨聲，應該是凌晨的時候停的。

也就是說——

我下了床，打開窗簾。

我的房間在二樓，景觀比庭院更好，能夠將周防的街區盡收眼底。現在那片街區被宛如乳白色靉靆般的朝霧所籠罩。果然放晴了！我忍不住握拳叫好。

雨後的早晨總是會起霧。從山手地區這裡居高臨下，望去的朝霧氤氳的市區景致，雖然不足以成為觀光亮點，仍然令人驚艷不已。

這不是隨時都能看到的。雨停的時間、風向、風速、氣溫和濕度等等，只要一樣不對，就不會形成完整包覆市區的美麗霧靄。

今早的太美了。美極了。號誌的紅燈或綠燈暈染在霧氣之中，柔柔地擴散開來。林立的高樓和新幹線高架橋、貨櫃工廠等等，在或濃或淡的霧氣中若隱若現，簡直就像幻想中的城鎮。

但這幕情景並不長久。霧氣會隨著烏雲散去、太陽升起，而一起消失。實在撐不到村松阿嬤來訪的下午啊。

真想讓她看看。村松阿嬤住在周防的時候，應該也曾在雨後的清晨看過這般景色。只要看到懷念的畫面，或許就能勾起遺忘的記憶。

我打起精神，再次眺望街景。

奼紫嫣紅的街道，隔著一層乳白色的朝霧，顏色也變得柔和、端莊……

色彩消失了。

眼中所見的一切只剩下黑白兩色。

世界變成單色了。

咦？怎麼會？我驚訝地揉揉眼皮，用力眨了幾下眼睛，沒事，世界又恢復成原本的色彩了。

啊，嚇我一跳。可能是剛剛不小心睡著一下，神智不清。在搞什麼啊？我自己笑自己，離開窗邊，去盥洗室刷牙的時候，已經把這個小小的異變完全拋諸腦後。

過了正午，葛城從新幹線上打電話過來。他說，他帶著村松母子，剛剛在廣島從「希望號」轉乘「櫻花號」。廣島到周防車程不到一小時，所以一點左右就會到了。

他們會在站前的飯店稍事休息，再前來我家。

「應該會如同預定，在兩點左右抵達，遙香同學那裡沒問題嗎？」

「是……」

應話之後，我轉向背後，穿著T恤、短褲的自裕，用雙手打了個叉。

不要提到我——

我點點頭，對葛城說「我等你們來」，掛了電話。

早上還不到九點，自裕比約好的時間大幅提前，按了我家門鈴。

「趁著客人還沒來，把屋裡打掃乾淨吧！」

自裕背著一個大托特包，裡面的打掃工具都快滿出來了。

我已經把客廳和飯廳打掃過了。葛城說不需要特地準備什麼，但我用匯進銀行戶頭的謝酬買了新的客用寢具，供村松母子使用。我覺得這樣就已經仁至義盡了。

「一點都不夠好嗎？」

自裕甚至帶了磁磚除霉劑。這人粗枝大葉，卻有潔癖；悠哉樂天，卻一絲不苟。

他說要打掃浴室和廁所，還有時間的話，也想刷一下廚房水槽。他得意地亮出昨天在居家賣場買的檸檬酸噴劑，笑道：「聽說頑固的水垢噴一下就能清除了，來試試吧！」

雖然覺得他根本忘了來我家的最初目的，但總之自裕就是這種人。

「不過，我覺得對阿嬤來說，與其坐新幹線，搭飛機比較輕鬆耶。」自裕邊用蓮蓬頭沖洗刷乾淨的浴缸邊說。「搭新幹線，要花兩倍以上的時間不是嗎？」

「是啊……」

被分派到浴室鏡子的我，繼續動著拿海綿的手，點點頭。

從東京到周防，即使搭乘一天僅有數班的直達「希望號」，也要四小時以上，若是中途換車，就要將近五小時。

但是坐飛機的話，從羽田機場出發只要一小時二十分，從周防機場到市區，開高速公路不用三十分鐘。

但葛城先生刻意讓松村母子搭乘新幹線移動。

「他說要盡量照著過去的方式，讓客戶沉浸在懷念的感覺裡。」

村松阿嬤住在周防的時候，新幹線是主要的交通工具。連接機場和市區的高速公路尚未興建，唯一的路線是翻山越嶺的國道，許多路段大型車輛無法交會。而且，當時的飛機機型是速度緩慢的螺旋槳飛機，只有早晚各一班，同時機票也很貴，在當時的觀念裡，飛機的定位是奢侈的交通工具。

「怎麼說……總覺得已經超越回憶的範圍，幾乎是日本史了。」

確實或許如此。村松一家人住在周防的時間，是一九七四年四月到一九八一年三月的七年間——對十六歲的我和自裕來說，想像四十多年前的世界，還是太困難了。

鏡子擦好了，卻立刻被挑剔了。角落的水垢好像根本沒清乾淨。

清潔完浴室後，我們提前吃了杯麵當午飯，接著自裕便著手刷洗廚房水槽。

我本來想幫忙，卻被嫌棄說「流理台很多細節要注意，我一個人就行了」。

「小遙，如果妳很閒，去整理庭院陽台怎麼樣？」

「怎麼會變成你在指揮？」

「反正村松阿嬤會去庭院吧？既然如此，整理得乾淨一點，也比較容易想起往事吧？」

「唔……也許吧。」

陽台雜亂地堆置著空花盆、花灑、水桶、園藝鏟子等等。阿公看電視購物台，衝動買下的汽油罐型燻製器，也丟在那裡任憑風吹雨打。原本是白色，被泥巴染成灰色的塑膠花園桌椅，則是阿嬤買的。我也有份，小學騎的單輪車錯失了送交大型垃圾丟棄的時機，就這樣一直置之不理……光是把這各種雜物堆到陽台角落，或是移動到不顯眼的地方，確實印象就會大不相同吧。

我走出庭院。周防的街景自然而然地映入眼簾。先前宛如幻想景致的朝霧老早就散去了，然而卻也不是朝氣蓬勃地讓人感受到現實的躍動，感覺整座城鎮正安靜地午寐著。

我一邊收拾陽台，不時眺望街景，尋思起來。

比起村松阿嬤住在這裡的時候，這座城市無疑蕭條了許多。變得疲憊、陳舊、老態龍鍾。看到周防現在這個樣子，對村松阿嬤真的好嗎？

是不關我的事啦。我抖擻精神，將視線移向種在地面的繡球花。由於一路下到今早的雨，花朵的藍顯得鮮嫩欲滴，非常美麗。

好想快點讓村松阿嬤看到。才剛這麼想，下一秒——

花的顏色驀地消失了。葉子、莖、地面、街景、天空，所有的顏色同時消失了。

又變成了黑白的世界。

和早上一樣，我揉眼皮並用力眨眼，色彩很快就恢復了。但是和早上那次不同，沒辦法用可能睡迷糊了來自我安慰。

果然不對勁。怎麼想都很奇怪。是眼睛出了什麼毛病嗎？

我匆匆結束陽台整理，回到客廳，喝著冰箱裡的麥茶，設法讓自己鎮定下來。這時，正在用舊牙刷刷水槽水龍頭的自裕問：「怎麼了嗎？」

「咦？」

「妳有點沒精神，想說妳怎麼了。」

我連一句話都沒有說，而且專心打掃的自裕甚至沒有回頭。但自裕有著神祕的敏銳直覺。

我坐到飯廳椅子上，對著自裕的背影說：「我可以說嗎？雖然你可能不會信。」

「請說。」自裕繼續打掃，隨口回應。「不過大部分的事我都會信啦。」

確實，自裕是那種每次看到網路上瘋傳「富士山即將爆發」的末日流言時，都會深信不疑的人。

但這麼扯的事，他應該不會信吧……我這麼想，說出顏色消失的事。

是喔，嘿，這樣喔——自裕的附和很輕描淡寫。他的注意力都放在打掃的手和眼睛，而不在聽我說話的耳朵上吧。他正在用牙刷仔細地刷洗水龍頭細微的接縫及凹凸。

我說完之後問：「我是不是應該去眼科檢查一下？」

他這才回過頭來說：「不用吧？」

「咦……可是……」

「我有時也會這樣，顏色突然不見。」

「什麼？」

「應該說，這很普通吧？」

自裕一本正經地說。

「雖然沒辦法控制，但有時候世界會突然變成黑白的，然後很快又變回來。就跟妳說的一樣。」

「你是說真的嗎？不是在鬧我吧？」

「當然是真的啊。妳這麼苦惱，我鬧妳幹嘛，居然講這種話，把我當什麼了？」

自裕突然生氣了。我真心道歉：「對不起……」可是，也因為自裕動怒，讓人覺得不無可疑。

「你從什麼時候開始會這樣的？」

「從小就會。所以我一直以為這很正常。」

小心，要小心，提高警覺！我告誡自己。

「欸，那你是在什麼時候世界會變成黑白色？」

追問細節，只要有任何一點矛盾，就惡狠狠地吐槽他——

自裕以細心的動作用牙刷刷洗著，說：

「難過的時候。」

他停頓了一拍呼吸，接著又說：

「想到我為什麼會出生的時候。」

他背對著我，低低地這麼回道。

「我都不知道……」

我喃喃道，又加了句「對不起」。這次是更真誠的道歉。

「沒什麼好道歉的吧。」

自裕背對著我說。明明應該是沉重的告白，語氣卻很明亮、輕鬆。

「可是我都不知道。」

「我又沒說，妳怎麼可能知道。」

「是這樣沒錯，可是……好像逼你說了傷心事。」

「是我自己要說的，妳沒必要道歉啦。」

而且——自裕放下牙刷，抓起抹布接著說：

「反正是假的嘛——」

「蛤？」

「世界突然變成黑白的，那不是很糟糕嗎？妳真的最好趕快去看眼科。」

我帶著嘆息，瞪著抹去水漬準備完工的自裕的背影。

果然是騙人的。不過那聲「假的嘛——」過分活潑，反而可疑。自裕惡質的地方，就在於他會害人像這樣為他想破頭。

我沉默不語。自裕接著說：

「自己以外的人眼中看到的景色是什麼樣子，沒有人知道呢。就算看著跟自己一樣的東西，搞不好看到的也不一樣。」

雖然很拗口，但我大概可以理解他想表達什麼。

「我覺得靈異能力那些，也是同樣一回事。」

「……話題也太跳了吧？」

「還有，就算待在同一個廚房，我也能看到一大堆妳看不到的污垢。」

「你就是要扯這個？」

自裕啊哈哈地笑了一下，說「有些東西看起來一樣，其實不一樣呢」，把話題搞得更複雜了。

「妳知道斑馬吧？」

「嗯，動物園那個對吧？」

「妳覺得斑馬是身體白色，有黑色條紋；還是身體黑色，有白色條紋？」

我從來沒有想過這個問題。

「這是我在網路上看到的，所以或許是假新聞。」

自裕先這麼聲明，告訴我據說是幾年前，由某家動物園實施的問卷調查結果。從大人到小孩，好像幾乎所有的人都回答斑馬是白色的身體、黑色的條紋。

「咦，是這樣嗎？」

「妳覺得相反嗎？」

「嗯……」我點點頭，又補充「如果真的要選一邊的話啦」，變得好像在找藉口。

「我也跟妳一樣，覺得是黑色的身體、白色的條紋。」

自裕跟我不同，說得斬釘截鐵。

「那正確答案是什麼？」

「上面沒寫。」他沒什麼般地說。「應該是哪邊都可以吧。」

「什麼啦，太隨便了吧。」

「在網路上看到的嘛，別計較。」

「可是——」

「總之，不管是對還是錯都不重要，重要的是，我們兩個都是少數派呢，嗯。」

突然話鋒一轉，說些聽似深奧又沉重的話，所以才說自裕這個人特別惡質。

第二章

1

村松阿嬤的兒子——達哉，人看起來很溫柔。

從走下計程車，到進入家門、在客廳沙發坐下為止，都時時留意母親光子的狀況。他牽著一襲洋裝的光子的手，或是搭在她的肩膀後方支撐，提醒「小心高低差」、「慢慢來就行了，慢慢來」。

達哉經營一家軟體開發公司。以前當過都市銀行的融資負責人，在二〇〇〇年代中期創業。

「託大家的福，得以順利經營，也培養出可以把公司交給他們的年輕後進。所以我想趁現在為母親盡孝，才會委託布萊梅旅程幫忙。」

即使是對高中生的我，達哉也用面對大人的態度禮貌地說話。

「我本來以為應該來得及……」達哉的笑容微微罩上陰霾，把手蓋在坐在一旁的光子的手背上。

「最近我媽有時會突然變成地藏菩薩。」

喏，媽——即使達哉出聲，光子也沒有反應。她面無表情地盯著半空中的一點，沒有和任何人對望。來到我家以後，她就一直是這個樣子。

「現在有點不理人，但我媽只要微笑，神情就像地藏菩薩一樣，很慈祥。」

來，笑一個，笑一個喔——達哉先生打拍子似地說，手也配合節奏輕拍母親的手背。

光子的臉頰放鬆下來，眼睛也閉上了。

結真的變成了地藏菩薩般可愛的笑容。

可是無法交談。現在的光子，心去到不知是過去還是未來的遙遠世界了。

不把自裕也會過來這件事先告訴葛城，是自裕自己想出來的作戰策略。

「這種事最好先斬後奏」——簡而言之，他要藉由搶先來到現場，占據上風。如果預先徵詢「我可以找他來嗎？」卻被拒絕說「不行」的話，就沒有轉圜餘地了，但如果自裕人已經在這裡，葛城又不是屋主，要把人趕回去，就變得困難重重。

「要是跟小遙鬧翻，小遙下逐客令說『那算了，你們回去』，村松母子會很困擾，葛城先生應該也不想在客戶面前引發糾紛。」

不要隨便把我塑造成壞人。不過實際上，在我介紹自裕是「我的青梅竹馬，跟我過世的阿嬤也很要好」時，達哉雖然困惑，仍點點頭接受說「這樣啊」。

「呃，這有點……」葛城本來想說什麼，眼神忽然停留在自裕身上，把他從頭到腳重新打量了一番，露出莫名恍然的表情，點了點頭。

自裕察覺氣氛變了，一副機不可失的摸樣，挺胸接著說：

「與其說是青梅竹馬，不如說我跟小遙幾乎就像雙胞胎。」

就會得意忘形……

我忍不住一陣火大，超想踩他的腳的。

可是葛城看了看我，和剛才一樣從頭到腳打量了我一番，露出「噢，原來如此」的神情。和面對自裕時的恍然神情有微妙的差異。怎麼說，更老神在在，或高高在上……我正覺得很像什麼時，想到了。

是看到朋友完全忘記有作業要寫，還傻呼呼地笑的時候——儘管同情對方開始上課後將會面臨的悲劇，卻又為他的少根筋傻眼。

是很適合搭配「啊，你還沒有發現啊」的喃喃自語的表情。

達哉啜飲著自裕泡的茶，頻頻懷念著。

當然，房子不是同一棟，格局也完全不同。附近人家幾乎都改建了，也多了不少公寓。但是從飯店搭計程車進入山手地區時，還是經過了許多懷念的地點。達哉就讀的小學和國中仍維持原貌，平日採買常去的雜貨店雖然變成了超商，但也還在。

「我才剛想到，拐過前面的彎道，應該就能看到整個周防市區，下一秒就真的看見了。感覺就好像四十年的空白一下子被填滿了。」

達哉說著，就像在重溫當時的感動一樣。我和自裕也大表驚訝：「原來那間學校的教舍那麼久了？」同時得知天天光顧的超商以前是也賣乾貨和熟食的雜貨店，睜圓了眼睛……

我的阿公阿嬤是在二〇〇〇年搬到山手這邊來的，當然不知道過去的街景。但我不曾聽他們好好說過二〇〇〇年那時候的事，他們也沒有特別懷念的樣子。或許一直生活在同一個地方，街景的變化也會與自己的人生同步，不會想要特地去回溯記憶。

不過村松一家人在一九八一年三月退掉了這裡的租屋，離開了周防。對於此後再也沒有回來過的達哉來說，這一帶的記憶就維持著當時的樣貌，再也沒有更新。

光子阿嬤沒理會沉浸在感動裡的達哉，沒喝茶也沒碰點心，就只是呆呆地坐著。她的心還在遙遠的世界散步，沒有回來。

和達哉相反，計程車從市區進入山手地區時，光子阿嬤的心就飄去了遠方。明明應該期待已久，然而來到能夠瞭望周防市區的彎道時，光子阿嬤在達哉催促下望向車窗外，表情卻沒有任何變化的樣子。

光子在故鄉長野縣住到高中畢業，接著便進入愛知縣的汽車相關企業，在工廠上班。

「我爸是和那家公司有生意往來的運輸公司業務員。」

達哉說，向我確定「妳聽說走馬燈的事了吧？」，接著說：

「和我爸的相遇、單身時的約會、新婚時期……多虧了葛城先生，在旅行之前，連我媽自己都已經忘記的這些事，也全部畫到走馬燈上了。」

葛城一臉陰沉，面無表情地撇著臉。是在避免與我們對望，被問東問西吧。

不過自裕是不會管這種氛圍的。他單刀直入地問：「走馬燈的畫面，是葛城先生決定的嗎？」

幹得好。找他來真是對了。

葛城沒有回答，但用眼神向達哉示意「可以跟他們說沒關係」，所以達哉告訴我們：

「走馬燈上畫著那個人一生中的各種回憶。」

「……常聽到這種說法呢。」

自裕附和的語氣比起半信半疑，更是疑多於信，但達哉一本正經地接著說：

「但難就難在這個『各種』，非常棘手。如果人生的回憶都是快樂的就好了，但這是不可能的事。這『各種』當中，也包括了痛苦的回憶。當然也有可能在人生的最後一刻，想看的沒看到，卻看到不想看的場景。」

「天哪，真的假的？超不想死的啦。」自裕愁眉苦臉。

「而且走馬燈是死前那一刻才能看到，機會只有一次。到底會看到什麼，無法事先得知。」

自裕的眉頭皺得更緊了。半信半疑的比例似乎漸漸偏向了「信」。

「所以我們才會請布萊梅旅程幫忙。」

告訴我我會看到什麼樣的走馬燈、我想要什麼樣的走馬燈、我希望走馬燈裡一定要有哪些場面，以及相反地，我絕對不想看到哪些場面。滿足這些願望，就是布萊梅旅程——也就是葛城的工作。

「葛城先生看得到客戶的走馬燈。不光是走馬燈，他還能從記憶裡看到會成為走馬燈素材的回憶。」

顧客和葛城一同前往回憶之地旅行，藉由這麼做，修正已經淡化或錯置的記憶，並重新繪製走馬燈的畫面。

「葛城先生會仔細檢查，如果有需要卻缺少的場面，就把它畫進去。若是不該有的場面還留著，就把它刪去……他會依照客戶的要求，重新繪製走馬燈。」

也就是說——達哉接著說：

「葛城先生是走馬燈繪師。」

一拍沉默之後，自裕讚佩地說：

「……有夠帥的啦！」

果然不該找他來的。

相對地，我啞然失聲，連像樣的附和都發不出來。

「突然聽到這種事，一定會覺得莫名其妙吧，其實我自己一開始也是這樣。」達哉苦笑：「可是，布萊梅旅程是真的。布萊梅在我們的圈子裡夙負盛名，我也是靠著人脈，好不容易才請他們接受委託的。」

他說的盛名，在網路上絕對查不到。是只有圈內人才知道的情報吧。

「葛城先生願意為我媽畫走馬燈，我真的萬分感謝。我媽真的很幸福。」

達哉再次鄭重地向葛城行禮，但葛城依然神情冷漠陰森，制止他說：「既然我已經答應，就是工作，請不用再謝了。」

「……抱歉。」

達哉有些尷尬地轉向我，接著說：

「因此，雖然我們的要求很冒昧，但絕對沒有任何不軌的意圖，請妳務必相信。」

我默默地點了點頭。這種事實在太離奇，不可能輕易相信，但已經到這一步，也只能奉陪到底了。我立下決心，比剛才更深地再次點頭：

「沒問題。我相信。」

自裕也在一旁多嘴：「我從一開始就信了。」

達哉鬆了一口氣的樣子，回到原本的話題。

達哉的父親，也就是光子的丈夫征二，在五年前過世了。喪夫讓光子頓時衰老，從三年前開始出現失智症狀。

「我爸以前的工作經常輪調。短則半年，再長也只有兩年就會調動，全家得跟著他一起四處搬遷。」

夫妻在愛知縣度過新婚時期，在九州博多生下獨子達哉，後來也在大阪、廣島、神奈川等地搬遷，又回到愛知，然後是兵庫。一九七四年四月，達哉升小六的時候，一家搬到了周防。

對達哉來說，這是他第五次轉學。征二也不是不能一個人去外地工作，但這麼一來，住在公司宿舍的家人，就得自行找公寓或租屋了。

「以現在的感覺來看，或許會覺得很誇張，但在當時是天經地義的事，我想我媽也想陪在我爸身邊當個賢內助。」

不過，上了國、高中以後，轉學造成的影響，就不是小學能夠比較的了。

一九七五年，達哉讀國一的秋天，征二要調去札幌時，達哉哭著拒絕轉學。

「因為這樣，我爸也下定決心了。」

征二決定一個人前往派駐地點，家人搬出公司宿舍，在外租屋，房租也自行負擔。那就是這個地點過去的房子。

直到高中畢業，達哉都和光子在周防一同生活。這段期間，征二一個人在札幌、埼玉、大阪等地調動。

「住了五年半呢。」

一九八一年三月，達哉決定讀東京的大學，於是光子退掉周防的租屋，搬去和大阪的征二同住。

「大致上就是這樣……不過這五年半的時間，令人有些介意。」

光子阿嬤非常懷念在周防的住家看出去的街景。比起出現失智症狀以前，反倒是開始失智的現在更為想念。

然而這五年半的歲月，卻沒有畫在走馬燈上。

「我們請葛城先生看了好幾次，但現階段沒有任何在這裡的回憶。從我爸一個人外調開始，到我媽去大阪再次跟我爸一起生活為止，這段期間的記憶，消失得一乾二淨。」

真的什麼都沒有——那段歲月，沒有任何值得在人生最後回顧的記憶嗎？

還是因為失智而失去了必要的記憶？

又或是，其中有著無論如何都想拋棄的記憶，導致它在無意識間變成了空白的五年半？

「如果全是想要拋棄的討厭回憶，那也沒有關係。只是站在兒子的立場，不免覺得有點傷心，想說媽跟我兩個人的生活，就讓她那麼討厭嗎？」

達哉輕笑，隨即又正色說：「如果我媽有什麼重要回憶，卻因為失智的關係，而沒有畫在走馬燈上，她一定也會很遺憾。所以我想，總之把我媽帶來周防，也許可以刺激記憶，讓失智的迷霧暫時散去……所以才明知會造成困擾，還是登門打擾。」

達哉鄭重其事地看向我，深深行禮說：「麻煩妳了。」

2

我們一起走出庭院。

光子阿嬤小小地端坐在陽台的花園椅上。達哉彎身，把嘴湊近她的耳邊，望著眼下的街景說：

「媽，好懷念呢。看得到周防銀行的招牌，還有周防灘的倉庫喔，喏，那邊。」

他指著當地銀行和釀酒廠。光子阿嬤沒有回應，目光也沒有望向兒子指的方向，但達哉聲音依舊雀躍：

「那邊是車站……所以前面的白色大樓是中央醫院嗎？」

自裕從後方回應「沒錯」。我補充說「五、六年前重蓋的」。

「果然。我有一次被抬進中央醫院……」

高一暑假，當時參加足球隊的達哉在練習中腳踝骨折了。

「我讀的是足球強校，所以練習非常操。」

「難道是周防高中嗎？」自裕問，達哉點點頭：「對啊，就是周高。」

等於是我們國小、國中及高中的大學長。

「那次把我媽嚇死了。」

光子當時正在上班，擔任部分工時人員。達哉請陪他去醫院的足球隊學長打電話通知，職場的人把受傷的事轉告光子——

說到這裡，達哉「噗嗤」一聲笑了出來，說「簡直就像漫畫劇情」。

轉達的人竟把「腳脖子骨折」聽成了「脖子骨折」，告訴光子。

「結果在我媽的職場引發軒然大波，我媽也驚慌失措地趕到醫院……」

說到一半，達哉探頭看光子阿嬤的臉。

「那時有人陪媽一起來呢。那個人是誰呢？」

光子阿嬤沒有回應。就好像根本沒聽進去。

達哉也落寞地笑道「都那麼久以前的事，忘記了呢」，視線再次投向遠方。

過了四十年，街景也有許多改變。

達哉最驚訝的是，幾乎看不到新幹線的高架橋了。

「當時從庭院看出去，周防的市區從一邊到另一邊，都被高架鐵路橫切過去。因為沒有高樓大廈，所以也沒有東西遮擋，真的是看得一清二楚。」

看得到鐵軌是理所當然，但還看得到從鐵軌疾馳而過的新幹線列車。

「當時還沒有九州新幹線[1]，也沒有『希望號』[2]，只有各站停車的『回聲號』[3]和更快的『光號』[4]而已。」

同樣是「光號」，停車站的組合卻隨班次不同。有些班次停靠周防站，也有些不停。從庭院或二樓窗戶望出去，可以看得很清楚。

「過站不停的『光號』超級快，列車才衝進視野，一口氣就穿過車站消失不見了。但停靠的班次，會在很前面就開始減速，慢慢地停下來。兩邊的差異真的超級有趣。」

尤其是夜晚通過的「光號」特別好看。視當天的天氣和濕度，有時電線和集電弓接觸的地方會噴出火花，那景象實在美極了。

「我唸書的時候，都把看新幹線當成休息。鐵路從左到右延伸，左邊是東京，右邊是九州的博多。我會看著列車，心裡想著：剛才的『光號』是從東京來的呢。真的是百看不厭。想著下一班列車經過就繼續念書，結果又看了一班、再一班……」

達哉考大學的時候，完全不考慮當地大學。

「我們本來就四處搬家，對周防也沒有什麼特殊的感情，不過每天晚上看著來自遠方、駛向遠方的新幹線，還是留下了深刻的回憶。」

聽到達哉的話，我起勁地——不單是附和地——用力點頭。

我懂、我懂，我完全懂。我從小就最愛從窗戶眺望，每次俯瞰街景，就渴望去到遠方，理由可能也和他一樣。

現在的我家，由於受到鐵路前方林立的高樓阻擋，實際上看到的新幹線列車斷斷續續，但我能清楚地想像出列車迸射出火花，穿過周防街區的景象。

「現在不只是『光號』和『回聲號』，還有『希望號』、『瑞穗號』[5]、『櫻花號』[6]……車種增加，班次也增加了許多呢。」

確實增加了。我們在說話間，也各有一班上行和下行的「希望號」經過周防離去，而就在這一刻，下行的「光號」正放慢速度，即將駛入市區。

然而，不同於達哉的回憶，幾乎無法看到它的身影。

「真的多了好多大樓啊……」達哉喃喃道。「都過了四十年，這也是當然的嘛。」他接著說，似乎在體會歲月的漫長。

這時，在稍遠處交抱著手臂站著的葛城對達哉說：

1 往返於博多與鹿兒島之間的路線，在二〇一一年全線正式開通，與往返於新大阪與博多之間的山陽新幹線直接連結，統稱「山陽．九州新幹線」。

2 原文のぞみ，一九九二年增設的車種，於東京－博多間運行，是東海道新幹線及山陽新幹線中，速度最快、停靠站最少、運行距離最長的。

3 原文こだま，一九六四年東海道新幹線開通時即存在的古老車種，沿線各站停的列車。

4 原文ひかり，同為一九六四年東海道新幹線開通時即存在，在希望號通車前，曾是最快速的列車。

5 原文みずほ，二〇一一年隨著九州新幹線開通而增設的車種，於山陽新幹線及九州新幹線間運行的特急列車。

6 原文さくら，同為二〇一一年九州新幹線開通時增設的車種，於山陽新幹線及九州新幹線間運行。

「要不要從二樓窗戶看看？視線高度不同，看到的景色也會不同。」

這可是別人家，居然任意指揮。但葛城交抱著手臂，不在乎地承受我不滿的眼神，直接無視我，接著說：

「因為得爬樓梯，達哉先生先一個人去看看如何？」

然後他望向自裕：

「你幫忙帶路吧。」

突然被命令的自裕猝不及防，不僅沒有抗議，甚至無法搞笑，只是點點頭說：「好……」

「那，我媽……」

達哉擔心地問，葛城理所當然地說：

「遙香同學會照顧。」

庭院裡，只剩下光子阿嬤、葛城和我。直到離去那一刻，達哉都一臉擔心，但光子阿嬤本人只是端坐在花園椅上，即使落單，也甚至沒有東張西望的反應。

我走到葛城旁邊，小聲問：

「你說照顧，是要怎麼照顧？」

「請把手扶在她的背上。」

「扶她的背？」

葛城點點頭，但沒有看我。他就像科學家做實驗那樣，目不轉睛地盯著光子阿嬤，接著說：

「椅背可能有點礙事，不過您用左手貼在村松女士的背部左側。」

「幫她按摩嗎？」

「不，什麼都不用做，只要把手貼上去就行了。盡量放在心臟正後方。因為比肩膀下面很多，與其說是從上面伸手，更接近從側腹部把手插進旁邊的感覺。」

「……這是要幹嘛？」

「一開始大概就行了，習慣之後，很快就能掌握。熟練後，什麼都不用做也可以。」

一開始……？

習慣？熟練……？

「呃，我一頭霧水耶。」

「請別管那麼多，做就是了。」

雞同鴨講。而且他連一眼都沒有看我。

「現在看得到。」

「……看得到什麼？」

「快點。」

我無可奈何，走到光子阿嬤那裡，站在她的右側。即使我這個陌生人貼到近旁，光子阿嬤也沒有驚訝或困惑的樣子，彷彿連我在這裡都沒有發現。

「……我碰一下喔。」

我把左手插進椅背和光子阿嬤的背部之間。光子阿嬤應該感覺得到有人在摸她，然而她不僅沒有動，連嚇一跳的反應都沒有。

心臟正後方是這裡嗎？我看準位置，張開手掌，輕輕貼在背後。

結果……

眼前的風景倏然失去了色彩。聲音也消失了。取而代之，掌心感覺到光子阿嬤心臟的跳動。單色的寂靜世界裡，耳邊傳來葛城的聲音——近得就像在耳中響起一樣。

「有變化了吧？」

不是問「有什麼變化嗎？」，而是確認「有變化了吧？」。這個人知道一切的答案嗎？

我困惑地點點頭：

「顏色消失了……聲音也不見了……」

連自己的聲音，也分不出是實際動口說出來，或只是在心中這麼想。

「這樣。」

葛城絲毫不驚訝，就像在核對欄打勾一樣應聲，接著說：

「請直接看向市區。手不要離開村松女士的背部，可以的話，請配合村松女士的心跳呼吸。」

「……好。」

怦、怦、怦，光子阿嬤的心臟跳動著。我配合那節奏，吸氣、吐氣。風景沒有恢復色彩，也聽不到聲音。吸氣，吐氣。吸氣，吐氣。吸氣……

「慢慢眨眼。」

我在不明究理的情況下，依言閉上眼睛，慢慢地數一、二、三，張開眼睛。

起初，無法對焦在風景。明明我應該完全沒有近視、散光或乾眼症才對。就像霧氣散去般，模糊不清的視野逐漸變得清明……

看到了。是周防市區。雖然依然是單色的，但街區的寬度和深度似乎小了一號。街景的高度也變矮了，格外醒目的，是屋頂掛著「周防中央醫院」招牌的……這不是改建前的舊中央醫院嗎？

我看到新幹線的高架鐵路。沒有任何遮蔽視野的物體。橫亙市區的鐵路上，有一輛造型極古老的新幹線列車正從左往右駛去。

我嚇了一跳，手從光子阿嬤的背部放開了。

結果，眼前的街景瞬間變回現在，色彩和聲音也回來了。

當我的手從光子阿嬤身上放開，她也沒有任何反應，就和我用手碰她的背時一樣。

回頭一看，葛城就跟剛才一樣交抱著手臂，一如往常，陰森森地站著。和我對望之後，他放開交抱的手，向我招手，臉上微帶笑意。他用一種傻眼「真沒轍」、或是看開「真沒辦法」的、既微妙又複雜，總之深沉的笑容迎接我。

「剛才……變成以前的周防了。」

「我想也是。」

「……你知道？」

「對，是一九七〇年代後半，兒子剛才說的那時候的周防吧？」

「我看到新幹線了。」

「這樣啊，太好了。」

「一點都不好。」

我拉近一步距離，要求他「告訴我」。

「我剛才看到的是什麼？我生病了嗎？不是眼睛，是腦袋有問題嗎？」

葛城迎視著逼近的我，從容鎮定地否認「您沒有生病」，接著說：

「是能力。您有能力。」

「……什麼能力？」

「您剛才已經體驗過了吧？您能看到過去。」

「……怎麼會？」

「從第一次在家庭餐廳見到您，我就有這種感覺。」

雖然答非所問，但葛城不管那麼多，接著說：

「請再一次用手抵住村松女士的背。這次就算吃驚也不要放手，維持一段時間。」

這樣一來——

「您應該也會看到可能出現在村松女士的走馬燈上的景象。」

我如墮五里霧中。

但我再次來到光子阿嬤的右側，伸出左手觸摸她的背，比剛才更順暢地感覺到心臟的跳動。

風景失去色彩，聲音逐漸消失。我讓呼吸配合光子阿嬤的心跳，慢慢地眨眼，睜眼，看見了昔日的周防市街。即使依舊驚奇，卻不再不知所措。就跟走在已經走過一次的道路上一樣，儘管尚未習慣，但「第一次」和「第二次」還是天差地遠。

「鎮定多了呢。」

即使葛城的聲音在耳中響起，我也能平心靜氣了。

「右手空著對吧？」

我回應「對」。不是聽見聲音，而是意念在耳底響起。

「請用右手按在自己的左胸……心臟的位置。」

我照著他說的做。左手感受到光子阿嬤的心跳，右手感覺著自己的心跳。

「讓自己的呼吸配合村松女士的心跳，漸漸地，您自己的心跳應該也會重疊上去。」

不是馬上就能做到。

「這是要回溯到四十年以前，因此需要一點時間。不用急，等待兩邊同步。要是著急，您的心跳就會加速，呼吸也會亂掉。」

不管花了多少時間，也只是我覺得漫長而已，實際上幾乎沒有經過多久。

「只要連上一次，接下來就會愈來愈順，習慣之後，一下子就可以進入那邊了。」

就像是與過去形成了通道嗎？

我注視著單色的街景。幾乎沒有高樓，緊鄰車站的地區也是大片住宅。土地重劃和都更前的市區比現在雜亂許多，卻感受到更多的活力。

啊，同步了……

我意識到這件事，同時葛城說「慢慢眨眼」。

我閉上眼睛，再次睜開，結果身在汽車裡。

3

世界恢復色彩。聲音也回來了。

可是，依舊是遙遠的過去。

車上有一對中年男女。男子握著方向盤，女子坐在副駕駛座，後座沒有人。是小廂型車。即使是對車子完全外行的我，也看得出內裝和款式非常過時。

男子打著領帶，但不是穿西裝外套，而是雙色短袖工作服，看上去像是製造業或建設業的行政人員。

胸前口袋上，有撲克牌黑桃圖案的刺繡。女子套在上衣外的短袖罩衫也一樣。是周防的人都很熟悉的圖案，日本代表性企業集團「三葉」的商標。周防煉油廠也以三葉石油化學工廠為中心，兩人是在旗下公司上班吧。

一開始，我以為兩人是去送貨或跑業務，但狀況似乎有些奇妙。兩人的表情都凝重無比。男子車子開得很粗魯，顯然很急，女子雙手緊緊地絞著手帕，低著頭、一心一意在祈禱……不，仔細一看，她的手在發抖。如果不是捏著手帕，那顫抖可能會擴散到全身。

如此觀察著兩人的我——不存在於任何一處。我沒有身體，卻可以去到任何地方。就像電影或電視劇的攝影機一樣，可以自由活動。想要看清楚社徽的刺繡時，就能特寫放大，車子外面也是，我試了一下，可以輕鬆穿出去。

車子開在周防的市區。是昭和的街景。好幾年前倒閉的當地資本的百貨公司，也因為周圍的建築物都很矮，矗立的樣貌更顯得富麗堂皇。

我回到車子裡面。女子的頭低得比剛才更深，更用力地捏緊手帕，呻吟般地說：

「……達哉……達哉……小達……」

我探頭看女子的臉，認出來了。快要哭出來的，是年輕時的光子。

眼前的場景切換了。

是學校操場。看得到校舍。四層樓建築物的屋頂，有小型天文觀測圓頂。我從它認出了，這裡是周高。

足球門前聚集出人牆。除了足球隊隊員以外，還有來看熱鬧的棒球隊和田徑隊學生。中間倒著一名足球隊隊員。

「扭到腳踝了嗎？」「彎的角度很恐怖耶。」「是不是斷了啊？」「喂，村松，你站得起來嗎？」「就算站不起來，也先把他扶起來吧。」「不行不行，最好不要亂動。」「老師，這邊！一年級的村松受傷了！」

我想起剛才達哉說的往事。高一暑假，達哉在足球隊練習的時候腳踝骨折，被送到中央醫院。足球隊的學長打電話給正在上班的光子報急，接電話的人卻把「腳脖子骨折」聽成了「脖子骨折」，轉告光子……

場景切換。

大大地掛著「三葉」社徽的工廠辦公室裡，電話響起。

接電話的年輕員工吃驚地說：「真的嗎！」回頭看向上司。

「所長，不好了！村松的兒子受了傷，被送到醫院了！」

打領帶、穿工作服的所長，就是開小廂型車的男子。

其他員工用工廠廣播叫來工作中的光子，轉達她兒子受傷的消息。就是在這時候，把「腳脖子」誤傳成「脖子」了。

當然，光子嚇壞了。因為驚嚇過度，她不僅慌張狼狽，還整個人面無血色，只是傻在原地。

所長對光子說：

「叫計程車也要時間，開公司的車去吧！我把還在的車開走囉！」

所長親自拿起車鑰匙起身，草草交代部下幾句，就衝出辦公室了。

原來如此，是這麼回事啊。

就像「前情提要」那樣掌握大致狀況後，眼前的景象立刻又回到小廂型車內。就好像手機的智慧助理般，俐落地為我呈現過程。而且這名助理不用呼叫指示，就會自己搶先做好。

重新觀察，所長年紀和光子差不多，四十出頭，髮型和領帶花紋充滿昭和風格，頗為老派，但若是把這些地方修正為「現代」風格，搞不好意外地滿帥的。

最重要的是，居然為了兼職員工出動公司車，而且還親自開車，以一個上司來說，真是太令人激賞了。

不過現在的光子完全沒有心思去感受所長的體貼，只是一心一意祈禱達哉平安無事。

車子開在穿過周防市區的國道上。平成年間，郊外興建起高速公路和外環道後，國道就成了荒涼的舊道，但在當時似乎是縣內交通流量數一數二的地區，有時好像連白天都會塞車。

實際上，現在車子也是走走停停。每回停車，光子就不安焦急，當前進的車子又很快地停下時，她終於再也忍不住，大大地嘆了一口氣。

「沒事的。」所長說。「不用擔心。」

不是周防方言。

「電話裡經常會說得大驚小怪。我也常常接到橫濱的電話，什麼女兒受傷了、發燒了，剛聽到會很驚慌，但仔細一問，其實都不是什麼大事。尤其是這次，中間不曉得經過幾個人傳話。」

三葉集團在全國都有據點，所以所長是一個人外調嗎？聽起來他家在橫濱，有個女兒……打電話來的是太太嗎……？

「當然，我完全理解妳有多擔心。」

所長放開抓著排檔桿的左手，疊在光子捏著手帕的手上。

咦……？

這不會太過頭了嗎？

光子沒有拒絕所長的手。

性騷擾、權勢騷擾……可是，看看光子的態度，這些詞彙一下子消失了。

光子是「不拒絕」，而非「無法拒絕」。證據就是，她把自己另一隻手放到所長疊放上來的手上，也就是用自己的雙手包住了所長的手。

「……謝謝。」

光子說。聲音無力，笑容充滿了陰霾，但這句話裡充滿了深切的安心與信賴，顯示兩人絕不僅僅是工廠所長和兼職人員的關係。

「不會有事的，絕對。」所長微笑說。「中央醫院經常處理急救病患，達哉一受傷就被送醫了，不至於多嚴重的。」

「可是脖子骨折……」

「總之先看到妳兒子的狀況再說吧。現在就先相信醫生、相信妳兒子的年輕活力吧。」

「……謝謝。」光子再說了一次，這次比剛才放入了更多的感情。

那是深情，也是熱情，更進一步說——雖然我不知道該不該說，也是嫵媚、纏綿的感情。

前方的卡車總算動起來了。所長抽走被光子雙手包住的手，順勢輕摟了一下她的左肩。

「沒事的，有我在。」

說完後，左手回到排檔桿，將車子往前開。

光子輕輕點頭，臉頰微微飛紅，閉上眼睛，就像在回味左肩上殘留的幽微擁抱餘韻。

——呃，這是不是很不妙？

不是，這真的、絕對不行吧！

4

我因為過度震驚，按在自己左胸的右手偏移了。

瞬間，景象回到了從庭院望出去的風景。色彩和聲音都消失不見，單色的「當時」擴展在眼前。

「辛苦了。」

葛城的聲音在耳底響起。

我把左手從光子阿嬤的背上放開。「當時」變回了有聲有色的「現在」，坐在花園椅上的光子阿嬤也……

「好美的景色啊。」她露出平靜的笑容轉頭看我，禮貌地行禮說：「這次真是謝謝妳了。」回到現實世界來了。

「我們的要求實在滿厚臉皮的，但是來這趟果然對了。真是太懷念了，我都快哭了。」

不光是說說而已，光子阿嬤從手提包裡掏出手帕，按在赤紅濕潤的眼睛上。

那條手帕，和她在小廂型車裡緊絞著的手帕重疊在一起，我忍不住別開了目光。

「等妳爸媽回來，我再好好跟他們打聲招呼。」

有些部分完全清楚是現實，但也有些部分依然模糊吧。

剛才我看到的「那時候」的景象，是光子阿嬤自己回想起來的嗎？還是我不小心偷看到她封存在記憶裡、不願想起的事……？

光子阿嬤轉向「現在」的市區，笑容變得更加安詳了。甚至令她落淚的懷舊之中，也包括了那名所長的事嗎？

二樓傳來自裕和達哉的說話聲。從二樓看出去，視野更加寬闊，可以一路看到煉油廠再過去的造船廠。達哉感慨萬千地說著：「那棟大樓從以前就在了。」、「啊，那種地方蓋了公寓啊。」

不過，達哉應該做夢都沒想到，自己的母親和所長是那種關係……

我芒刺在背，走到葛城旁邊，還沒開口說話，葛城就冷淡地說「差不多就這樣吧」，走向階梯，對著二樓道：

「要不要出去庭院看看？令堂的狀況也好轉了，一起看看街景，應該可以想起更多事。」

達哉高興地問「真的嗎」，行禮說「謝謝」。

他真是個好人。所以回想起光子阿嬤剛才的模樣，更讓人內心糾結。

達哉帶著光子阿嬤從陽台走出庭院。一起待在二樓的期間，自裕完全和達哉混熟了，用手機搜尋周防過去的圖片及影片，嘰嘰呱呱地說明街景。

我從客廳看著三人的背影，問葛城：

「我剛才看到的……是真的嗎？」

「如果您看到了，就是事實吧。」

他冷淡地說，又更加冰冷地道：

「走馬燈出現不倫戀，是常有的事。」

「……真假？」

「遙香同學，您知道守靈嗎？」

「葬禮前天晚上的守靈儀式嗎？」

「您知道守靈是為了什麼嗎？」

我搖搖頭。人過世，就要守靈。親朋好友會在守靈的時候懷念故人，聊起故人的回憶——阿嬤那時候也是這樣，但我從來沒有想過理由。

「宗教上的理由我不清楚，但我們社長說，那是為了走馬燈。」

走馬燈上可能有漏畫的場景，所以眾人一起談論回憶，讓亡者回想起來。

「雖然等到人死後再說已太遲了，但這也是被留下來的生者的心意吧。」

「漏畫的情況很多嗎？」

「意外地不少。與其說是本人忘了，也有些時候是應該要畫在走馬燈上，本人卻沒有發現那段記憶的重要性。還有本人想要掩蓋的情況，也就是把記憶封印起來。經歷過戰爭和重大災難的人常會如此。」

「嗯……好像可以理解。」

「還有一種。」

有些記憶即使並未遺忘，卻也只能封印起來。如果把它畫在走馬燈上，就形同否定自己的人生，或是背叛留在身後的家人……

難道……？我想到了。葛城對我輕點了一下頭，說：

「村松女士的情況，或許就是如此。」

葛城對我的能力極為驚訝，佩服得目瞪口呆：

「我早就知道您有天賦，但沒想到這麼強大。」

他原本以為，我今天頂多只能讓心跳和光子阿嬤同步而已。

「幾乎沒有人能在第一次潛水就這麼順利。」

「……這叫潛水嗎？」

「沒錯，就把它當成像是跳進客戶的記憶大海中。」

若是失智，記憶的大海就會變成驚濤駭浪。

「記憶的脈絡會斷裂，不知道各段記憶之間的關聯，等於是指南針失靈的狀況。」

光子阿嬤的情況也是如此。就算看著周防的街景，也不一定會回想起在周防發生過的事。因為經常搬家，有可能明明應該要回溯一九七〇年代後半的周防的記憶，卻被拋入完全不同年代的其他城市的記憶。

然而我卻一次就接觸到當時的周防的記憶，而且是極為關鍵的重要記憶。

「太厲害了，幹得好。」

葛城口中稱讚，但雙肘拄在桌面無聲地鼓掌的動作實在很敷衍，整個就是陰沉，而且他立刻又說了下去：

「剛才您看到的景象應該有顏色。」

「對……」

「可是，在那之前，過去的周防街景是黑白的，對嗎？」

「對……沒錯。」

「我來說明回憶和走馬燈的關係。」

有顏色的回憶，有可能畫在走馬燈上，但單色的回憶則不可能。

我倒抽了一口氣，葛城說「開車趕往醫院的場面，有可能出現在走馬燈上」，他想了一下，改變說法：

「這表示那個場景是應該畫在走馬燈上的重要回憶。」

「……可是，那是不倫戀呢。」

葛城沒回應我的話，也沒有看我，說：「您只要記住，重要的回憶有顏色，有顏色的回憶有可能被畫在走馬燈上就行了。」

「有可能被畫在走馬燈上，意思是還不清楚會不會出現嗎？」

我的問題又被無視了。庭院裡，光子阿嬤正由達哉攙扶著，聽自裕用手機說明。

「剛才葛城先生說，光子阿嬤住在周防的五年半的回憶，完全沒有出現在走馬燈上。車子裡的場景也沒有嗎？」

「對，現階段什麼都沒有。」

「不過有出現在走馬燈的可能性？」

「是啊。」

「有機會、卻沒有出現在走馬燈上的回憶多嗎？」

「嗯，很多。」

不光是村松女士的例子而已——葛城補充道，接著說：

「有可能是因為失智的關係，導致場景沒辦法順利地呈現在走馬燈上，也有可能是受到極為強大的壓抑。」

「壓抑？」

「想要抹除這段記憶、要自己不能回想起來、假裝忘記。」

「因為是不倫戀……？」

沒有回應。

「原本一直假裝遺忘，卻因為回到周防而想起來，補畫到走馬燈上，這也是有可能的嗎？」

葛城停頓了一下，拉回話題：「還有一個分辨回憶的方法。」

本人不記得的回憶，會以半透明的形態漂浮在記憶大海中。這要是自裕，可能會搞笑說：「就像水母嗎？」但葛城笑也不笑地說出相同的譬喻：「就像在海中找到水母很困難一樣，要找出本人不記得的記憶，也相當困難。」

「而且有時那些半透明的回憶也會帶有淡淡的色彩。」

「也就是……」

「應該要畫在走馬燈上的回憶。」

葛城接著告訴我光子阿嬤昨天以前的記憶大海情形。

「開車趕往醫院的場面，昨天也有。但當時還是半透明的，也沒有顏色。」

然而今天，我剛才看到的場面有顏色。比起半透明，具有更明確的質感。

「是想起來了吧。與其說是恢復記憶，也許是壓在上面的石頭拿掉了。」

因為來到了周防……？

因為聽到周高、足球隊、達哉受傷的事……？

「那件事會被畫在走馬燈上嗎？」

我起勁地問。

葛城沒有回答。

「啊，可是就算畫上去，你也可以消除對吧？」

這次也沒有回答。

我一陣火大，把身體朝桌面探去，瞪也似地看著葛城：「告訴我怎麼看到走馬燈。要怎麼樣才能看到走馬燈？我有天賦對吧？那教我怎麼做，我馬上就能學會了。」

然而葛城緊盯著庭院裡的光子阿嬤等人，冷漠地說：「還不行。光是能辨認出回憶有無顏色，就已經夠了不得了。請別以為自己什麼事都做得到。」

「……你剛才說『還不行』，表示遲早可以囉？」

葛城瞬間驚訝地蹙眉，反問：「您想要看到走馬燈嗎？」反應很意外，而且帶著些許責怪。

我當下想回「這不是廢話嗎」，然而說出來的回答卻是：「不曉得……」

葛城點點頭，就像在說「這樣就好」。

「總之……」他作結說。「光子女士的走馬燈有著非常纖細敏感的部分，請不要隨意插手。拜託了。」

我有許多話想要反駁，還有更多的問題想問。

但我默默點頭。葛城也只是定定地注視著光子阿嬤、達哉以及自裕的背影。

5

村松母子睡在一樓的和室，晚上九點一過就熄燈了。光子阿嬤也就罷了，我覺得達哉這時間睡覺未免太早，但他真的很孝順，事事配合母親吧。

提前一些的晚飯，我們搭計程車到站前，享用了達哉上網預定的和食餐館——連自裕都一起被請客，實在有夠厚臉皮。

也許是因為喝了一點酒，晚飯吃到一半，達哉就不再對我和自裕使用敬語，變成一般大叔對一般高中生的措詞。這樣比較好，比較輕鬆，而且看到達哉和自裕打成一片的樣子，我覺得把他抓來真是做對了。

葛城吃完飯後，前往站前的飯店，我們則是再次搭上計程車回家了。自裕在我們下車後，還繼續讓計程車載他回家，達哉對他真是無微不至。不曉得是達哉人太好，還是他太喜歡自裕這小子……應該兩邊都有吧。

明天一早，葛城會租車過來我們家，載光子阿嬤和達哉去周防街上兜風。連自裕都說「反正星期天很閒」，要一起跟來。原以為葛城會一口回絕「你是外人吧」，然而不知為何，他反倒有些歡迎地對達哉說：「他可以提供當地人才知道的導覽呢。」

至於我，如果能夠，我想留在家。更真切的想法是，我想快點退出這件事。只要光子阿嬤回想起從舊家看出去的景色，任務應該就完成了。住在我家是無所謂，但我想專注扮演民宿老闆的角色就好。我會幫忙曬被子，也會每天晚上換床單，所以真的很想說：已經夠了吧？

「……因為我又無法負責。」

我從二樓自己的房間往外看，低聲嘀咕道。

把椅子搬到窗邊坐下，在敞開的窗框旁托著腮幫子，眺望夜晚的街景，是我最愛的消遣。但這與其說是愉快的時光，其實相反，我經常在迷惘煩惱而沉思的時候，擺出這樣的姿勢。

市區的燈火，雖然並未燦爛到稱得上「夜景」，但是打上夜燈的煉油廠，看起來也像是升空前的太空船。

今天光子阿嬤也從庭院眺望了煉油廠嗎？晚飯的時候，達哉說：「我媽以前在三葉化學兼差。那裡有一間小工廠和營業所，她一開始是在工廠上班，後來變成行政。」

是那名所長想要把人放在身邊，所以將光子調過去嗎？很有可能。現在想想，那名所長一副就是會幹出這種事的嘴臉。

達哉對光子阿嬤說：「對吧？媽？」光子阿嬤懷念地「嗯嗯」點頭微笑，但沒有多說什麼。葛城也面無表情地沉默著，只顧著一板一眼地用筷子夾起生魚片旁邊的白蘿蔔絲。

不得不看到這些，真的很難受、很煎熬、很困擾，而且超麻煩的……

我看著周防寒酸的夜景，回想起葛城傍晚說的話。

人生落幕前一刻看到的走馬燈，基本上只描繪著最特別的記憶——也就是有顏色的記憶。

「如同字面形容，就是人生的縮圖。看到走馬燈的圖畫，就能知道這個人過了怎樣的一生。」

比方說——葛城告訴我他半年前承辦的客戶案例。

那是一名靠外食產業獲得傲人成就的企業家，姓丸山。我也知道這號人物，記得他在上個月以七十歲的年紀過世。

「那個人風評非常差。人們都說他是守財奴、厲鬼、惡魔……實際上他也害許多人哭泣，不在乎地做些遊走法律邊緣的事，才得到生前的地位。」

如此貪婪的人，被醫生宣告病重不治，將不久人世，人生終點意外地近在眼前時，突然不安了起來。自己這輩子就只有賺錢嗎？那麼，最後看到的走馬燈，就只有跟金錢有關的事嗎？他拚命尋找溫馨的回憶、柔情體貼的回憶。並不是完全沒有，但這些回憶真的會出現在走馬燈上嗎……？

因此他委託了布萊梅旅程，和葛城一同走訪與他這一生有關的土地。

「不出所料，有顏色的回憶，全都跟金錢有關。背叛夥伴，或是踩著夥伴往上爬，有數不清洋洋得意的笑容登場，看了令人厭煩，其他就是窮奢極侈的酒池肉林。」

就連他自己想到的「做善事」的回憶，也全是黑白的——不值得畫在走馬燈上。

「照顧小弟不能叫善事，不管捐出再多的錢，如果目的是節稅，就沒有意義。自私自利的回憶是不行的。」

另一方面，本人刪除的記憶中，有時會暗藏著重要的回憶。丸山的情況也是如此。葛城在旅行期間，探勘丸山的記憶大海，找出了那段記憶——就如同我找到光子阿嬤的記憶那樣。

「小學五年級那一年的母親節，他和小兩歲的妹妹一起出錢，買了禮物要送給母親。是可以收納小物的音樂盒。」

母親非常開心，而且——

「因為妹妹還小，所以錢幾乎都是丸山先生出的。但是他在母親面前說『我們一人出一半』，母親其實也都知道，緊緊地擁抱了丸山先生……」

母親節的回憶是半透明的，但有著淡淡的色彩。這是應該畫在走馬燈上的回憶，丸山自己卻忘記了。太可惜了。應該說，這種記憶一般是不會忘記的吧？

葛城察覺我的疑問，苦笑說：

「他是假裝忘記了。他把記憶掩蓋起來，切斷能想起來的各種線索。」

「……為什麼？」

「四、五年前，他和妹妹打了官司。是所謂的骨肉之爭。」

丸山原本把集團企業之一交給妹妹和妹婿經營，然而為了經營方針，兄妹鬧到水火不容，還利用媒體對彼此潑髒水，最後丸山以特別背信罪控告了妹妹和妹婿。

結果妹妹和妹婿被趕出經營團隊，連想要當和事佬的資深幹部們，也統統一起遭到了清算。

兄妹斷絕關係後，丸山把和妹妹有關的一切記憶都封印起來了。

然而母親節的回憶，卻沒有變成黑白色。

旅程結尾，葛城講出這件事，丸山大受動搖，否定說不可能有這種事。

葛城對丸山說：

「這段回憶有資格畫在走馬燈上。」

但依照現狀，唯有等到臨終那一刻，才知道它會不會出現在走馬燈上。如果一定要看到，葛城可以把它畫上去，如果無論如何都不想看到，也可以用其他的場面把走馬燈填滿。並且若要做到萬無一失，把這段記憶的顏色消除也行。

「也可以把顏色消除嗎？」

我問，葛城點點頭：「非這麼做不可的話，是辦得到的。」他接著道：「但反過來沒辦法。」讓回憶染上色彩，只能由本人實現——畫師只能引導本人回想起遺忘的回憶。這就是旅程的目的。

葛城繼續回到丸山的事。

葛城催促丸山：「您想要怎麼做？請做出決定吧。」丸山發出呻吟：「可以給我一點時間考慮嗎？」

「當然可以。這是很重要的事，請您充分思考，謹慎決定。」葛城說著，其實已經猜到結果了。

「拒絕的時候，人會當下拒絕，一點都不會猶豫。」

比如經歷過戰爭的世代，即使在過程中想起戰時的回憶，也有許多人立刻拒絕說「我不要再看到」。也有人生氣地說：「好不容易忘了這件事，為什麼要讓我想起來？」這種情況，葛城會立刻消除回憶的顏色，使其絕對不會出現在走馬燈上。

「相反地，沒有立刻拒絕的情況，多半都會接受。猶豫的時候，其實就已經接受一半了。」

丸山也是如此。旅程全部結束後，他連絡葛城，要求把母親節的回憶放進走馬燈裡。

沒過多久，丸山惡名昭彰的一生落幕了。走馬燈上應該充滿了自己令人厭惡的守財奴樣貌，但沒辦法，畢竟他過的就是這樣的人生。

但是這樣的走馬燈景象當中，只有一幕是自己和妹妹手足情深的往昔場景。

「聽說他的遺容很安詳。」葛城說。

再一班上行新幹線經過，就關上窗戶吧。

透過窗戶眺望遠方，不論是早晨、白天還是黑夜，是視野清明或模糊的日子，都會讓人忘了時間的經過。

現在也是如此。我回想起丸山的事，一下子就過了三十分鐘。

上行新幹線來了。因為是不停靠周防站的列車，速度極快。透出車窗的車廂燈光就好像成串燈飾，有時被高樓大廈遮擋，由西向東穿越市區。

快晚上十點了，已經沒有去東京的班次了。不知道是去新大阪的末班車，還是終點站是岡山或廣島的列車。不管目的地是哪裡，總之新幹線會駛向遠方。就是這點好。

剛才回想起丸山走馬燈的事，我忽然想起了自己的母親。說是想起，但我對母親的認識，也只有透過照片得知的、我三歲以前的事，所以已經是十四年前——她二十九歲前的事了。

現在下落不明、連是生是死都不清楚的母親，有著怎樣的走馬燈？她的走馬燈裡，畫著三歲就拋棄的獨生女嗎？

布萊梅旅程的客戶，不光是丸山這種被醫生宣告來日無多的人，或是光子阿嬤這種罹患失智的人，也有年輕人。葛城說，最近有愈來愈多人想要知道現階段自己的走馬燈畫著哪些回憶，或許可以算是一種期中報告吧。

「比方說離過婚的人，好像會擔心分手的前夫或前妻是否會出現在走馬燈上。」

我也想知道。我現在的走馬燈上有母親嗎？父親我連長相都不知道，所以沒理由出現。但母親有可能出現。如果走馬燈上畫著母親……現在的我，說不清究竟想不想看到。

第三章

1

葛城租的車，是有三排座位的廂型車。

「這樣大家都可以坐得舒舒服服了。」

大家裡面，當然也包括了我，還有昨晚幾乎熬通宵，調查周防市歷史的自裕吧。

村松母子似乎並未因為昨天的長途車程而疲累，今早天色還沒全亮，就起床去庭院了。

光子阿嬤的失智症狀目前算是穩定。我會高二就一個人住的理由，達哉解釋了好幾次，她仍無法理解的樣子，但已經不像剛來我家時那樣眼神空洞了。

葛城開車，達哉坐副駕，第二排車座坐著光子阿嬤和自裕，我坐在第三排。

從立場來看，自裕才應該坐在第三排，但他為了展現臨陣磨槍的研究成果，甚至帶了平板電腦要導覽，起勁地說：「我是阿嬤的專屬導遊，有什麼問題都可以問我！」

感覺葛城會討厭這種調調，沒想到他意外乾脆地說「那你坐在光子女士旁邊吧」——直到每個人都坐好後，我才明白他真正的用意。

「遙香同學，不好意思，可以請您從後面扶著光子女士的肩膀嗎？雖然有安全帶，但我不習慣開廂型車，一開始又是連續彎道，為了保險起見，請您幫忙扶一下。」

「喔……」

「只要配合呼吸攙扶，應該就沒問題。」

起初我一頭霧水，但聽到這句話就理解了：原來是這個意思。他要我像昨天傍晚，在庭院潛入光子阿嬷的記憶大海那樣——所以自裕自告奮勇導覽，剛好方便吧。

葛城對達哉說：「第一站要先去哪裡呢？」

「最好是還保留著我們那個年代氛圍的地方……」

自裕立刻說：「那，西口的銀天街怎麼樣？那裡的拱廊街是昭和時期建的。」

「銀天街是以前周防屋那裡嗎？」達哉的聲音很開心。「我記得，嗯，那裡有大型街機呢。」

「周防屋是百貨公司對吧？」

「對，屋頂有小型遊樂園。」

「一九九三年倒閉了，但聽說以前是市內最大的百貨公司。」

「倒閉了啊……我們常去那裡的大食堂吃飯的說。對吧，媽？」

達哉從副駕駛座回頭出聲，光子阿嬷也懷念地點點頭說：「小達都吃豬排咖哩，媽吃天婦羅蕎麥麵。」

「對對對，然後爸從札幌回來，就一定會點生魚片定食。」

「……是啊。」

回應聽起來微妙地沉鬱，是我任意曲解嗎？

「那，先去銀天街，然後再去三葉化學。雖然不清楚是不是還在原址。」

光子阿嬤以前兼差、和那名所長共處的職場──

光子阿嬤不可能明白我內心的動搖，微微行禮說「麻煩了」。好像有點微妙的不自然，又好像沒有……還不是很確定。

葛城開出車子。我照他剛才說的那樣，從後方扶住光子阿嬤的肩膀，悄悄地把手也按在自己的左胸上。

調整呼吸，配合光子阿嬤的心跳……對上了嗎？還來不及知覺，眼前的風景已經褪去了色彩。

2

單色的世界裡，車子沿著蜿蜒狹窄的路，從山手地區開往市區。

山手地區從一九七〇年代開始急速開發成住宅區，但速度太快，道路來不及整修。直到一九八〇年代後半，四車道的山手外環道才開通，變成現今的街景——我聽見自裕對達哉說明的聲音。

「以前的路更彎也更窄，車子搖晃得很厲害，不習慣真的會暈車，到學校的時候已經暈慘了。」

達哉懷念地說。

我現在就看著那以前的道路。光子阿嬤的身體坐在廂型車上，心卻在回溯著以前搭公車的記憶。

無色的記憶中，年約四十多歲的光子坐在雙人座的靠窗座，旁邊是一個穿西裝打領帶的大叔。兩人應該不認識，看得出他們在狹窄的座椅上，小心避免彼此肩膀相觸。

座位全都滿了，很多乘客站著。幾乎都是上班族和高中生。應該是晨間的通勤通學時段。每個人都穿著大衣，所以是冬季。

這麼早，光子要坐公車去哪裡？

我的疑問，因自裕無自覺的助攻得到了解答。

「上街的時候都坐公車嗎？」

「當然了。坐計程車很貴，所以不管去哪裡都搭公車。」

「不自己開車嗎？」

「我爸調去札幌的時候把車子開走了。我媽沒有駕照，所以車子放在家裡也沒用。」

達哉對後座的光子阿嬤說：「對吧，媽？我們都坐公車吧？從郵局前面的公車站，到表町的公車總站……妳還記得嗎？」

光子阿嬤緩緩地點頭：「都會在公車總站買章魚燒回家呢。」

達哉開心地附和：「對啊對啊，乘車處的角落有一家小店呢。」

廂型車裡的對話很流暢，但光子阿嬤的心不在這裡。我眼中看到的，也依然是遙遠過去的公車內部。

「我媽也是，每星期有三天，會搭公車去三葉化學兼差。」

「那裡是車站另一邊，所以從山手通勤的話……」

「要在公車總站換車。通勤很辛苦，但我爸一個人調去札幌，兩邊都要生活，開銷也變大了，而且房租要自己負擔，所以我媽才去兼差。」

那麼，光子阿嬤現在浮現的記憶，是前往三葉化學通勤的景象嗎？

不過，光子的服裝雖然不到花俏的程度，卻也不像一般的通勤打扮——更華美、輕盈一些，妝容和髮型，也散發出微妙的亮麗和嫵媚……

公車剛進入市區不久，距離轉乘的表町公車總站還很遠，光子就按了下車鈕。

是從國道再進去一條路的大正町站。地如其名，這一區在大正時期是熱鬧的批發街，現在經過都更，已經布滿了公寓；但光子阿嬤記憶中的大正町，外觀簡素的辦公大樓與倉庫林立，一副就是商場行家雲集之處。

光子離開公車站。應該來過很多次了，走起來熟門熟路。不過，這個地方跟三葉化學一點關係都沒有。

在大馬路路口轉彎了。林立的大樓外觀變得更古老，也幾乎沒有行人。光子大步走進其中一隅的停車場內——不，正確地說，從大馬路踏進停車場的前一刻，她左右張望了一下，彷彿在觀察周遭，確定沒有人看到她。

停車場分成月租和計時兩區。大多數的公司和批發倉庫都還沒有開始營業，因此月租那一區停滿了印有公司行號名稱的大小廂型車及小卡車。計時區有一輛轎車，就像隱身在它們背後一般。

光子一發現那輛車，立刻笑逐顏開。

這瞬間——風景染上了色彩。

這表示接下來的事，是應該要畫在光子阿嬤的走馬燈上的事。

風景劇烈晃動。因為我的呼吸紊亂、心跳加速。深呼吸、深呼吸，冷靜下來。

轎車是很普通的白色小房車。

光子打開副駕駛座的車門。

駕駛座上的人，是三葉化學的營業所長。

轎車載著光子從國道往東開去。是三葉化學的反方向。

所長穿的是便服。車子也不是公司的小廂型車，而是租車的車牌——因為自己的車掛的是外縣市的車牌，會引人注意嗎？

從車子裡的對話聽來，所長今天好像請了年假。年末就快到了，年假天數所剩無幾。「所以我暫時沒辦法回去橫濱了。不過這樣比較好。」

太太和孩子的存在若隱若現，光子的表情沉了一下。

所長注意到，淡笑回應「我這不是在發牢騷」，接著說：

「星期天總得把妳還給妳兒子嘛。」

光子板起臉來：「別說了。不要提家裡的事。」那聲音和表情，已經不是所長和兼職員工的關係。

「抱歉抱歉。」所長笑著道歉，但繼續開了一段路，離開市區後，又提起光子家裡的事：

「妳是等妳兒子去學校才出門的？」

光子又說「別說了」。提到這個話題，她就排斥、動怒，更感到悲傷、痛苦。

然而，所長又繼續說：

「妳做便當給他了嗎？下次也做一個給我嘛。做一個跟兩個都沒差吧？」

「別說了……拜託你，不要再說了……」

「哈哈。」所長笑了。故意使壞——或者該怎麼說，像這樣讓光子悲傷、痛苦、苦惱，能讓他感到開心……得到快感嗎？

可是光子也是，儘管排斥，卻絲毫沒有要下車的樣子。

從剛才開始，車子就搖晃得很厲害。不是實際的搖晃，而是我內心的動搖直接造成。如果是單色的就好了，然而刻畫在光子阿嬤記憶中的這個場面，卻一直色彩鮮艷。

因為是駛離市中心，因此國道車流很順暢。很快地，車窗外轉為田園景致，再繼續前進，山野逐漸逼近。遠方看得到大海。這是冬季晴朗的早晨。陽光直接穿透清新的空氣，遍灑海面，瀲灩的波光耀眼極了。經過山間的小聚落時，枝椏上有顆僅存的柿子，顯得格外光鮮奪目。那種美，直教人感到怨恨。

車子在進入山嶺前拐進岔路。

那裡有一棟外觀模仿西洋城堡的愛情賓館，就像隱身山谷般矗立著。

不行！這絕對不行！

車子晃動起來，就像電視劇裡大地震或大爆炸的場面般，劇烈搖晃——接著驟然陷入一片漆黑。

3

手從光子阿嬤的肩上離開的同時，我回到了現實世界。

廂型車進入周防市區了。再幾分鐘就抵達第一個目的地銀天街了吧。

達哉和自裕在討論表町公車總站的前世今生。

行駛市內的公車路線，以前比較多，現在乘車處只剩下六個，但當時好像有十六個。自裕驚訝地說「有夠多」，而達哉得知縮減的乘車處空間現在成了超商和速食店，寂寞地說「時代真是不同了」。

章魚燒店在我們懂事的時候就已經不存在了。

「媽，真可惜呢。如果那家店還在，真想回味一下。」

達哉從副駕駛座回頭說，光子阿嬤說：「沒辦法，都那麼多年了。」

我實在無法正視達哉的臉，也無法冷靜地聽他們對話。

光子阿嬤對答如流，意識也停留在現實的世界。但是在她的記憶裡，正歷歷在目地刻畫著與所長的祕密兜風。

如果再摸她的肩膀，會回到那個場面的後續嗎？打死我都不想看。要是浮現完全無關的場面就好了，但如果接到兩人進入飯店房間之後的景象……

「遙香同學。」

葛城對著前方說。

「為了避免萬一，請好好扶著村松女士的肩膀。」

被發現我放手了。是透過後視鏡在盯著我吧。

我沒辦法，只好再次回到光子阿嬤的記憶世界。

眼前是單色的風景。我鬆了一口氣。不是那個場面的後續。是一家大餐廳。展望窗外是新幹線的高架鐵路。難道——我想到的是周防屋百貨公司的百味大食堂。

周防屋百貨在我出生很久以前就倒閉了，我沒有去過它的餐廳。不過，它是在昭和年代的高度經濟成長期——周防市最熱鬧的時期——開業的百貨公司，所以回顧周防市的歷史時，都一定會介紹它的屋頂遊樂園，和百味大食堂的照片及影片。

因此我一眼就認出來了。沒錯沒錯，餐廳中央的長桌中間擺著大茶壺和茶杯，茶水是自助式的。客人購買餐券坐下來，店員會撕下票根。

餐點有和食、中華料理、西餐、甜點、小菜，應有盡有。看當時的影片，每一道餐點看起來都比現在的家庭餐廳遜色許多，但刻畫在光子阿嬤記憶中的百味大食堂的風景和樂融融，溫馨極了。

餐點的擺盤果然很俗氣，食材和烹調水準應該也不怎麼樣吧。但享用的顧客們的表情真是讚透了。每個人都一臉開心，吃得津津有味，沉浸在幸福裡……阿嬤生前說過「以前我們最大的樂趣，就是星期天去百貨公司吃飯」，這時我總算有了真實的體會。

光子也在餐廳裡。一家人坐在窗邊的四人座餐桌。光子旁邊坐著達哉，對面的應該是丈夫征二吧。

「味道果然完全不一樣。」征二說。「瀨戶內海的魚才是最棒的。北海道的魚也不錯，但札幌滿內陸的。」

征二吃的是生魚片定食。達哉剛才也說了，每次來百貨公司餐廳，征二都一定會點生魚片定食。光子點了天婦羅蕎麥麵，達哉吃豬排咖哩。這些也都如同剛才所說的。

可是……

這個場面沒有色彩。

走在銀天街時，我的腦袋依舊混亂。

達哉和自裕左右攙扶著光子阿嬤前進，我在數公尺後方看著她嬌小的背影，不由自主地低下頭，吐出嘆息。

銀天街的拱廊街，是在一九六〇年代後半打造的。當時，就算是在整個縣內，拱廊商店街也十分稀罕，因此好像還有人會特地挑下雨天大老遠跑來購物。

「屋頂好像換了不少次，但骨架都相同，所以應該跟你們以前那時候一樣。」

自裕和村松母子並排走著，向兩人展現臨時抱佛腳的成果。

但達哉失落地苦笑：「是一樣……但還是不同了呢。以前更要熱鬧許多。」

「就是說呢……」

自裕附和的聲音也變得消沉。實際上，雖然還是上午，但今天是星期天，我們卻幾乎沒有遇到交會的行人。許多店家拉下鐵門，還有拆屋形成的空地，就像缺了牙一樣。

二〇〇〇年代初期，郊外開了一家附設影城和運動設施的大型購物中心，對銀天街等市區的商店街造成了極大的打擊。

「聽說周防屋百貨公司以前在前面的十字路口那裡。」

商店街結束在與站前馬路交會的路口。以前路口再過去還是拱廊街，但現在那邊的拱廊屋頂已經拆除了。

百貨公司的舊址，後來開了補習班、家電量販店等，現在則有百圓商品店、休閒服飾店、遊藝中心、佛壇佛具展示中心等，在填不滿大片商場的情況下經營著。

另一方面，郊外的購物中心開業幾年後，由於隔壁的三田尻市也開了家類似的大型商業設施，彼此爭奪客源，最後落敗了。影城老早就沒了，購物中心的進駐店家也一間換過一間，現在變得跟銀天街差不多蕭條。經營購物中心的企業正在考慮全面撤離，但當地政府不希望該地化成廢墟，雙方似乎為此僵持不下。

如果這座城市有走馬燈，上面會是怎樣的場景？世界滅亡的瞬間，所有的城市都會看到各自的走馬燈嗎？

4

下午，我們前往車站南邊的海岸地區。

在自裕帶領下，逛了還保留當時樣貌的工廠和倉庫，但結果可能只是讓光子阿嬤和達哉感到失落而已。

再怎麼說，都過了四十年的光陰。昔日支撐起日本高度經濟成長的周防煉油廠，其存在也往負面方向傾斜了不少。

曾是煉油廠要角的三葉集團也是，工廠逐一關閉，營業部門也大幅縮減。阿嬤說，以前都說「三葉打個噴嚏，整個周防都要感冒」，只要亮出三葉的社徽，就可以在每一家店賒帳。

然而，現在的周防再也看不到那樣的光景了。市街衰老、疲憊、蕭條，換句話說，在這當中，仍保存著四十年前樣貌的街區，並不是「保留」，只是「被拋棄」而已……

「變成廢墟之旅了呢。」

達哉逛了倉庫街一圈後，走回車子苦笑說。

實際上，自裕帶大家去的地方，幾乎都已經棄置多年了。不是掛上「非相關人員禁止進入」的告示，就是用鐵絲網或柵欄圍起，甚至整面牆壁被噴漆塗鴉……

「不過這也代表就是過了這麼久的歲月啊。」

達哉豁達地說，轉向光子阿嬤招呼：「對吧，媽？好久以前的事了嘛。」

光子阿嬤笑著回應：「那當然了，完全沒變才奇怪呢。」

我一個人暗自心驚肉跳。我無法坦然回應光子阿嬤的笑容。我想再多看一點光子阿嬤的記憶。我想知道這四十年間留下了什麼、有哪些事物消失了，可是又害怕不已。

「那，下一站是三葉化學的營業所舊址。」自裕說。

舊址——沒錯，光子阿嬤以前上班的工廠和事務所已經不在了。以前的三葉化學周防營業所有一棟和學校體育館差不多大的工廠，事務所就像附帶的一樣，設在一旁。

「不過進入平成沒多久，工廠就停止運作，有陣子只有營業部門在經營，但也在大概十年前跟廣島的分店合併了。現在跟周邊區域整合起來，蓋了這——麼大的物流中心。」

就像自裕說明的，在舊址興建的三葉物流的物流中心，號稱全縣規模最大，不過全是追求效率、毫無裝飾的直方體組合，那些幾乎連窗戶都沒有的倉庫，看起來就像巨大的棺材或墓碑。

達哉也苦笑說：「這副景象，根本沒辦法聯想起過去呢。」

「可是，其實我準備了驚喜。」自裕向兩人展示平板螢幕。「我蒐集到很不錯的照片，網路上應該找不到喔。」

自裕說他昨晚回家以後，問遍了每一個和三葉集團有關的親朋好友，請他們提供當時的照片。

「不愧是三葉，馬上就蒐集到好多照片了。然後我收到的照片裡，有一張是在三葉化學的停車場拍的。雖然褪色了，不過是彩色照片。」

二層樓混凝土建築的事務所前，是一片偌大的停車場，並排著有商標和社徽的營業用車。

達哉探頭看螢幕說：「事務所的建築物，我印象中也是長這樣。時間可能跟我媽兼差那時候滿接近的。」接著他問光子阿嬤：「是這樣嗎？」

沒有回應。光子阿嬤沉默著，目不轉睛地盯著螢幕。

太遠了。我沒辦法繞到光子阿嬤背後，伸手碰她的肩背，因此無從得知她的心現在正處在哪個場面。

如果自裕亮出照片的時機再早一點或晚一點，就有辦法看到了說。

然而，我在感到怨恨的同時，也鬆了一口氣。

兜風的最後一站是周高。是自裕向達哉提議：「難得都來了，要不要去母校看看？」

不只是在外頭看看而已，在老師和警衛之間也很吃得開的自裕，只是說了聲：「哈囉哈囉，我帶我親戚的叔叔阿嬤來拿忘記的東西！」就輕鬆闖入校外人士禁止進入的校舍裡面了。

光子阿嬤和達哉在自裕的帶領下參觀校內，我和葛城兩個人則並坐在操場的護網後方、用混凝土蓋出高低差的觀眾席，看著棒球隊的擊球練習。

公立的升學高中經常如此，周高的操場很小，無法容納所有的運動社團同時練習。尤其是占地方的棒球隊、足球隊和橄欖球隊，慣例上都會錯開練習時間，細微地調整同一時段哪些社團要練習。

今天棒球隊要使用操場一整天，橄欖球隊則是從中午到下午三點，然後足球隊接在橄欖球隊之後，練習到六點。我們來到周高時，橄欖球隊剛好結束，正在收拾橄欖球和擒抱柱。這對是足球隊畢業學長的達哉來說，時機再巧不過。

剛才自裕提議：「看過校舍之後，要不要去足球隊社辦看看？」達哉推辭說：「這樣好嗎？大叔突然跑過去擺學長嘴臉……」但似乎頗感興趣。達哉旁邊，光子阿嬤笑吟吟地，絲毫看不出半點心虛或內疚。

我聽著棒球隊員豪邁的吆喝聲、金屬球棒獨特的打擊聲，開口：

「那個所長跟光子阿嬤……後來怎麼樣了？」

葛城乾脆地回答：

「分手了。直接說結論，是所長調走了。妳應該也看到、聽到了，所長在橫濱有家庭，他是一個人調到周防工作的。」

所長在周防待了三年。以達哉就讀的學年來說，是國三的四月到高二的三月。

「獨自外調的男人，和丈夫外調的妻子雙重不倫……我不知道這是不是常有的事，不過有可能發生呢。」葛城說。

光子阿嬤單色的記憶裡，好像也片斷地殘留著分手前的經緯。

「你要怎麼做？」

「先盤點一下有多少有色彩的記憶。截至目前，遙香同學看到的有——」

葛城列出的有顏色的記憶，是光子聽到達哉受傷，趕到中央醫院的場面，以及和所長坐車兜風的場面。

「是這兩段對吧？」

「對……」

「太厲害了。您果然天賦異稟。」

「可是，有顏色的記憶不只這些吧？」

但願如此。最好所長出現的場面就只有這兩段，其他的都是和家人的回憶……

葛城沒有回答我的問題，說：「明天開始，就麻煩您了。」

葛城今晚要搭乘飛往羽田的最後一班飛機回東京。達哉和光子阿嬤明天以後也要住在我家，在周防市區逛逛，或租車去遠一點的地方，住到星期六。

「先前拜訪的城市，也都是這麼做。」

在懷念的地方住上幾天，原本遺忘的記憶就會被勾起。在漫長的歲月中被扭曲的記憶會被修正回來。有些回憶即使想起，依然是黑白的，但也有色彩鮮艷的場面。而且有時原本黑白的記憶會染上色彩，或有色彩的記憶褪成單色……

「和開始旅行前相比，村松女士的走馬燈有了不少變化。」

「會這樣嗎？」

「會的。尤其是失智的長輩很常如此。」

葛城告訴我畫家高更[1]的畫作標題。

〈我們從哪裡來？我們是什麼？我們往哪裡去？〉[2]

我沒看過這幅畫，但依稀可以理解標題的意義。

「記憶就是一場自己來自何處的旅程。因為有記憶，才能瞭解自己的過去、瞭解我們是什麼人，也才能知道要往何處去。」

走馬燈藉由呈現出這段旅程，照亮亡者的來路，告知亡者自己是什麼人，將其送往黃泉路。

「不過如果因為失智，記憶扭曲、或被蛀得坑坑洞洞、或稀釋變淡，走馬燈的圖畫也可能會走樣，顯示出與實際不同的旅程。」

將它修改為正確的樣貌，就是葛城這次的任務。

1 歐仁・亨利・保羅・高更（Eugène Henri Paul Gauguin，一八四八～一九〇三），法國印象派畫家。

2 原文*D'où venons-nous? Que sommes-nous? Où allons-nous?*，是高更於一八九七年十二月完成的一幅油畫，目前收藏於波士頓美術館。

「半年前剛開始旅程時，光子女士的走馬燈非常刻苦。經歷過戰爭的世代很多都是如此，他們的走馬燈上就只有吃苦的回憶。實際上達哉先生也說，光子女士出現失智症狀以後，就彷彿變了個人，變得十分多疑、對錢斤斤計較。」

不會吧？我差點驚呼出聲。從光子阿嬤現在慈祥的樣貌，實在無法想像她那副模樣。

「透過旅程，她找回了許多幸福的回憶。」

葛城說道，露出笑容：「真是太好了。」雖然笑容陰沉，但他是真心感到歡喜。

就在這時，正在練習打擊的三年級生擊出清脆的聲響，打出了一記好球。棒球隊在以甲子園為目標的縣級預賽中，總是第一輪或第二輪就遭到淘汰，但今年夏天，三年級的投手備受期待，被視為睽違數十年的大黑馬。

「可是……走馬燈上還沒有任何這裡的畫面，對吧？」

「對，我剛才看了一下，那五年半依然是一片空白。」

「咦？葛城先生是什麼時候摸光子阿嬤的背的？」

「我看背影就知道了。」他沒什麼地說，接著道：「也許您早晚也可以直接看到，連摸都不用摸。」然後又歪頭「不對呢」，訂正：「應該說……不必摸，自然就會看到。」

「意思是不想看也會看到？」

我的表情不由自主地扭曲了。

「前提是您的天賦夠強的話。沒有這種天賦也無所謂，沒有是最好的。您已經擁有足夠的能力了，也會因此扛起不必要的煩惱。」

就像剛才那樣——聽到葛城這話，我默默點頭。

「看到他人的走馬燈的能力也是如此。如果可以不用看到，那是最好的……」

我是這麼認為——葛城接著說出的這句話，被擊球聲蓋過了。內野手飛撲接滾地球，球卻擦過伸出的手套溜走了。支援的外野手漏接了那球，引來守備的隊員噓聲和嘲弄。

話被打斷，葛城順勢回到正題：

「走馬燈上沒有那五年半的情景，也有可能是失智的關係。還是必須確實釐清……但視情況，最後一刻可能要請達哉先生來做決定。」

走馬燈要留下哪些場面、要刪除哪些場面？

但是，這必須——

「關於母親的外遇，達哉先生……」

「達哉先生不知情。」

「要告訴他嗎？」

「也包括這件事在內，必須在最後做決定。所以從明天開始，要盡量挖掘是否還有其他有顏色的回憶。」

「我來嗎？」

「您不願意嗎？」

「也不是不願意……只是要我做這些，我實在……」

「您什麼都不必做。只要光子女士留在周防的期間，記憶受到刺激，浮現有顏色的記憶，接下來我一看就知道了。」

不過，這樣似乎也有點不夠勁……

可能是我的真心話寫在臉上了，葛城苦笑說：

「您要看的話，我不會阻止。悉聽尊便。」

模糊的擊球聲響起，軟趴趴的滾地球滾向內野。感覺是很容易接到的球，然而也許是加上了奇怪的旋轉，在伸手要接的野手前面發生不規則跳躍，直擊他的下巴。野手按住臉，當場蹲下去，其他隊員也都跑過去，練習中斷——要打進甲子園果然太難了。

「星期六早上，我會過來接他們兩位。在那之前，請您照顧他們的起居。其餘的部分，您照常上學生活就行了。」

謝酬已經匯進戶頭了，我只能接受。但我還是想至少抗議個一、兩句……

「全部都丟給我喔？」

「確實，這會對遙香同學造成負擔，不過意外地，他——自裕同學或許會帶來很大的幫助。」

「什麼？」

「他……是不是有時會看到黑白的風景？」

「……咦？」

我差點呼吸停止。

「他昨天說過……可是是開玩笑的。」

我回應的同時，自裕傳了LINE訊息給我。

〔我們在足球隊的社辦。達哉先生請了一萬圓的果汁。達哉先生人不胖，但出手好海派啊！〕

訊息附上狸貓拍肚皮的貼圖。真的好悠哉。

不過，葛城看到手機畫面也沒有笑。他一本正經，陰沉地說「他……真的很不錯」，接著道：

「他可能擁有跟您一樣的能力。」

第四章

1

星期一早上，我一看到自裕到校，立刻把他拖到教室外面的陽台，告訴他光子阿嬤和三葉化學的所長雙重不倫的事，還有葛城看出我的能力，以及自裕可能也擁有相同的能力。

自裕共說了五次「不會吧！」、七次「真假？」，各兩次「不敢相信——」、「我的天哪——」。結束後，他還大功告成似地深深大嘆一口氣，說「怎麼會這樣」。

反應不出所料。這也是我真實的反應。所以我才想要當面告訴他，而不是透過電話或訊息。

「那，今天村松母子要去哪？」

「他們說要租車去玖珂大島。」

距離周防約一小時車程的玖珂大島，以橋樑和本島相連，風光明媚，在能遠望瀨戶內海群島、甚至是四國的海角上，建有一棟國民宿舍。

「他們在那裡有什麼回憶嗎？」

「嗯……聽說三葉化學的員工旅遊時，兼職員工也有參加，一起住在國民宿舍。」

從旅行回來後，光子不停地對留在家的達哉說「真是太好玩了」。達哉記得這件事，於是邀母親：「要不要過去看看？」

「那是什麼時候的旅行？」

「達哉先生高一的時候。黃金週連假去的。」

「也就是……」

「雙重不倫進行式的時候。」

自裕說了第八次的「真假」，接著問：「這很不妙吧？」

「就是說呢……」

可能會讓早已遺忘的、和所長之間的回憶死灰復燃。

萬一那段回憶染上色彩，棘手的東西就會增加。

等光子阿嬤從玖珂大島回來，就偷看她的記憶。如此一來，便能知道今天一整天她想起了哪些事、是否會變成走馬燈。

「可是，如果是糟糕的回憶，該怎麼辦？」

「對啊……」

「應該說，不倫的事，真的不用先告訴達哉先生嗎？」

「是你的話，會告訴他嗎？」

「呃，還是會猶豫真的可以告訴他嗎？」

「……到底是哪邊啦？」

我用偽關西腔吐槽，在女兒牆的扶手上托起腮幫子，看著戶外景色。

教室在二樓，因此從陽台可以看到整座操場。上課前十分鐘的預備鈴才剛響過。正在晨練的田徑隊聽到鈴聲，結束練習，開始收拾用具。操場外的馬路擠滿了走路和騎自行車上學的學生，公車在正門前停下，吐出大批鬧哄哄的學生。

一如往常的晨間風景，卻好像只有我和自裕身在另一個世界。

「村松母子的事雖然令人掛心，但我現在光是自己的問題，就自顧不暇了。」我坦率地吐露洩氣話。「因為突然說什麼走馬燈、看得到別人的記憶，我也一整個莫名其妙啊。」

「會嗎？」

這過於輕鬆的反應讓我托腮的手差點滑掉，但自裕並不是在搞笑。對於他自己的力量也是，一開始的連串「不會吧」、「真假」過去之後，就整個冷靜下來了。

「自裕，你看過別人的記憶嗎？」

「才沒有呢。可是如果看得到，我很想看看。」

他問我窺看記憶的步驟，我告訴他。

繞到對方背後，用左手按在左肩或背部左側，也就是靠近心臟的地方。右手按在自己的左胸上，配合對方的呼吸。粗略地說，就是讓心跳和心跳串連在一起。感覺心跳對上了，慢慢眨眼，就能看見記憶中的場景。

「原來如此。」自裕點點頭，左手從左肩伸向背後說：「肩膀還有辦法，但背部左側，是指心臟正後方對吧？自己絕對摸不到呢。」

「要把手掌貼在那裡，應該太難了。」

「也就是說，自己看不到自己的記憶囉？」

「……大概吧。」

「這樣啊。」自裕一臉扼腕。

「你想看？」

「當然啦。」他當下回答，反問：「小遙妳不想看嗎？不好奇自己的記憶嗎？」

「這……」我語塞了。

「要我幫妳看嗎？」

自裕的手從女兒牆上的扶手放開，迅速繞到我的背後。

「不可以！」

我忍不住驚呼，翻轉身體藏住背部。因為聽起來就像尖叫，陽台上、甚至是教室裡的同學們，都訝異地看過來。

啊，糟糕，這不是在抗議性騷擾……我正在焦急時，上課鐘響了。

多虧鐘聲救場，我的尖叫聲才沒有引發騷動。

自裕起初也嚇了一跳，但很快就笑說：「沒事啦沒事啦，不會對妳幹嘛啦，我怎麼敢呢？」跑回教室了。

不過，我們向來對彼此總是毫不保留、直來直往，因此以這樣的方式結束對話，令人錯愕，或者說餘味有點糟。

而且我會那樣神經兮兮地拒絕，不光是因為不想被碰到肩背而已。

我不想被人看到記憶。更正確地說，我不想知道看到的結果。

我完全不記得自己的母親。但葛城說，「想不起來」和「沒有留下記憶」是不同的兩件事。那，如果我一直沒有想起來的母親的回憶其實還在記憶裡，因為把它喚醒，讓它染上了色彩，出現在走馬燈上的話……又或是，走馬燈上已有的畫面中，有我不知道的母親的回憶的話……

我不想知道，但又不是百分之百不想知道，確實是有一點好奇。但我害怕知道，一旦知道，就再也無法回到原本不知道的狀態，我害怕這樣。但如果能知道……

一個又一個的「但」不斷堆疊，我懷著紛亂的思緒，度過了第一節到第三節課。

第四節課快結束時，自裕的叫聲突然響徹整間教室：「痛死我啦！」

「對不起！我的背跟左手抽筋了！」

因為試圖用手按住背部左側——

上課期間，自裕一直在設法窺看自己的記憶。

自裕在班上是搞笑咖，所以第四堂課的吵鬧也只是引得眾人笑笑就結束了。

「可是，你是認真的吧？」

午休時間，我和自裕一起並坐在餐廳的長桌上吃飯，這麼問他。

「對啊。」

自裕承認，大口扒著豬排咖哩飯。

周高的學生午休，分成從家裡帶便當的一群，吃福利社賣的泡麵、三明治或鹹麵包的一群，以及在餐廳吃定食或咖哩、拉麵、烏龍麵的一群。

平常我都是吃福利社，自裕吃便當。

然而，第四節一下課，我立刻衝到自裕的座位說：

「我們去餐廳吧！我請你吃咖哩。」

「那我要豬排咖哩，大份的。」

瞬間就被升級了。看來我是自投羅網、正中他的下懷。比起多損失兩百圓，讓自裕稱心如意更讓我不甘心，但現在不是計較這些的時候。

然而卻是自裕主動切入正題：

「第三節之後，我把手按在高山背後。」

高山是搞樂團的，是我們學年的吉他第一好手。他光是和同學還有三年級學長組樂團還不夠，甚至跟大學生組團，在 Live house 熱力演出。

「高山小學的時候，爸媽買了古典吉他給他。他好像本來就很想要吉他，不過那個禮物是個驚喜，所以他高興得快瘋了，當場就彈了起來……但剛拿到吉他，連怎麼彈都不知道，完全不成曲調，可是他還是彈得好開心……」

自裕感同身受地傳達出高山當時的喜悅。那個場面似乎有色彩。這表示在幾十年後遙遠的未來，當高山結束他的人生時，這個場面有可能出現在他的走馬燈上。

「一定會的，他是個好傢伙。」這麼笑道的自裕，我覺得也是個好傢伙。

可是自裕嘆了一口氣，接著說下去的聲音倏地變得低沉：「這下我知道了，我真的看得到別人的過去……欸，這真的很恐怖對吧？」

「對啊，我也覺得。」

「任意偷看別人的記憶就很缺德了，而且有些還是本人都不記得的事吧？這絕對不行啦。」

比方說——他接著說：

「假如有人在懂事以前被父母虐待，他把這件事從記憶中抹去，徹底忘光了。可是要是被人看到，多管閒事地提起：『你知道你以前遇過這種事嗎？』……那會怎麼樣？」

還有啊——他又舉了個例：

「小時候不小心大便在褲子裡的事，本人絕對不願意想起來，卻在死前一刻出現在走馬燈上的話……不管整段人生有多幸福，也會在最後一刻全毀了吧？」

從虐待到大便，這也跳得太誇張了。不過，我非常瞭解自裕想要表達什麼。

「剛才我想看妳的記憶，妳抓狂了對吧？」

「……我又沒有抓狂。」

「我懂，那果然是不應該的行為。」

抱歉——自裕接著說，把一塊自己的豬排翻過來夾起，放到我的烏龍麵上。這種賠罪方式，實在十足自裕作風。

「可是如果反過來呢？」

「咦？」

「妳來看我的記憶怎麼樣？行嗎？還是不行？」

就算問我……

「如果我拜託妳，妳可以幫我看嗎？」

自裕說，把第二塊豬排放到我的烏龍麵上。

沉默持續著。自裕也沒有催促我回答，忙碌地動著湯匙，連續扒了好幾口咖哩飯。

我只能說「對不起，我不知道」。猶豫了老半天，總算決定回答時，自裕搶先道歉了：「對不起，我自己也還沒決定，剛剛的只是假設性問題而已。」

真的嗎？「真的啦，沒騙妳啦，認真的。」急匆匆地這麼補充的態度，怎麼看怎麼可疑。

「可是，剛剛說著說著，我想到啊，看見過去，其實意外地滿恐怖的呢。」

得知未來很可怕。雖然對未來非常好奇，卻又害怕得不得了。這我也完全理解。

「可是記憶的話，就會覺得還好對吧？既然是已經發生的事，也無可奈何，不管發生什麼都是自作自受，或者說也不能怎麼樣。」

「……就是說呢。」

「可是很可怕，嗯，還是很可怕。」自裕一字一句確定地說，歪起頭：「為什麼呢？」

我吃著烏龍麵，仍有些猶豫。但很快地想開了，開口說：

「你的走馬燈裡面，一定有你爸媽對吧？」

「是啊。」自裕吃著咖哩。

「但我的走馬燈會不會有我爸媽，我自己也不清楚。」

「妳想要有還是沒有？」

「……現在還不曉得。」

「我……希望不要有我爸媽。」

「怎麼會？」

「萬一他們的表情很失望，我會很難過。」

要是走馬燈上出現父母拿自裕和過世的哥哥比較後、露出失望沮喪的神情……

「太教人情何以堪了嘛。」

自裕「啊哈哈」地笑，我卻什麼都無法回應。

2

當天晚上的餐桌，擺滿了玖珂大島的土產和海鮮。

「真不好意思，我媽實在太懷念了，不小心買太多了。」

也難怪達哉要道歉，在道路休息站「道之驛」買的蠑螺、鮑魚、岩牡蠣、伊勢海老等等，全都是生鮮，分量極多。

而且光子阿嬤因為長途兜風而疲累，傍晚一回來立刻就去洗澡，沒等到晚飯便上床休息了。

不過玖珂大島的兜風，比達哉預期的更讓母親感到歡喜。開車巡繞島上的期間，光子阿嬤不停地說著「好懷念」，聊起以前員工旅遊吃到的海鮮燒烤有多美味，所以才買了許多生鮮海產。

「回程的時候，也順道在周防市內買了這個回來。」

餐桌上擺著卡式烤肉爐。

「因為是生鮮，現在又是梅雨季，得在今天吃完才行呢。」

「就是啊……」

「我也吃不下全部，遙香同學食量大嗎？喜歡海鮮嗎？」

「……對不起，我有點怕貝類。」

這種時候，自裕最能派上用場。

一通電話，他便迫不及待地騎著自行車火速趕來。

我到玄關外面迎接自裕，在他進門前先警告：「你應該知道，絕對不許提到所長的事。」

開動之後，自裕便專心大快朵頤，看來我是白擔心了。

「這樣，是這樣喔，不是轉肉，而是轉殼。」自裕用牙籤插進蠑螺肉，向達哉示範一氣呵成拔出螺肉的訣竅，還用鮑魚肝、味醂、醬油調成特製醬料，讓達哉驚呼：「哇，這好好吃！」

不過，笑意有時會從自裕的臉上消失。比方說，當達哉說起母親在玖珂大島兜風的反應時……

「她記得一清二楚，我真的好驚訝。是時隔幾十年重遊舊地，突然想起了一直遺忘的事吧。」

島上的景觀已是滄海桑田，但光子阿嬤依然既懷念又開心地向達哉描述從展望台遠望四國，或將當地特產的蜜柑的皮曬乾後，放入浴池裡的蜜柑風呂等等。

「不過我記得很清楚，當年出發旅行前，我媽一副很不想去的樣子。雖然是員工旅遊，但我媽是工廠兼職員工，不是三葉化學的正職人員，有點矮人一截。實際上，住宿房間的分配，正職和兼職好像也不一樣，所以她出門的時候，還在嘀咕反正她們一定只能睡大通鋪。」

然而回來的時候，光子整個人歡欣得無法想像出門前的意興闌珊，不停地說「太好玩了」。是旅途中發生了開心的事嗎？還是和所長的關係加溫了？

達哉心滿意足地說：「再帶我媽去一次玖珂大島，真是做對了。」

對於達哉的敘述，自裕——我一定也是——沒和他對上眼的時候難堪地、對上眼的時候則強顏歡笑地，一直默默聆聽著。

隔天早上，我聽見客廳落地窗打開的聲音，在二樓床上醒來了。

起初，我嚇了一跳，瞬間睡意全消。阿嬤過世以後已經過了快兩個月，她最後也住院一個月，因此我已經獨居了三個月之久，對家中的動靜自然也變得敏感許多。

不過，才剛坐起來，我就掌握了狀況：啊，對喔。是達哉或光子阿嬤很早起，從客廳開窗去庭院了吧。

看看時鐘。清晨五點半。

「不會吧……」我喃喃道，離開床鋪，把睡衣換成休閒服。刷牙洗臉上完廁所走出庭院，不出所料，光子阿嬤正坐在陽台花園椅上。

光子阿嬤注意到我，頷首道：「早啊。不好意思，把妳吵醒了？」

「沒有……」

「昨晚太早睡了，已經睡飽了。」

現在似乎沒有失智症狀。她換了衣服，頭髮也梳得很整齊，感覺可以直接上街也沒問題。

我也在椅子坐下來。等於是隔著圓桌，一起看著庭院。

「昨天小達帶我去玖珂大島。」

「嗯……我們有聽他說。」

「我們買了很多蠑螺和鮑魚回來，妳吃了嗎？」

「嗯，很好吃。」

「啊，太好了。有點買太多了，我本來擔心吃不吃得完呢。」

現在的光子阿嬤，神智和心靈都非常清明。從她的措詞漸漸不再那麼生疏客氣，也能清楚地看出這一點。

若是這種狀態，不管跟她說什麼，她都能明白——但也因為如此，我只能束手無策地掛著客套的笑。

昨天的兜風似乎讓光子阿嬤非常開心，她一再強調「或許當地人覺得沒什麼好稀奇的」，描述瀨戶內海有多美、島上鄉土味十足的街景是多麼富有情趣。

我一邊附和，一邊擔心，萬一她提到過去的回憶怎麼辦？想知道，但又害怕知道。

「……我去泡個茶。」

我逃之夭夭地前往廚房。煮水泡茶的期間，光子阿嬤就端坐在花園椅上，注視著周防的街景。

葛城說他光是看到背影，就能跳進記憶大海，或是看到走馬燈。然而，在我的眼中，那只是一個已經行將就木的老阿嬤嬌小的背影。不過葛城說，我遲早也會看得到——即便我不願意。

從廚房回到陽台時，我順便裝了一小碟梅乾，附上牙籤，放到托盤上。

「我過世的阿嬤，早上都會吃梅乾配茶。她說把梅乾放進茶裡，喝到一半用牙籤戳洞，酸味就會滲進茶水，刺激食慾，讓早飯吃起來更香。」

不嫌棄的話，請用——我說。光子阿嬤笑著道謝，照著我說的方式用梅乾配茶。

「……怎麼樣？」

「嗯，很好喝，感覺對健康也很有幫助。」

「光子阿嬤在看什麼地方嗎？」

「就看著車站再過去靠海那一邊，發呆而已。」

靠海——海岸地區，以前是三葉化學的營業所所在地。

「是不是發現，還是想到什麼懷念的地方……？」

我提心吊膽地問。

「沒有，就只是呆呆地看著而已，也不是看什麼特定的地方，有許多事都讓人懷念。」

「……光子阿嬤以前在周防，也有很多認識的人呢。」

笨蛋！我罵自己，卻又情不自禁要問。就像站在懸崖峭壁上，儘管心想太危險了、太可怕了，卻又忍不住腳板一點一滴往前挪嗎？

「當然有了。不過搬走之後，也幾乎都沒有再連絡，現在都已經沒有往來了。到最後都還會互寄賀年卡的朋友，也在前年過世了。」

「……那有沒有想見的人呢？」

「這個嘛……」光子阿嬤看著街景，平靜地微笑，啜飲茶水。

看著她的側臉，總覺得背部陣陣悚然。

吃早飯的時候，達哉告訴我今天的預定。

「我想帶我媽去佐波天滿宮。以前我們全家一起去過。」

距離周防市約一小時車程的佐波天滿宮坐擁廣大的梅林，祭祀著學問之神菅原道真，因此在適逢考季又是梅花季的二月左右，總是擠滿了來祈求上榜的參拜客及賞梅客。

達哉說的「全家」——達哉、光子，以及從外調的埼玉回來的征二——一起去佐波天滿宮時，也是那個季節。

「是我讀高二的二月。剛好我爸要去廣島出差，所以順便回家一趟……」

今天要去回溯當時的記憶。

「雖然季節完全不同，但我看了一下天滿宮的官網，神社境內好像都跟以前完全一樣，所以我媽應該也會很懷念吧。」

對吧，媽？妳很期待吧？達哉問。光子阿嬤笑咪咪地點點頭，說：「那時候你抽了好幾次神籤呢。」

「啊，對啊，我想起來了。」

第一支抽到的籤是「末吉」。雖然比「凶」好，但是在「吉」裡面，卻是最差的一支。達哉大失所望，光子說「這支當成媽的，你再去抽一次」。結果征二也說：「既然要抽，你再抽兩支吧。三支籤裡面，最好的就是你的，第二好的是媽的，第三好的給爸就好了。」

對呢，有這件事呢——達哉懷念地再三點頭。

「以抽神籤的規矩來看，應該是不對的，但我就這麼做了。結果重抽之後，也是『中吉』和『吉』，沒有『大吉』，但真是一段溫馨又美好的回憶，對吧？」

自己這樣說也很怪啦——達哉自己吐槽自己，笑了一下，轉向光子阿嬤，這回笑得感慨萬千：

「不過，今天一早就想起了開心的回憶，一定會是美好的一天，嗯。」

我形式性地回笑，藉口要收餐具，離開了。

笑不出來。聽不下去。達哉讀高二的二月——三葉化學的所長在隔月就結束外調，離開周防了。就在這樣的時期，光子和征二還有達哉一起去佐波天滿宮，欣賞梅花盛開的美景，抽了神籤，享受久違的一家團聚。光子已經和所長做好道別了嗎？還是起了爭執？或者是什麼都還不知情？

只要繞到背後，觸碰光子阿嬤的肩膀或背部，就能看到她的記憶。可以知道那天天滿宮的回憶，是以什麼樣的形式留存在她的心中。她感到心虛或痛苦？或是切割得很清楚，覺得兩件事互不相干？或者她在心中向征二及達哉道歉，懷著欲泣的心情在笑？或者其實心不在焉，滿腦子都在想著所長？

看就知道了。但是我害怕得知真相。一直起伏不定的「想知道」和「不想知道」的蹺蹺板，現在明確地傾斜了。我真心感謝必須用手觸碰才能窺看的限制，也總算理解葛城說的「不想看也會看到」的意義。

只看背影，就能看到記憶——？

打死我都不要。

3

星期三和星期四下雨。寶貴的兩天，天公卻不作美。

「不過這樣剛好，連續兩天出遠門，我媽也實在是累了。」

達哉豁達地笑道，這兩天就只是開車在附近晃晃，其餘時間和光子阿嬤一起在家度過。

不知道這是好是壞——

星期四晚上，光子阿嬤的樣子有些不太對勁。回話的速度變慢，而且也答非所問。

晚飯的時候，達哉說「這邊的燉菜果然是昆布高湯味呢」，光子阿嬤回道「是啊，託你的福」。我說「洗澡水放好囉，可以洗澡了」，她點點頭說「真的有好多種啊」。不過有時對話又對得上——是時好時壞的狀態吧。

達哉當然也發現了。他一臉難過，困惑地看著母親，然後看到電視氣象預報說雨應該今晚就會停了，刻意開朗地握拳叫好說：「太好了，終於要放晴了！」

「明天如果放晴，要去哪裡嗎？」我問。

「我想帶我媽去龜山溫泉。」

距離周防約半小時車程的龜山溫泉，是我們也很熟悉的地方。尤其是有滑水道的溫水池，是小學生「家庭旅遊」、國高中生「因為要穿泳裝所以門檻有點高的約會行程」的熱門景點。

「妳知道水明莊嗎？我們想去那裡。我上網查了一下，好像有當天來回的泡湯方案。」

我只聽說過名字，不過水明莊在溫泉街應該也是家老字號日式旅館。但是從達哉剛才的說法聽來，不是因為有純泡湯方案才選擇水明莊，而是從一開始就鎖定了水明莊——

「水明莊在東京也很有名嗎？」

達哉含糊地說「也還好啦……」，換了個話題。即使聽到我們的對話，光子阿嬤的心依然停留在遠方。

我回到自己的房間，用手機連上水明莊的官網。

不愧是老字號旅館，不光是介紹旅館本身，也有龜山溫泉的導覽。

龜山溫泉的起源，似乎是獵人看到鶴和猴子會來此泉治療傷病，便也開始學著泡湯。原本是山間一處僻靜的溫泉療養地，不過從三葉在周防設廠的明治時代末期，它便做為「周防的內廳」、「三葉的迎賓館」而繁榮起來。在煉油廠強而有力地支撐當地經濟的昭和高度經濟成長期，也成了工廠員工們可以輕鬆前往的休閒區，而變得更加熱鬧了。

水明莊就是那個時期，在溫泉區邊郊開幕的旅館。

〔本莊刻意背對溫泉區的喧鬧塵囂，悄然佇立，是追求靜謐幽寂的住客們深為喜愛的「祕密旅館」。〕

官網也刊登了剛開業時的照片。彷彿隱身山間的二層樓和風旅館，確實非常「祕密」。老實說，氣氛有點適合想要避人耳目的男女……

思緒就要開始浮想聯翩，我連忙叫停：別想了！

隔天早上，比起昨晚的時好時壞，光子阿嬤的症狀顯然更加惡化了。就和上星期六到我家那時一樣，變回了地藏菩薩。雖然詳和地微笑著，卻不發一語，眼神也十分空洞，對達哉的呼喚幾乎沒有反應。

「可是沒問題的。有客房附的露天風呂，如果沒辦法泡澡也沒關係，只要能去水明莊，我媽就心滿意足了。」

去水明莊，果然是光子阿嬤的要求吧。

「光子阿嬤在那裡有什麼回憶嗎？」

我擠出笑容，語帶輕鬆，卻是鼓足勇氣地問了達哉這個問題。

達哉笑道「是啊」，但沒有更進一步說明。他就這樣離席走出庭院了。是因為說來話長，所以懶得解釋……是我想太多嗎？

變成地藏菩薩的光子阿嬤端坐在餐桌前，卻幾乎沒動早餐，而是呆呆地看著播報NHK新聞的電視畫面。

現在光子阿嬤的走馬燈變化成什麼模樣了呢？在周防度過了一星期，拜訪玖珂大島和佐波天滿宮，她想起了什麼吧。有一直沉睡在記憶中的回憶，應該也有明明想遺忘，卻不小心想起來的回憶。哪些回憶有色彩，哪些回憶又是黑白的……？

只要跳進記憶大海，就能夠知道。但我實在太害怕了。

達哉從庭院對客廳說：

「媽，今天天氣很棒喔。連下了兩天的雨，空氣裡的灰塵都被洗乾淨了，可以清楚地看到煉油廠那裡。」

光子阿嬤依然沒有回應。達哉寂寞地短暫一笑，振作起來又說：「可是沒關係，今天可以一直待在過去的世界裡。」

天空一直維持著一早的晴朗，直到傍晚。

如同晨間新聞的氣象播報員雀躍的說法「今天是最適合洗衣服的天氣！」，天氣好到彌補連續兩個雨天都還有剩。從戶外吹進教室的風也乾爽無比，無法想像昨天以前的潮濕。

然而，儘管天氣這麼棒，我卻懷著烏雲密布的心情迎接放學。

總覺得坐立難安。說不上來是不安還是不祥的預感，總之胸口深處沉沉地堵著，怎麼樣就是不暢快。

原因當然是——

「既然這麼擔心，打電話給達哉先生就好了嘛。如果不敢打，傳個訊息也可以。」

午休時間，自裕這麼說。他還問：「要不然我來連絡？」

坦白說，我有些心動。也覺得對達哉來說，比起我，自裕應該更容易開口。

但我還是用力忍了下來。一半是不想依賴自裕，另一半是因為自裕也從今早就有些無精打采。

放學後我得知理由了。總是跟男同學在回家路上亂逛的自裕，難得說「如果妳現在就要回家，我也跟妳一起」，在同一班公車相鄰而坐，把理由告訴我了。

昨晚他和父親小吵了一架。

原因和內容都是雞毛蒜皮的小事。晚飯後，自裕在客廳滑手機，父親下班回家看到便嘮叨：「你有在唸書嗎？」自裕回嘴：「我在看數學的教學影片啦。」

「看影片是能學到什麼？」、「就是能學到東西，訂閱數才會這麼多啊」、「你認真一點好嗎」、「我很認真啊」……

老樣子了。自裕的父親堅持只接受坐在書桌前，打開筆記本和參考書的唸書模式。觀念很古板。

但另一方面，自裕雖然訂閱了好幾個教育類的 YouTube 頻道，但實際上幾乎都只看遊戲實況影片。

簡而言之，兩邊都半斤八兩——吵架也不是真的動氣，兩三下就結束了。

「問題是後來……」

這要是平常的自裕，下一秒就切換情緒了。就算關回自己房間時還在氣呼呼，吃個零食，也很快就氣消了。無論好壞，他這人從不鑽牛角尖。

然而昨晚過了一陣子，情緒依舊沒有平復。

「也不是生氣，就是心裡一直悶悶的……讓人靜不下心來。我覺得跟午休時間妳說的不安有點像。」

自裕因為口渴而走出房間，父親正在飯廳吃誤點的晚飯。

「我爸剛好背對著我。看到他的背，我就想到了。」

剛才那場拌嘴，會如何留在爸的記憶裡……？

類似的小吵經常發生，所以父親應該也不會特別記恨吧。但也許他很受不了這個兒子。他會不會厭煩地心想「真是夠了」，覺得「裕生這孩子果然無可救藥」，放棄他……然後……

「他可能會想起我哥，覺得要是裕還在的話就好了。」

「想太多。」

自裕也帶著苦笑點點頭說「我知道」。

不過，事情並未這樣就結束。

自裕喝了冰箱的麥茶，回到自己房間，忽然又想到了。

「我想到如果我也有像葛城先生那樣的走馬燈繪師的能力，進入我爸媽的記憶裡，把我哥的回憶統統畫到走馬燈上，是不是再也沒有比這更孝順的事了？如果畫面太多，把我的回憶刪掉就行了。」

我沒有回應，自裕不理會，逕自說下去：

「可是搞不好不必我雞婆，走馬燈的畫面從一開始就只有我哥……想到這裡，我忍不住愈來愈沮喪，都快哭出來了……」

公車剛好來到山手外環道的上坡，引擎聲變大了。自裕在噪音掩蓋下，「嗚嗚」假哭。

我都不敢按下車鈴了。

我在下一站山手郵局前下車。自裕要在再過兩站的東四丁目公園下車。說完和父親吵架的事以後，他依然沒有打起精神。平常的話，他傾吐後就會笑著說：「排毒結束！」恢復元氣。看來打擊真的很大。

是不是應該陪他坐到家？還是快點讓他一個人獨處比較好？我的手肘彎曲在不上不下的角度僵著，自裕看也沒看我，默默地按下下車鈴。

「……抱歉。」

「沒什麼好道歉的啦，而且我比較近。」

我的「抱歉」不是那個意思啦——感覺說出口，會變得更「抱歉」。

車內「下一站停車」的燈號亮起，公車放慢速度。

「我決定了。」

「決定什麼？」

「葛城先生的工作，高中學歷也可以做嗎？還是國中學歷也行？」

「什麼？」

「因為好像很有趣啊。然後我要自動自發出第一次任務。後天就是父親節，我要偷看我爸的記憶，檢查一下有哪些我哥的記憶。超孝順的對吧？」自裕說得又快又急。「如果關於我的爛記憶有顏色，得叫葛城先生教我怎麼刪除才行。」他笑著說，眼睛卻不肯看我。

我搞不清楚他這話有幾分認真，公車已經停了，我只得萬分牽掛地起身下車。

「小遙。」

自裕終於轉向我，像小朋友說拜拜那樣，雙手在眼前擺動。

「今天謝謝妳了，不好意思啊。」

「……又沒什麼好道歉的。」

我回敬他，走向下車門。

晚點要傳 LINE 或是簡訊鼓勵他一下嗎？我邊下車邊想。

然而，不到幾分鐘，這樣的餘裕就煙消雲散了。

就快到家的時候，我接到達哉的電話。

光子阿嬤走失了——

4

光子阿嬤是在從龜山溫泉回到周防途中，停在站前加油站的時候不見的。

達哉為租的車加滿油，從廁所回來時，坐在副駕駛座的光子阿嬤已不見人影。

自從出現失智症狀以後，光子阿嬤便隨身佩戴有GPS功能的項鍊。然而，今天泡溫泉的時候取下項鍊，收進外套口袋後，就沒有再戴回去——而外套留在了車子裡。

達哉在加油站附近找了一圈，卻一無所獲。加油站位在市區，因此彎進巷弄，再拐幾個彎，就幾乎不可能找到人了。達哉在附近奔走了一會兒，也認為他一個人沒辦法，於是直接報警。

「現在警方也派人在協尋，卻一點線索都沒有……」

加油站附近就是表町的公車總站。光子阿嬤雖然把外套留在車上，但帶走了裝著錢包的手提包，錢包裡有儲值卡，因此萬一她用儲值卡搭了公車，情況會更不堪設想。

「公車公司也幫忙連絡了各車司機……但還沒有找到人……」

此外，公車總站的正門旁邊也有計程車乘車處。

可能性多不勝數，也因此，遇上萬一的危險性不斷增加。

「搞不好我媽會想要回家。」

回去以前的家——我家。

「不好意思，遙香同學，可以請妳回家以後先不要出門嗎？如果我媽回去那裡，請立刻打電話給我。」

我照著達哉說的，回家後就一步也沒有出門，等待他進一步連絡。

然而一個小時過去，電話依然沒有響起，光子阿嬤也沒有回來。

傍晚六點的新聞開始播報，同時玄關門打開，汗流浹背的自裕進來了。

「還是找不到。不好意思，讓我喘口氣。」

自裕坐在玄關進屋的高低差處，肩膀上下起伏，氣喘如牛。

我拿杯子倒了冰箱的麥茶，端到玄關給他。

我很感謝自裕。他總是在我有難時拔刀相助。我打電話說出光子阿嬤走失的事，他立刻說：「那我也騎自行車去找。搞不好她意外地正自己走路回來，就算坐了公車，也有可能下車後不知道路呢。因為都過了超過四十年，街景整個不一樣了。」

確實也有這樣的可能性。

「我去繞一圈看看。」

自裕就像他說的一樣，在全是坡道的山手地區騎自行車晃了快一個小時。

他喝完茶後，又起身說：「我再加把勁找找。」

「不用了啦，自裕。真的謝謝你。」

「妳在說什麼啊？沒關係啦，要是袖手旁觀，我會擔心到睡不著覺啊。」

自裕打開玄關門，緊接著——

「嗚嘎！」

他發出走調的驚叫聲，整個人往後彈。

玄關外面站著滿臉疲憊的光子阿嬤。

相反地，光子阿嬤一發現自裕，便搖搖晃晃地抓住他。她幾乎是整個人倒上來，因此自裕也沒辦法閃開。

嬌小的光子阿嬤抓住自裕的雙手，仰望著自裕探頭問「妳沒事嗎？」的臉。那神情痛苦萬狀。

如同字面形容，她眼裡完全沒有一旁的我。

她說了什麼。嘴巴動了，卻沒有構成聲音。

「怎麼了？妳還好嗎？是不是哪裡不舒服……」

自裕焦急地問，光子阿嬤不是用話語回答，而是用力抓住了自裕的雙手。她在發抖。那顫抖是那麼地劇烈，不光是她自己的手，連自裕的手都一起抖動起來。

「……對不起……」

聲音也顫抖、走調。

「對不起……真的對不起……」

光子阿嬤哭了出來。

「對不起、對不起、對不起……小達……」

她把自裕當成達哉——高中時的達哉了。

「請你原諒媽……原諒媽吧……小達……」

呃，那個，妳認錯人了……本來正要這麼說的自裕吁了一口氣，重新露出笑容，就像要把一切都暫時甩開。

「怎麼啦？嚇我一跳。」

他極盡溫柔地說著，抽出被光子阿嬤抓住的雙手，反過來摩挲她的雙臂，如同要裹住她般。

「冷靜點，好啦，媽，先進來再說吧。」

他攬下了達哉的角色。

然而光子阿嬤卻抗拒地搖頭，激烈地抽泣著，只是反覆地說著「對不起、對不起」。

自裕向我使眼色，嘴型在說：繞到她背後、背後啦！

我正躊躇，自裕露出恐怖的表情催促：「快點！」只能硬著頭皮上了。

我把左手按在嗚咽的光子阿嬤背部。嬌小的背激烈地顫抖起伏，因此難以感覺到心臟的跳動。

取而代之，背部的震動沿著手傳遞到我的胸口。不同於規律的心跳，那是宛如驚滔駭浪的狂暴聲響。

那聲響拂去了倒映在眼中的玄關風景色彩。然後就像迸碎的浪濤般，光子阿嬤的記憶碎片接二連三出現在眼前。

光子和三葉化學的所長，身在楓紅熊熊燃燒的山間旅館。兩人肩挨著肩，坐在格局遮蔽外界視線的簷台。

場景一換，變成了海邊。河流出海的沙灘上，光子留意著洋裝裙襬，在戲水。可能是因為被喚了名字，她回頭看向岸邊，開心地揮手。她的笑容對著坐在沙灘上的所長。沙灘上花朵群生綻放，粉紅色的濱旋花、白色的珊瑚菜——是初夏季節。從海岸望出去的周邊島嶼的景色來看，這裡應該是玖珂大島。

場景又變成公寓或是大樓的房間。光子正在用吸塵器。房間很單調，幾乎沒有家具。靠牆的小矮桌上有一只菸灰缸，是所長獨居的住處嗎？是趁他不在，來幫他打掃嗎？櫃子上擺著相框，但看不到相片。因為相框被倒扣在櫃面上。

為什麼要倒扣——？才剛想到，一股不妙的預測掠過腦際。

光子打掃完畢後，手猶豫地伸向相框。她的動作滲透出她的真心：如果能夠，她不想碰，想要就這樣任由它擱著。她立起了相框，面對照片。是一家三口的全家福照。我的預感成真了。父母和女孩。父親是所長。

光子目不轉睛地看著照片。我的視線就像電影或電視劇的鏡頭，繞到光子的前方，捕捉到她的表情。

那是怨毒的瞪視。然而那強烈的眼神根本之處，確實摻雜著不同於敵意的情感。是歉疚嗎？心虛嗎？照片中的女孩，約是高中生年紀——和當時的達哉差不多。

場景再次變換。

這次一樣是單調的公寓或大樓的房間，不過是和剛才不一樣的地方。

光子在收拾小廚房的垃圾。幾乎都是杯麵或袋麵的包裝、調理包或熟食的餐盒，也有許多啤酒和威士忌空瓶。本來應該用來盛裝廚餘的洗碗槽邊角濾架，堆滿了濕掉的菸蒂。

光子從廚房走到起居室。兩間三坪和室，其中一間空盪盪的，只放了衣櫃。是平常沒在使用，或只會鋪棉被睡覺嗎？另一間和室只有電視、矮桌和書架。

這裡也是一個人外調生活的住處嗎？可是，是誰的住處……？

電視是映像管式，電視櫃沒有錄影機那些。光子的穿著打扮跟剛才打掃所長的住處時差不多。

如果這個場面也是同一個時期，那麼，這裡就不是所長的住處，而是……

電視櫃上有相框。剛才的相框倒扣在櫃面，這邊的卻是正面朝前擺飾著。

不希望成真的預感再次浮現腦海又消失。

用除塵撢拂去電視櫃灰塵的光子拿起相框，用撢子輕輕拭去灰塵後，注視著相片。和剛才面對所長的全家福照片時相比，拿起來的動作很自然、輕盈，但注視的時間比剛才更長更久。

一家三口——不出所料，照片上是征二、光子和達哉。是達哉讀高二時的二月，去佐波天滿宮參拜時拍的照片。三個人背對鎮坐在境內的巨大牛像，笑著並排入鏡。注視著照片的光子微笑著，然而兩行淚水滑過了那張笑容。她嘴唇翕動，說：對不起。

這些浮現的場面都有色彩。也就是說，這是光子過世的時候，有可能出現在走馬燈的回憶。

場景再次轉變。

時間倒轉了許多。

還是嬰兒的達哉在嬰兒床上睡著了。年輕的光子和征二看著達哉的睡容，輕戳他的臉蛋，或輕捏他的小手。

時間前進了一些。

達哉揹著全新的書包，讓中高年級的學生拉著手去上學，光子和征二站在公寓大門前目送。光子的表情有些擔心，征二笑說「沒問題的」，要她放心。

時間繼續前進。

穿西裝、邋遢地扯鬆領帶的征二在客廳呈大字型躺倒。他喝醉了，整個人很暴躁。也許是工作上遇到了不順心的事——要他外調。征二坐起來，喝著光子遞給他的水，用拳頭捶打榻榻米，憤憤地說了什麼。光子附和著，安撫、鼓勵他。

時間前進得更多。

光子迫不及待征二回家似地，滔滔不絕起來：「欸，你聽我說。」「好啦好啦。」征二不耐地敷衍，往浴室走去，光子氣惱地在餐椅坐下，整個人趴到餐桌上。

時間迅速快轉。

光子和征二坐在餐桌旁。飯廳非常小。碗櫥、冰箱、廚房家電也都很小，數量也不多。光子比住在周防時年老了一些。這裡是大阪嗎？達哉去東京讀大學以後，光子搬到征二工作的地方，過起自新婚後睽違已久的小倆口生活。是那時候的回憶嗎？兩人幾乎沒有交談，是平靜安穩的團聚時光。

時間繼續更快地往前轉。

上了年紀的光子和征二坐在達哉的婚宴圓桌旁。達哉和新娘前往每一張賓客桌點蠟燭，他們在末座耀眼地、眼中泛淚地看著。兩人不經意地對望，「這一路走來，真是經歷了好多啊。」他們百感交集，面帶微笑彼此點頭。

這些場景都沒有顏色。我真希望至少最後達哉的婚禮場面能登上走馬燈，然而特地準備的蠟燭小小的火光，只是幽幽搖曳著。

光子阿嬤的記憶大海愈來愈狂暴了。斷續浮現的場景毫無脈絡，而且瞬間就消失。兒時的達哉笑著。頭髮變得稀疏的征二笑著。少女的光子穿著工廠制服罩衫笑著。年輕的達哉笑著。棒球外套配運動裝。哇，完全是八〇年代。年輕的征二笑著。飛機頭配平底便鞋。天哪，五〇年代？光子抱著孫子笑著。中年發福的達哉笑著。躺在醫院床上的征二笑著。年幼的光子蹲在火堆旁笑著……

然而，家人的笑容都沒有色彩。

幼小的光子在哭。她蹲在農家的水井旁，抽抽答答地哭個不停。年輕氣盛的征二暴怒。他喝酒回家，凶狠地吵著還要喝。穿高領學生制服的達哉目不轉睛地看著。高領處別的是周高的校徽。是在生氣、難過，還是兩邊都有？又或是完全不同的感情？達哉只是默默無語、定定地看著這裡。光子在哭。是已經看過好幾回的「那時候」——住在周防的光子，看著市區的夜景掉淚。雖然建築物和庭院的樣貌不同，但是從那裡望出去的周防街景，和從我們家庭院看出去的景象差不多。所以光子是星期六在庭院哭泣，然後達哉又從正面看著她。和剛才一樣穿著高領學生制服，比剛才更憤怒、更悲傷地看著她。

這些回憶，全都帶著鮮明的色彩。

這些，光子阿嬤非看到不可嗎？可以不必看嗎？如果在自己的人生閉幕之際，接二連三看到的全是悲傷的回憶，算是背叛家人的報應嗎……？

我再也承受不住，把手從光子阿嬤的背上放開了。風景回到現實。和自裕對望了。可能是從我快哭出來的表情察覺到一切，他默默點了點頭。

自裕連哄帶騙，摟著她的肩膀護著她，把哭個不停的光子阿嬤從玄關帶到客廳沙發。

到了沙發，自裕也沒有離開光子阿嬤身邊。他摟著光子阿嬤的肩膀，撫摸她的背，讓她平靜下來後，小心不讓她嗆著，慢慢地餵她喝了我從廚房端過來的麥茶。

後來我才知道，不管是在玄關還是客廳，自裕的手都一直摸著光子阿嬤的肩和背。光是這樣，不必配合呼吸，他就能跳進記憶大海，看到了和我相同的場面。就像葛城說的，自裕果然也有窺看記憶的天賦。

我把光子阿嬤交給自裕照顧，火速打電話給達哉。我只通知他光子阿嬤平安回來的事，並沒有說明她的狀況。

透過電話也聽得出來，達哉安心到差點當場腿軟，語帶哭音地說：「謝謝妳，遙香同學，真是太謝謝妳了……」

光子阿嬤讓自裕撫著背，不知不覺也睡著了。

自裕輕輕地讓光子阿嬤躺到沙發上，小心翼翼地蓋上我拿來的毛巾被，熄掉客廳的燈，跟我一起躡手躡腳出去庭院陽台。

「達哉先生現在在哪裡？」

「他說他在周防分局，再三十分鐘才會回來。」

「這樣啊……」自裕神情猶豫。「我應該待在這裡嗎？還是回去比較好？」

「留著啦，留下來絕對比較好。」

也算是為了我——

「可是，」自裕說。「我覺得如果見到達哉先生，我會不小心看到他的記憶——就算不想看也會看到。」

這太可怕了。

「搞不好……達哉先生知道光子阿嬤外遇的事。」

光子阿嬤一直在懷疑，而且害怕。之所以鮮明地記得達哉注視著自己的表情，也是這個緣故。

結果自裕在達哉回來之前就先回去了。我希望他留下來，但他雙手合掌膜拜說「抱歉，真的對不起，可是我實在很怕」，所以我也無法強求。

離去之際，他問我：

「小遙，妳會想看達哉先生的記憶嗎？」

我立刻搖頭，搖到幾乎可以聽見波浪鼓的咚咚聲。

「我想也是……」自裕稍微鬆了口氣，先聲明「我這話可能是多管閒事」，接著說：「我們再怎麼說，都才十六歲而已。是高二的小屁孩。可是達哉先生……五十八歲是嗎？都快花甲了。光子阿嬤更是都已經八十多歲了。總之他們都是大人了。」

如此成熟的兩人，把在周防生活的時光藏在心裡超過四十年以上。

「我覺得這超過四十年的歲月真的很厲害。怎麼說，比起回憶本身，帶著那些回憶活到今天的歲月更要沉重多了。所以，就算我們這樣的小屁孩偷看大人的記憶，確定他們的回憶……或許其實也什麼都不明白。」

我大概可以理解自裕想要表達的。只是找出「有這樣的回憶」，可能其實也沒有意義。不過，找到記憶之後，又該怎麼做才好……？

自裕前腳剛走，達哉後腳就搭計程車回來了。

光子阿嬤還在沙發熟睡。達哉為母親拉好身上的毛巾被，說：「等她醒來，我再帶她去和室。害妳也擔心了，但我媽沒事真是太好了……」

達哉以憐愛的動作溫柔地持續撫摸母親的頭髮。我害怕看到他的背影，不敢抬起低著的頭，躲回自己的房間了。

第五章

1

星期一，自裕沒來上學。

好像是吃太多，撐壞肚子了。他母親連絡了學校請假。在班級晨會告知這件事的班導園田老師，說「我還以為自裕的鐵胃連玻璃和鐵釘都能消化，原來不是」，把大家都逗笑了。

這些話對一些人來說，可能會覺得受到權勢騷擾，但自裕是開得起這種玩笑的。如果他現在在教室，應該會第一個笑出來。搞不好還會配合演出，咬住自動筆或圓規，讓教室陷入哄堂大笑。

園田老師和各科老師都很清楚自裕的個性，因此希望教室來點笑聲時，都一定會拿自裕來捉弄或吐槽——有困難時就祭出自裕同學！而本人也總是不負期望，盡責地裝瘋賣傻。他是個天生的綜藝咖。即使不太會念書，他也超愛上學，最喜歡跟朋友混在一起，嘻嘻哈哈地吵鬧。

然而，這樣的自裕，隔天也缺席了。

「好像是肚子痛蔓延到腦袋，頭痛起來了。」

就算是園田老師，也不禁顯得有些擔心。班導轉述，自裕的母親說兒子沒有發燒，也沒有咳嗽流鼻水等感冒症狀，但就是頭痛，昨天的肚子不適也沒有好轉，無法下床。

「嗳，現在正值梅雨季，是季節交替的時候，又遇上青春期嘛……身體難免有些大小毛病。」

老師應該是想要用「青春期」引來一些笑聲，只是很可惜地，搞笑落空。如果自裕在，就算梗不好笑，他也會開嘘「有夠難笑」，引發全場笑聲。

不過沒辦法，就是很難笑。同學也都很擔心。就連國中因為流感而全班停課的時候，自裕也吵著說：「不能去別班上課嗎？」這樣的他居然連續兩天缺席……

果然讓人很擔心。不過我的擔心，方向完全不同。其實我完全不信肚子痛頭痛那套說詞。

星期五幫忙尋找光子阿嬤以後，自裕星期六日都沒有來我家。星期日也就罷了，星期六是達哉和光子阿嬤回東京的日子，我還以為他一定會來送行，也用LINE告訴他葛城上午會來接。

然而，我的訊息卻被已讀不回。星期六也是，他甚至沒跟我說一聲沒辦法來送行。

跟自裕感情好到交換電子信箱和電話號碼的達哉，遺憾地說「本來希望最後他可以再逗我們笑一笑的」，光子阿嬤也有些落寞地對我說「替我跟妳朋友問聲好」。不知道是否是星期五的走失風波因禍得福，星期六早上光子阿嬤醒來，便一臉神清氣爽，對答也恢復正常了。

葛城從東京搭早上第一班飛機過來周防，我已經在星期五晚上告訴他光子阿嬤走失的事以及後續。葛城沒有太驚訝，說「旅程的關鍵時刻經常會發生這種情形」。對於出現許多有顏色的回憶，他也只是陰沉地點點頭道「嗯，我想也是」。

但即使是反應向來淡漠的葛城，得知自裕星期六沒來，似乎也大感意外，落空地說：「啊，這樣啊……」

所以我也無法盡信什麼頭痛肚子痛的說詞。

星期一我靜觀其變，但連星期二都缺席，我實在忍不住擔心了。

〈你怎麼了？〉

星期二傍晚，我傳了LINE訊息，還傳了簡訊。入夜以前，兩邊都變成了已讀，卻沒有回覆。

晚上九點，我下定決心打電話過去。然而鈴聲才剛響，立刻就轉到語音信箱了。

「我是小遙——哈囉——你還活著嗎——打個電話給我唷……」

我當下決定語氣要盡可能輕鬆。

等了一小時，依然沒有回電。

我一籌莫展，嘆口氣想「真是沒轍了」，不經意地瞄向月曆，發現前天星期天是父親節。

這麼說來，星期五的時候，自裕說過。

我要偷看我爸的記憶，檢查一下我哥的回憶——

當時他的語氣像在說笑，實際上我也認為不是百分百認真，卻也覺得並非沒有一絲真心。

星期五潛入光子阿嬤過去的記憶，星期六沒來為光子阿嬤和達哉送行，星期日雖然不曉得出了什麼事，但星期一、二都沒來上學……聽起來好像俄羅斯民謠〈一星期〉[1]的歌詞，不過我滿認真地揣想，搞不好真的出事了。

結果沒等到自裕回電，LINE和簡訊也都沒有回覆。

然後星期三，自裕依然沒有到校。

「小遙，方便嗎？」午休時間，同班的美咲等人把我叫去陽台，說：「聽說自裕離家出走了，是真的嗎？」

「不會吧！」我睜圓了眼睛，美咲說：「連小遙都不知道的話，那果然是假的吧……」

離家出走說消失後，美咲等人繼續想像自裕連續缺席三天的理由，吱吱喳喳討論。失戀說、奮發圖強備考說、追星說、沉迷電玩說，她們任意揣測著。

不過，在言不及義的閒聊中，有時也會摻雜一針見血的意見。

「妳們不覺得自裕有一層透明的防護罩嗎？」——美咲早就發現，自裕的開朗底下其實隱藏著意外的寂寞。

「雖然自裕總是當大家的開心果，但我覺得他畫了一條線，不讓任何人踏入。」

我也有同感。我點點頭，結果美咲說「跟小遙很像呢」。雖然不是說壞話的口氣，但這時我突然想起之前自裕說的斑馬的事。我們都是少數派。想到距離那件事也才過了十天而已，之前不曾自覺到的疲倦突然沉甸甸地壓到背上來。

那天放學後，先前跟美咲在一起的友希一個人把我叫到陽台。

昨天傍晚，友希的母親好像在新幹線的周防站看到了自裕。

友希的母親在車站的「伴手禮小路」兼差當店員。自裕前去光顧，在隔壁收銀台買了周防知名伴手禮糕點「瀨戶來鴻」。

友希的母親也知道自裕。因為自裕是那種在教學觀摩日、運動會和校慶上最出鋒頭的傢伙。

自裕接過裝進手提紙袋的「瀨戶來鴻」時，友希的母親出聲向他打招呼，結果他驚叫一聲，焦急地轉身，就這樣快步離開店裡，走向自動售票機了。

「我媽不知道自裕都沒來上學，然後也得招呼其他客人，所以就這樣算了……」

在自裕離家出走的傳聞甚囂塵上時，如果說出這件事，感覺會愈傳愈誇張，因此午休聊天時，友希沒有說出來。「不過我覺得自裕的事，還是讓小遙知道一下比較好。」——雖然不想被任意送作堆，不過謝謝了。

在新幹線的車站裡，周防算是小站，因此不像岡山或廣島那樣，有一大堆上下行列車。自裕搭

1　歌曲原名〈Неделька〉，敍述了一個人在一週中所發生的各種事情。

乘的班次，也幾乎可以確定是去哪裡的哪一班。

「那個時間的話……應該是去東京的『希望號』。」友希說。

一天只有數班的停靠周防的「希望號」，在自裕購物的時間幾分鐘後到站。所以無庸置疑，自裕先去買了伴手禮，然後搭上了前往東京的「希望號」。

我猜出他要去哪裡，閉上看著操場的眼睛，嚥下嘆息。

「瀨戸來鴻」這款糕點，是把薄薄的柚子羊羹用蜂蜜蛋糕捲起來，做成卷軸般的造型，因為價格實惠，又可以存放很久，從昭和年代開始，便成了經典伴手禮中的經典，甚至可以斷定，所有的周防市民都一定吃過它。

但也因此形象過時，味道又稱不上精緻，年輕人只會為了好玩而買它。

自裕會挑選「瀨戸來鴻」當伴手禮，是為求中規中矩、不會出錯，還是想要當做笑點……？

總之，他還有餘裕在車站買伴手禮。就算是離家出走，或許也不是走投無路、驚慌失措的感覺。

那麼，也不必那麼擔心嗎？

提著「瀨戸來鴻」的自裕，會跪下來懇求「求求你！要是不收留我，我就沒有地方可以去了！」的對象——

眼前浮現交抱著手臂、陰沉地困惑的葛城。

可是，接下來我就想像不出來了。如果自裕就如同我猜想的，想要拜入布萊梅旅程門下當學徒，葛城會怎麼做？確實，他看出自裕的天賦，似乎對他寄予期待……

回家之後，我正左思右想時，手機響了。是自裕家的電話——他的母親打來的。

2

半小時後，自裕的母親開車到我家來了。

到訪的理由是「我煮了嫩薑炊飯，分一些給妳」，把冷凍的飯用微波加熱後送來了。簡而言之，這顯然是來我家的藉口。

不過不光是藉口，阿姨真的用保鮮盒裝了一大堆一餐吃不完的菜餚過來給我。

「都是現成的東西，不過可以放好幾天，當小菜吃吧。」

「……阿姨，謝謝妳每次都送這麼多吃的。」

「不用謝啦。」

阿姨關心沒有父母的我，總是在各方面照顧我。阿嬤過世，我一個人生活以後，她每次見面都會說「要是遇到困難，什麼都要跟阿姨說喔」。雖然我還沒有遇到那類危機，但由衷感到開心和感謝。

不過，現在我們的立場相反了。我們在餐桌坐下後，阿姨就像在摸索切入正題的時機般，以僵硬的動作連喝了好幾口麥茶。

只能由我發難了。

自裕——我差點這麼說，連忙嚥了回去。對自裕的父母來說，自裕完全是裕生，是繼承了哥哥名字的弟弟。

「裕生狀況怎麼樣？學校同學都很擔心他。因為他從來沒有連續三天請假過。」

我打算看阿姨的反應，再考慮要不要說出自裕離家出走的傳聞。阿姨似乎立下決心，一口氣推進：「他好像在東京。」

果然——

「他說頭痛肚子痛，只有前天和昨天白天……現在想想，可能是裝病。」

那孩子很會演——阿姨語帶嘆息地補充說，取出手機。

星期一早上，自裕說鬧肚子，去了廁所好幾次，然後又說頭痛。雖然沒有發燒，但阿姨覺得可能是睡覺著涼鬧肚子，讓他學校請假。

到了星期二，自裕依然頭痛肚子痛。去年迷上韓國偶像和韓劇的阿姨，每星期二都會去文化中心學韓文。阿姨本來要請假，但自裕說「我沒事」，要阿姨照常去上課——大概就是在那時候決定去東京的。

「出門前我交代裕生說，如果中午還是不舒服，就去看醫生。」

阿姨傍晚回家時，自裕不在家，阿姨以為他去看醫生了，但其實那時候他已經跑去周防站了。

傍晚，自裕傳了訊息到家族群組：

〔我去做畢業旅行探勘。〕

並附上了東京晴空塔的貼圖——

阿姨讓我看了LINE的聊天室畫面。從昨晚快九點〔我到東京了〕的訊息後，接連傳了好幾次訊息。〔東京熱死了〕、〔人有夠多〕、〔電車種類太多〕、〔烏龍麵的湯太黑〕……全是些無關緊要的內容，還附上澀谷全向十字路口的照片。

但，就算叔叔阿姨問〔你要住哪家旅館？〕、〔至少跟我們說你什麼時候回來〕、〔你跟誰在一起嗎？〕、〔至少聽一下電話留言，回個電話〕，他也完全不回覆。取而代之，他傳了吃到一半的漢堡和牛丼的照片，甚至在家庭餐廳的沙拉吧自拍，強調他有好好吃飯、有注意營養均衡。

「真心為他操心，簡直像傻瓜。」阿姨苦笑。「但也不能就這樣丟著他不管……」阿姨嘆了口氣。

「他身上有錢嗎？」

阿姨再嘆了一口氣，亮出一張便條紙。〔借據　五萬圓整　對不起〕——放在家中櫃子，以備不時之需的現金被拿走了。用來存壓歲錢的自裕名義的戶頭，也在昨天用提款卡提領了幾乎是全額的十萬圓。

「可是……我完全不懂裕生跑去東京做什麼。」

LINE訊息沒有解釋。

「也不曉得他打算待到什麼時候。」

如果睡在網咖，應該可以在東京待上一陣子。五萬圓的借款，或許也是用來長期抗戰的。

「小遙啊，」阿姨的口氣換了。「裕生去東京做什麼，妳心裡有數嗎？」

來了。我不能打馬虎眼。

「呃……也不是完全沒有數……」

「上星期，有東京的人來妳家做客對吧？以前住在周防的老太太，和兒子一起來。跟那件事有關嗎？」

「……或許有關……」

阿姨用力把身體探向餐桌，說：「告訴阿姨。」

我隱瞞走馬燈的事，說出光子阿嬤和兒子達哉的追溯回憶之旅。

阿姨似乎也從自裕那裡聽說了一些，點點頭說：「失智的復健方法裡面，似乎有一種叫做回憶療法，或許跟那個很像。」

「裕生也幫了我很多，我真的很謝謝他。」

「不會，那孩子也覺得很好玩。他還調查了以前周防的老照片那些。」

「然後，村松先生是委託東京一家旅行社規劃行程……」

「是叫布蘭妮的公司嗎？裕生說過。」

「不是布蘭妮，是布萊梅。童話《布萊梅的音樂隊》的布萊梅。」

我忍不住笑出來。不曉得是阿姨搞錯，還是自裕在搞笑，但也許自裕是真心弄錯了。

也因此，我的肩膀放鬆下來，稍微可以流暢地說明了。

自裕對布萊梅旅程的工作內容超級感興趣，自己也超級想要從事一樣的工作，有可能因此去了東京……

不過，隱瞞走馬燈這個關鍵要素，「超級」這部分就變得極度缺乏說服力了。阿姨也完全無法接受的樣子，說：「可是，那也用不著現在就丟下學校，跑去東京吧？」

「……就是啊。」

事實上完全就是如此。

「而且都沒有跟我還有他爸說一聲，就離家出走似地跑掉，實在搞不懂。」

「……就是說啊。」

最重要的原因之一，就是沒辦法告訴父母——但我當然說不出口。取而代之，我問阿姨：

「星期天的時候，裕生看起來怎麼樣？」

「很好啊，跟平常一樣。」

「星期天是父親節吧？」

結果，阿姨連連點頭：「被妳一說，對啊，那孩子得意忘形，還幫他爸揉肩膀，我還笑他是想要討零用錢吧……」

不出所料。自裕看到了父親的走馬燈。

自裕最新的訊息，是今天中午過後傳來的。

〔我很好，絕對不要擔心我。〕

雖然附上了古裝卡通角色下跪說「求爹娘了！」的貼圖，但身為父母，當然不可能就這麼撒手不管。

〔立刻告訴我們你在哪裡、什麼時候回來。〕阿姨回覆，正在上班的叔叔則在四點下達最後通牒〔我七點會去報警〕。

叔叔剛傳訊息，就被已讀了。可是現在都過五點了，自裕卻還沒有回覆。

「小遙，妳知道那家旅行社的電話吧？可以告訴我嗎？」

我不能說不知道。不過，就這樣讓阿姨直接跟葛城通話好嗎……？

我正左右為難，手機接到LINE的訊息通知。看看螢幕，是自裕傳的。

「拜託，小遙，跟我說吧。」

阿姨還不知道傳訊息給我的是自裕。

「那孩子應該是不用擔心，可是他從來沒去過東京，卻一個人就這樣跑去了，誰曉得會遇上什麼事呢？叔叔跟我都擔心得要命，昨晚完全睡不著覺。」

阿姨其實很想昨晚就報警或向校方求助，但叔叔制止說：「不要把事情鬧大。裕生也有裕生自己的想法。既然用 LINE 連絡得上，就先觀望到最後一刻吧。」

我覺得這不全是因為叔叔相信自裕，應該多少也是顧慮到面子問題。

但就連這樣的叔叔都忍無可忍，做出最後通牒，這絕對是來真的。

「可是在報警之前，我想直接跟裕生談一談。」阿姨說。

自裕不接手機電話。那麼，只能連絡自裕極有可能前往的布萊梅旅程了。

「小遙，快點告訴我電話號碼。」

被再次逼迫，我反射性地拿起手機，起身說「名片放在二樓，我去看一下」，跑到自己的房間，立刻查看自裕的訊息。

〔我媽可能去找妳了。〕

早就來了好嗎——？

〔她可能會問妳葛城先生的電話。〕

早就在問了好嗎——？

〔可是不要跟她說。〕

少說得那麼容易——！

〔妳打電話過來。最好當著我媽的面打。葛城先生說這樣比較快。〕

原來你們在一起——？

〔什麼時候都可以，我媽去找妳的話，馬上打電話來。〕

我回覆〔我一分鐘後打過去〕。訊息立刻被已讀，還收到一個大拇指比讚的ＯＫ貼圖。

3

回到飯廳，在阿姨懇求的視線施壓下，我打了葛城的手機號碼。

連第一道鈴聲都還沒響完就接通了。

「真的很教人頭大。」葛城劈頭就說。「透過村松先生說情，我也沒辦法回絕……但這太誇張了。」

自裕似乎是打電話給達哉，問出了布萊梅旅程的辦公室地址和電話。

「自裕同學的母親在那邊對吧？」

「……對。」

「請您回答的時候盡量簡短。我這邊會簡單報告。」

「……拜託了。」

自裕今天一早就直闖辦公室。沒有預約，登門突襲。他應該是覺得先打電話，會直接吃閉門羹吧。

「我今天直接去出差現場了，在外面接到公司的電話……嚇了一大跳。」

自裕突然來訪當然令人詫異，但更讓冷酷的葛城驚訝的是——

「雖然很不想稱讚，但他真的很有一手。短短一小時左右，他就完全籠絡工作人員的心，我回到辦公室時，公司已經決定雇他進來打工了。」

背後傳來自裕雀躍的聲音：「我強大的巨星魅力無法擋啊！」

「最重要的是，社長很中意他。這樣一來，我也不能說什麼了……」

自裕立刻插口：「社長是個超級有趣的大叔喔！」接著挨罵：「你安靜點！」

「當然，」葛城說。「也難怪他的父母心急如焚。」

「……是。」

「最好的做法，是讓他和父母好好談一談。」

自裕的聲音響起：「我不要！」

「……看來相當困難。」

「就是說呢。」

阿姨一臉憂心地看著我。即使聽不到對話，從我簡短的回答，也聽出情勢不妙吧。

「其實我們社長很想見遙香同學一面。不光是社長，全體工作人員也都很期待見到您。」

話題主角突然變成我了。

「您的話，自裕同學應該也願意卸下心防吧。」

咦？什麼啦，跟小遙無關啦，不要這樣好嗎真的——自裕抗議著，但葛城不理他，接著說：

「您可以來接他回去嗎？」

我……？去接自裕……？

「社長也希望您務必來一趟。」

葛城說，交通費和住宿費，都由布萊梅旅程負擔。

「可以吧？如果您沒辦法說服自裕同學的父母，也可以由我來說。」

「呃，可是……」

我忍不住猶豫，阿姨用手勢傾訴「我來聽」。抱歉辦不到。我也只能當機立斷了。

我假裝掛斷電話，把手機放到膝上。葛城指示讓他聽到我們的對話。

阿姨不高興地說「我要叫妳讓我聽的說」，我道歉說「對不起，我沒注意到」，立刻切入正題。

「裕生果然是去布萊梅旅程了。」

「他現在在那裡嗎？」

「對……聽說今天早上他突然跑去，要求在那裡打工。」

我看出阿姨臉色大變，立刻撒了個小謊「對方好像拒絕了」。

「可是，如果拒絕，裕生不曉得會跑去哪裡不是嗎？那樣反而令人擔心，所以公司暫時把他留下來做清掃打雜等工作，不讓他亂跑。」

阿姨的表情依舊緊繃。八成是想說與其把他留在那裡，更應該直接叫他回家才對。

「他是高中生，還未成年啊！」阿姨聲音變得尖銳。「我不曉得布蘭妮公司是怎樣，但這太誇張了。不讓離家出走的高中生回家，因為小孩子要求，就把他留下來工作……這根本是犯罪行為吧？」

果然說不通。這也難怪。我太小看擔心孩子的父母心了——可能是因為我自己沒父母的關係。

「小遙，妳也太奇怪了。」

「我？」

「對。從剛才開始，妳就一直在替那家公司說話。」

「我沒……」

「明明就有。在我聽來，完全就是這樣。」

憤怒的矛頭指向了我。

「妳怎麼會知道裕生喜歡那家公司？」

「因為，他自己跟我……」

「是不是妳慫恿的？是不是妳在旁邊煽風點火，叫他可以去東京、去那家公司打工？」

不是。絕對不是。不過把走馬燈的事告訴自裕的，的確是——

我沉默了。想到阿姨擔心自裕的心情，我覺得不管說什麼，就連洗刷她對我的誤會，都只會變成自私的藉口。

阿姨沒有再繼續責怪我。沉默之中，她把剩下的茶水端到水槽倒掉，簡單清洗後回到餐桌。可能是這段期間整理了情緒，她平靜地說：

「裕生和妳，都覺得自己已經高二了，是大人了吧？可是，不管是高二還是高三，在滿二十歲以前……說實話，就算過了二十歲，不管長到幾歲，你們永遠都是孩子。在父母的眼中，你們就是不可靠、沒定性，處處面臨危險的孩子。」

阿姨如此地為自裕擔憂。叔叔也是，雖然不曉得他的走馬燈上畫了什麼，但應該也很掛念自裕。不過，我沒有會為我操煩的家人。不管我什麼時候離開去哪裡，都不會有人擔心我。所以我無拘無束，徹底自由——這件事突然讓我悲哀到無以復加。

「小遙，對妳雖然不好意思，但我們還是要報警，可以告訴我那家公司的電話嗎？」

來了。終於被逼到走投無路了。

這時，阿姨的手機響了。

「呃，小遙，這什麼聲音？」

是視訊的鈴聲。

「欸，是裕生打來的，可以幫我弄一下嗎？」

不習慣視訊的阿姨把手機交給我操作，我把手機立靠在面紙盒上，打開擴音。

螢幕出現自裕的臉。雖然沒看見葛城，但他的手機都聽到我們這裡的對話了。是因為阿姨說要報警，所以才趕快阻止吧——可是，為什麼要用視訊？

「好久不見！媽，妳還好嗎？」

自裕悠哉地揮手笑著。阿姨罵道：「說什麼蠢話，你給我差不多一點！」但看到自裕平安無事的樣子，她淚濕了眼眶。

「那個啊，大概的情況，妳應該聽小遙說了，總之就是這麼回事。」

「……你在說什麼啊……你知道我們有多擔心嗎……！」

阿姨都語帶哭音了，自裕卻活潑快樂地說：

「就是啊，我星期天就會回家，不過在那之前，布萊梅旅程的人說想跟媽打聲招呼。」

阿姨不知所措：「打招呼？」自裕不理會，接著說：

「社長要跟媽打招呼！」

比起阿姨，我更先反應：「真假？」

「就是，公司想說媽一定很擔心，想要讓媽稍微安心一下，所以由社長出面，直接就是最終大魔王喔！這表示我這個新人就是如此地備受矚目。」

自裕哈哈笑著，從畫面消失，接著出現一名頂著白髮大平頭、蓄著花白鬍碴的不修邊幅老先生。

「啊，幸會，您好。」

他以沙啞的嗓音慢慢地頷首道。

「我是社長葛城。」

我聽到自裕的聲音在畫面外說：「小遙！是葛城先生的爸爸喔——！」

4

社長的氣質很神祕。

有種奇妙的存在感。重點是眼神。那不是犀利，而是深沉。與他對望，感覺魂一下子就要被吸進去了。

至於長相，不愧是葛城的父親，絕對稱不上陽光開朗。若要形容的話，是剛強——但不是單純地威嚇對方、讓對方心生恐懼的魄力，而是老早就過了那種階段的、八方吹不動的靜謐威嚴。

「您好，這次令公子讓太太您擔心了……」

聲音沙啞，咬字含糊。雖然不容易聽清楚，卻也因此讓人覺得必須更專注聆聽才行。阿姨也默默地看著手機畫面。

「令公子是個很棒的年輕人。」

社長說，淡淡地笑了。由於先前都是一臉凶相，因此只是稍稍顯露笑意，連看的人都感到安心。我發現他一笑，那張臉意外地討喜。

「他呢，很有才華。」

「才華……什麼才華？」

「急人之難的才華。他很熱心，又很溫柔。先前我就曾聽小犬提過，實際見到，更是瞭解他的為人了。」

嘻嘻嘻嘻！自裕掩飾害羞地搞笑——有夠煩的。阿姨也語帶嘆息地說：

「你稱讚他，我是很開心，但沒跟父母說一聲就跑去東京，學校也任意缺席……」

社長舉起一手制止，說：「我很明白太太的憂心。他在東京的期間，我們會負起全責把他照顧好，星期天一定會讓他回家。所以，可以請太太把令公子託付給我們到那時候嗎？」

拜託——社長行禮，抬頭之後接著說：

「我們希望遙香同學來接他回去。」

阿姨回頭看我，我儘管困惑，但還是用手指比了個ＯＫ手勢回應。

社長向阿姨說明布萊梅旅程的業務內容。

「最簡單明瞭地說，我們是專做個人旅行的旅行社。我們會依照每一名客戶的需求，量身訂做規劃旅程。」

「不好意思……這樣有辦法賺錢嗎？」

聽到阿姨的問題，社長半帶苦笑地點點頭說：「當然，如果只是代為訂房訂票，是支撐不了一家公司的，但我們提供給客戶的，並非單純的觀光旅行。」

比方說——社長介紹了最近的幾個案子。

上個月，一位退休小學老師的旅程順利結束了。是拜訪漫長的杏林生涯中，第一個帶的班級的學生的旅程。雖然有畢業紀念冊，但由於已經過了近四十年的歲月，因此布萊梅旅程的承辦人幫忙查出了每一名學生現在的住址。

而現在正在進行的旅程，是實現年逾九十的老畫家的願望：「想看看年輕時候為了生活費而賣掉的作品」。承辦人向全國的畫廊打聽，拜訪各個收藏家。對於獅子大開口索取鑑賞費的惡質對象，也耐性十足地交涉，終於敲定了漫長旅程的行程規劃。

「現在，小犬正同時經手兩個案子。」

不光是村松的案子，葛城還承辦一名在媒體上也相當知名的心臟外科醫師的委託。即使是有「神手」之稱的名醫，也多次未能救回病患，留下了悔恨。醫師想要去那些病患的墓前上香。必須連絡過世的病患家屬，取得掃墓上香的同意。其中，有些人感到憤怒，不願再觸碰過往的傷痛，而說服這些家屬，也是葛城的工作。

「因此，把我們當成旅行社兼調查公司兼徵信社的複合體，或許比較容易理解。當然，這很耗時間和人力，因此收費也不低。」

社長說，即使如此，旅程的委託和洽詢仍源源不斷。

聽到社長的說明，阿姨說：「有錢人不稀罕普通的旅遊團了呢。只是去泡溫泉、去夏威夷，也不覺得有什麼好開心的吧。」

應該是當成了為富裕層客戶提供奢華個人旅遊的業者了。

社長也笑著點點頭「是啊，沒有錯」。雖然即使露出笑容，也不顯得熱情，但凶悍的相貌添上了微妙的傻氣，顯得更有味道。

「惠顧敝公司的客戶，似乎都把自己人生的回憶視為最重要的資產。」

「就是說呢。」

「確實，回憶無法用金錢買到。幸福的回憶不用說，即便是悲傷的回憶，對當事人而言，依然是不可取代的。」

「真的……就是這樣呢。」

阿姨的聲音變得有些模糊。也許是想起了過世的裕。

「總之，託各位的福，敝公司算得上生意興隆。」

「嗯……」

「像令公子這樣年輕優秀的人才，坦白說，我們求之不得。」

「呃，可是，說我兒子優秀……是社長太抬舉他了。」

阿姨嘴上這麼說，看起來卻也頗為欣喜。因為社長不是那種熱絡逢迎的人，稱讚起來才格外有可信度吧。

「不不不，令公子真的很體貼。現在這樣的年輕人真的很少見，他完全能夠設身處地，也願意不遺餘力讓別人開心。令公子對敝公司的業務感興趣，是我們的榮幸。」

「……哪裡，他真的沒有社長說的那麼好啦……」

阿姨惶恐不已，社長說：「我希望他留在這裡，再觀摩兩、三天業務。」原本徐緩的語速稍微加快了。

「今天是星期三，所以星期四、五、六我們會請他在這裡打工，星期日讓他回去周防。」

可以嗎？——社長緊接著問，阿姨就像不小心反應那樣，點了點頭。

5

如此這般，我要去東京了。

可是追根究柢，根本就沒有非要我去接自裕不可的理由。阿姨結束視訊後，也歪頭說：「小遙去東京要做什麼？」

不過和社長交談時，卻不知為何，順順利利、一下子就談妥了。

「總之，現在知道裕生在哪裡，也跟他說到話，我就放心了。」

阿姨這麼說，立刻連絡了叔叔。千鈞一髮之際，總算是沒有驚動警察。

「也是，東京是大都市嘛，什麼樣的生意都有人做呢。」

阿姨對布萊梅旅程佩服得五體投地，一再說著「原來如此」，離開我家了。

是對追溯回憶的旅程湧出了興趣嗎？難道她自己也想試試？

追憶裕的旅程嗎……？

不，可是裕天生體弱多病，與他相處的回憶，幾乎都是在醫院吧。而且裕三歲就過世了，與他的記憶有多到需要特地去回溯嗎……？

還是阿姨想要回溯的，是更早以前——和叔叔結婚之前，或是孩提時代的回憶？我想到也有這樣的可能性。阿姨並非從一開始就是「自裕的母親」，她也曾經是「裕的母親」，還有生小孩前的新婚時期、婚前的情侶時期、更之前和叔叔以外的人交往的時期……這些都不能說「絕對不存在」……

如今，我才想到這天經地義，之前卻從來沒有想過的事。

阿姨有著許多我所不知道的回憶……

這是當然的。真的就是這樣。我的阿公阿嬤也是如此。那我的母親也……帶著我完全想像不到的各種回憶，現在也在某處健康——雖然不曉得健不健康——地活著……其實也不曉得究竟是不是還活著……

我決定在星期五傍晚放學後，啟程去東京。

其實我很想直接請假，星期五早上或星期四出發也行，或是乾脆在跟社長通完視訊電話的星期三晚上就搭夜班巴士過去，但叔叔阿姨強烈制止「不可以缺課」。

不過也因為時間充裕，我才能好好準備安排。

傍晚五點多，從周防站搭乘「回聲號」出發，在廣島站轉乘「希望號」，晚上十點前抵達東京。

葛城說會幫忙訂飯店，但我婉拒了，說要住在親戚家。

葛城似乎有些錯愕，回道：「啊，這樣嗎？」

哈哈，我猜出他的想法，有些刁鑽地說：「我沒有父母，但還有親戚。」

「……失禮了。」

「我媽的哥哥住在世田谷區，從我小時候就很照顧我。」

我沒有說「舅舅」。我不想意識到我們的血緣關係。即使這是無謂的執著，我也不能退讓。

「世田谷的哪裡？」

「在二子玉川站那裡。當地人都把二子玉念成NIKO-TAMA，對吧？」

之前我把「二子」發音成「FUTAGO」，被糾正「是FUTAKO，沒有濁音」[2]。

這讓我認識到自己是個鄉巴佬。其實我還沒有去過大輔家。雖然聽美結說過，二子玉川也是個很時尚的地方，但完全想像不出是哪裡時尚、怎麼個時尚法。

「已經跟對方說了嗎？」

「在電話裡說好了。」

「您怎麼說明來東京的理由？」

「說要跟朋友去迪士尼樂園。」

2　日文漢字有音讀及訓讀、慣例讀法等多種讀音，因此「二子」也有多種發音方式。

葛城笑道「原來如此」。「那，我會準備米奇的周邊給妳。」意外地在細節上很用心。

不過，就算不要這些小花招、就算藉口會被拆穿，我也決定要住在大輔家。

我想去見大輔，跟他談談，問個清楚。

我媽現在在哪裡、在做些什麼……？

星期四放學後，我去了市郊的靈園。

這是七七法事以後，我第一次去阿嬤的墓前上香。當然，也會順帶給阿公上香。

梅雨季還要很久才會結束，但這個星期連續都是晴天。從開發山坡地興建的靈園望出去，夕陽照耀下的瀨戶內海，就彷彿大海本身綻放出橘光般，耀眼極了。

我把在靈園事務所買的鮮花供到墓上，合掌膜拜。

對不起，我道歉說。自己也不曉得是在道歉什麼、為何道歉。但是，在教室上課的時候，忽然覺得，跟阿嬤說聲抱歉可能比較好。

阿嬤過世的瞬間，看到了怎樣的走馬燈？她的走馬燈裡，不孝女小惠也登場了嗎？

小惠隨風飄，悠悠晃搖搖……

阿嬤有時候——真的非常偶爾地，只有心情特別好，然後阿公不在身邊的時候——會告訴我小惠的事。

她是個無憂無慮、成天發呆，總是看著遠方的女孩。所以跟她要好的朋友和家人，都會打著節拍調侃她，就像在唱她的主題曲。

小惠隨風飄，悠悠晃搖搖……

阿嬤慢慢地拍著手，懷念地唱著。有時，那聲音帶著懷念、寂寞與不甘，或是因淚聲而顫動。

如果再早兩個月認識葛城，我就能看到阿嬤的記憶了。如果阿嬤想要，或許也可以拜託葛城，在她的走馬燈補畫上小惠，又或是從中抹去小惠。

阿嬤會希望是哪一邊呢？不知道。在走馬燈裡和小惠重逢，算是幸福嗎？或者不是？這我也不知道。所以我再次合掌，閉上眼睛，喃喃說：對不起。

星期天，阿姨開車把我從學校接回家，再把我從家裡送到周防站。

其實我想一個人去，但阿姨說「還要麻煩小遙去一趟，至少讓阿姨出這點力」，實在拒絕不了。然後，阿姨給了我一萬圓的伴手禮費，說「妳要去打擾妳舅舅，買個茶點送人家吧」——真是太幸運了。

因為是三天兩夜，行李只有小行李箱和一個背包。我換下制服，穿上平時的便服，阿姨傻眼地說「這是去超商買東西的服裝吧」，但這種時候刻意盛裝打扮，實在令人害羞。我這說好聽是不失平常心，但直白地說，就是對任何事都淡然處之。

阿姨在前往車站的車子裡，再次向我致歉：「真不好意思啊，小遙。」她說讓我去接自裕的決定，被叔叔罵了。

「我也是，星期三回家以後才想到，怎麼會是叫小遙去東京呢？不過現在說這些也太遲了。」

她說事後回想，和布萊梅旅程社長的那場視訊，感覺就好像被狐狸給騙了一樣。

「那位老先生口才也不是特別好，結果卻被他牽著鼻子走……」

「我懂。」我也苦笑。那位社長的氣質真的很神祕。社長也是走馬燈繪師嗎？如果讓他來畫，即使在人生最後一刻看到悲傷的回憶，或許意外地也不錯。

走馬燈的事，阿姨當然不知道。就算告訴她，她應該也不會相信。就算相信，感覺反而會讓事情變得更複雜。

不過，阿姨也有走馬燈。她的走馬燈裡，一定有很多裕的回憶。自裕也是——十六歲的自裕的回憶數量，有可能比三歲就過世的裕更少嗎……？我不再思考下去。

車子在周防站的臨停處停下了。

好，出發吧……！

第六章

1

我在晚上十點前抵達了東京車站，接著依靠手機ＡＰＰ轉搭地下鐵。

離大輔家最近的車站是二子玉川站，看看路線圖，途中會經過澀谷。先在澀谷下車，看一下知名的澀谷全向十字路口，再回去坐車——原本我是這麼打算的，但大輔嚴禁我在路上摸魚。

理由美結昨晚在電話裡告訴我了。

「因為澀谷車站是地下迷宮。」

地下迷宮……？

「澀谷站超複雜的，連東京人都會迷路。尤其是搭地下鐵，根本不曉得會出去地上的哪裡，而且到地上以後，要是不熟路，隨便亂走，就再也回不去車站了。」

真的，沒跟妳開玩笑——美結強調。

「不會害妳啦，妳從大手町搭半藏門線，直接坐到二子，知道嗎？」

感覺被當成鄉巴佬，教人氣結，但即使每年只會見到一、兩次，大一的美結和大三的雄彥，對我來說就像哥哥和姊姊。

「妳搭上地下鐵，到澀谷的時候就LINE我。電車裡不能講電話。」

美結說會在收到訊息的時候出門到車站來接我。

「從二子玉站到我家走路十分路，如果妳還不累，我們可以去咖啡廳喝個晚茶再回去。」

我也很期待，然而預定卻生變了。

我在地下鐵車廂用LINE傳訊息說〔我到澀谷了〕，卻收到附帶卡通角色下跪貼圖的訊息：〔變成我爸要去接妳了。他比妳早五、六分鐘上了電車，會在驗票閘門那邊等妳。出口只有一個，一看就知道了。〕

有點失望。不過自己倒映在窗上的臉依然帶著笑意。感覺一不小心，就會變成莫名其妙詭笑的危險人物。

心情超好的。我這個人不太擅長讓自己嗨起來，但今晚和平常不太一樣。

從「希望號」抵達東京不久前，列車經過多摩川的鐵橋，進入高樓大廈林立的都心時——不，比這更早之前，在小田原、濱松、豐橋，名古屋、京都、新大阪、岡山……在廣島從「回聲號」轉乘「希望號」時，我就已經心情好到家了。

再往前回溯，從周防出發的「回聲號」進入第一個隧道，周防的街景從車窗消失，換成我的臉倒映在車窗時，肩背便一下子輕盈起來。是一種卸下肩頭重擔，或是過度慢性而導致麻木不覺的肩膀僵硬，終於鬆開來的感覺。

列車穿出隧道以後，窗外的景色一下子變得悠閒。以地址來說，這一帶仍是周防市內吧。但這裡已經不是剛才的世界了。這讓我開心、歡喜極了。

我現在人在東京。我在懂事前就離開了這裡，因此沒有記憶，但東京仍是我出生的故鄉。

我回到沒有記憶的故鄉了。我是鮭魚嗎？

——看來我果真很開心。

大輔站在超過十台的自動驗票機一字排開的二子玉川站驗票閘門處。

我穿過驗票機時，大輔也發現了我，舉手說著「喂——」，走了過來。

「嗨，一切都好嗎？」

「嗯……不好意思，突然跑來。」

「不會啦，妳什麼時候來都歡迎，不過，其實妳應該比較想跟朋友一起吧？」

大輔相信了我要去迪士尼樂園玩的藉口——真對不起。

「我也很久沒見到美結跟雄彥了，很期待跟他們好好聚一聚。」

「這樣啊，美結也很期待。」大輔笑著點點頭，問：「對了，妳會餓嗎？回我們家的路上，有間很好吃的中華小餐館，要不要吃個煎餃什麼的再回去？」

我不餓，但大輔家離車站只要走路十分鐘，而且回家後想吃什麼都行，但他卻刻意這麼提議，表示……

「那，我可以吃個煎餃嗎？」

聽到我的話，大輔瞬間露出有些意外的表情，接著鬆一口氣，笑了。他是不抱期望，但仍寄託於一絲可能性而這麼提議的嗎？那麼，果然是有什麼事想在到家之前先跟我說，或是問我……

「好，那我們走吧。」

大輔往前走去。還說著「沒關係、沒關係」，幫我提了行李箱。

「妳喜歡煎餃嗎？」

「嗯……算喜歡吧。」

「那家店有不加蒜頭或韭菜的煎餃，也有水餃，很適合當宵夜，所以生意很好。」

「哇，好期待！」我配合地笑道，不著痕跡地探聽：

「美結也喜歡那裡的煎餃嗎？」

「對啊，她很常吃。住在二子玉卻沒吃過那家煎餃，就不算二子玉人。」

「真的嗎？好厲害！」我再次配合演出，接著問：

「也可以外帶嗎？」

「嗯，煎餃可以外帶。」

「那外帶回去跟美結一起吃怎麼樣？」

「呃，這……」

錯不了，這下我確定了。大輔有什麼事想在回家之前單獨跟我說。可是，會是什麼事？

「還是在店裡吃好了。煎餃就是要剛煎好的才好吃嘛。」

我裝做天真無邪地笑道——腦中邊想像最會幹這種事的自裕會怎麼笑。

大輔點點頭說「就是說啊，對，沒錯」，加快了腳步。點頭的動作頗為複雜，就好像放下心的同時，也立下覺悟：還是只能去店裡了。

餐館位在站前的鬧區邊緣。不愧是熱門餐館，都快晚上十一點了，桌位卻都滿了，只有吧台勉強還有兩個空位。

我們點了飲料和煎餃。中杯生啤和烏龍茶上桌後，大輔輕舉啤酒杯，做出乾杯的動作說「那，喝吧」，咕嚕咕嚕大口暢飲。他把啤酒杯放到吧台上，喃喃說「煎餃可能還要一會」，探頭看旁邊的我，冷不防切入正題。

「接到妳說要來東京玩的電話……我嚇了一跳，覺得這世上果然有命運的安排。」

真傷腦筋啊——他帶著嘆息說。

「……出了什麼事嗎？」

「沒錯。」

這個星期一，我的母親連絡了大輔——

直到剛才還籠罩著我的鬆弛空氣，驟然緊繃起來。

大輔提到我的母親時，總是叫她「惠」或是「小惠」。

不是將其視為成人手足的「史惠」，也不是從我的角度出發的「妳媽」，而是叫小時候的綽號「小惠」——我也滿中意這個稱呼的。

叫「史惠」太遙遠，叫「媽」太親近。叫「小惠」的話，感覺就像動漫角色，既親近又疏遠。

總之，小惠連絡了大輔。那是星期一傍晚，大輔還在公司上班的時候。

「一開始我不曉得是誰打來的。」

大輔的手機接到非連絡人號碼的簡訊。

〔你好嗎？〕

這個見外的問候是老樣子了——

「但只有這句話，讓人一頭霧水對吧？因為是連絡人以外的號碼。」

大輔沒有回覆。結果過了三十秒左右，又收到了新的簡訊。

〔我是惠。〕

這下大輔也知道是誰傳的了。他正猶豫要不要回覆，又收到了新簡訊。

〔媽和遙香好嗎？〕

大輔說了非告訴她不可的事。

〔媽四月過世了。我想通知妳，但不知道妳現在的手機號碼，所以沒辦法連絡。〕

三分鐘後收到簡訊──

〔對不起。〕

又一分鐘後──

〔遙香只剩下她一個人了嗎？〕

大輔只回覆了一個字：〔對〕。

「雖然很冷漠，但這是我的真心話。我很想罵她說，在媽過世之前，就是妳丟下小遙一個人的吧？」

我聳了聳肩，默默點頭。每次談到母親──小惠──總是這樣。我應該是被害者，卻不知為何，總是會覺得跟她一起挨罵了、跟她一起道歉。

後來過了快一個小時，小惠回信了：

〔遙香好嗎？〕

大輔極盡簡單地回覆〔很好〕，並且問：〔電話ＯＫ？〕

「用電話講比較快，而且畢竟是兄妹，我也想聽聽她的聲音。」

然而，那天晚上都沒有等到回覆。

「星期四早上，她終於回覆了。」

小惠說〔不能打電話。不能用講的〕，接著說：

〔我能不能見遙香？〕

天哪——！

我忍不住差點尖叫。大輔也點點頭說「我懂」。

「我奇怪她怎麼會突然這麼說，問『怎麼了？』，她馬上回覆了。」

〔我想見遙香。〕

這次我再也壓抑不住聲音，反問：「真的嗎？」

當時大輔也嚇了一跳，問：〔出了什麼事嗎？〕緊接著又跟昨天一樣，問：〔可以講電話嗎？〕

然後就沒有回信了——一直到星期五晚上的現在。

星期三，大輔打了那支電話。鈴響了三聲，轉入語音信箱，他留言說：「我是妳哥，可以回電給我嗎？」但一直沒有回電。

煎餃來了。大輔說「吃吧」，替我在小碟子裡倒了醋和胡椒。他說常客都用醋和胡椒吃一盤五顆裡面的前三顆，接著再倒入醬油和辣油，享受不同的味道。

我試了大輔推薦的調味。應該很好吃，然而我實在太震驚了，只吃得出「是煎餃」、「是醋和胡椒」。

大輔也彷彿等不及我吃完第一顆煎餃，立刻接著說下去。

這是時隔兩年半，小惠第一次連絡大輔。

「不過在那之前，連絡的間隔更短。大概一年或一年半……短的時候，半年就會連絡兩、三次。」

「這麼頻繁？」

我都不曉得。大輔沒有看我，以側臉承接我的視線，說：「抱歉都沒跟妳說。不過我覺得不要告訴任何人比較好。」

任何人裡面，不光是我，也包括了麻由子、雄彥和美結。

「所以我現在要說的事，如果可以，也不要告訴妳舅媽和表哥表姊……可以嗎？」

「……好。」

「惠找我，是為了借錢。」

果然。其實我也從剛才就有了心理準備，因此默默點了點頭。但可能是誤會了我的沉默，大輔慌張地辯解說：

「啊，不是，怎麼說，雖然是借錢，但也沒借多少，就十萬二十萬……不必動用我們家的存款，我自己就拿得出來，完全不是什麼需要計較的金額。」

我想知道總共借了多少錢，但大輔不肯告訴我細節，只說「怎麼樣總是兄妹，這沒有什麼」。

「妳難得來東京玩，卻突然跟妳講這些，對不起啊。」

明明該道歉的或許是我。

「可是既然都見面了，我想還是跟妳說一聲。」

「好……謝謝。」

「那，妳怎麼打算？」

「——咦？」

「如果妳在東京的期間，惠又連絡我，說想見妳……妳要怎麼做？」

我不知所措，大輔接著又說：

「還有，等妳回周防以後，她又連絡說想見妳的話，要怎麼做？」

大輔整個身體轉向我，直接戳開這「怎麼做」的實質內容：

「妳想要見她嗎？」

我當下搖頭。在思考並做出決定之前，身體自行反應了。

2

隔天，我在六點整起床。從周防出發前，葛城說「如果用去東京迪士尼樂園玩當藉口，重點就是早起」。如果不一大早出發，這個謊言會失去真實性。

「請用八點半抵達樂園大門，來估算時間。」

我用轉乘APP查了一下，發現必須七點半從二子玉站出發，再從那裡倒算回去，必須六點就起床。

睡眠不足。從大眾中華餐館回到大輔家時，都已經快午夜了，我丟下因為沒有直接回家而被麻由子碎念的大輔，火速沖了澡。麻由子替我在平時閒置的和室鋪了被褥，但美結說「雖然有點擠，不過來我房間一起睡嘛」……接著聽美結大聊言不及義的戀愛八卦，說累的美結終於關掉房間電燈時，早就過了凌晨一點了。

不過，我遲遲無法入睡。身體疲憊，神智卻異常清醒，一點睡意都沒有。

美結的房間有專用的屋頂露台。雖然很窄，擺上一把折疊椅就滿了，但因為巧妙地利用屋頂傾斜遮蔽，不必擔心被周圍的人家看見。美結好像也會在天氣舒適時，躺在折疊椅上看書或聽音樂。

我小心不吵醒美結，走出陽台，躺在折疊椅上。戶外很悶熱，但夜空晴朗，看得見許多星星。星空意外地美麗。

周防的星空長怎樣去了？有什麼星星，是周防看得到，但是東京看不到，或是相反的？我漫不經心地思考著，想到又不是出了國，笑了起來。

在自己家看遠方的時候，視線都會投向市區或大海。不過理所當然地，天空比大海更遙遠。比起可以搭新幹線前往的城市，夜空的星星要遙遠太多了。從天空上俯瞰的話，東京和周防的距離形同不存在吧。

我想到了母親，終究承認了自己失眠的理由就是母親。

我現在人在東京。母親現在也還在東京嗎？如果她在東京生活，距離二子玉有多遠、搭電車要多久？只要我想，立刻就能去見她嗎——前提是我真的有那個意願的話。

聽說星光是耗費數百、數千、數萬年的時間，才傳到地球的。地球上的人看到星光時，那顆星星好像有可能早就已經隕滅了。

母親或許也是如此。若是循著大輔告訴我的那句「我想見遙香」回溯……母親真的在那裡嗎？

我已經跟大輔家的人說「早上我會自己起床、自己出門，請不用麻煩」，實際上卻盡情享用了麻由子親手準備的早餐。

「去迪士尼玩，最重要的就是體力。妳要好好吃飽，補充精力。」

陪我早起的美結建議「妳下次來的時候，最好五點起床，七點多就到那裡」，今晚的回家時間，雄彥也不期然地援護我說「妳要看完煙火再離開對吧？既然是跟朋友一起，回到二子玉這裡，一定已經超過十一點了」。結果今天一整天，我可以從一早到深夜都自由行動。

也因此，我對大輔一家人深感內疚。不光是今天的謊言，還有我母親借的錢——雖然他們並不知情。真的對不起。

大輔說他每天早上都要健走，所以順便散步送我去二子玉站。當然，這是藉口——雖然是藉口，但實際兩個人一起走時，也幾乎沒有對話。大輔邊走邊轉動肩膀，伸展手肘手腕，偶爾開口，也只是聊天氣、昨晚的中華餐館、迪士尼樂園推薦的遊樂設施等等。

直到最後一刻，來到車站前面時，大輔終於切入正題。

「小遙的意思也就是，就算惠再連絡，也不跟她見面……」大輔含糊地說，確認：「是這樣對嗎？」我的回答也微妙地慢了幾拍。點頭的動作滲透出遲疑，被大輔發現了。

「妳改變心意了？」

「也不是……就現在有點猶豫……」

「嗯……也是呢。」

大輔接著說：「總之，如果惠再連絡……我還是跟妳說一聲嗎？」

我默默點頭。

這件事這樣就結束了——我本來這麼以為，然而大輔叫住往車站走去的我，說：

「我的真心話是，希望妳們至少可以見個一次。雖然發生過很多事，但惠是我唯一的妹妹，爸和媽也都走了，妳是她唯一的女兒，我還是想要實現她的願望。」

我又默默點頭，往前走去。這次大輔沒有再叫住我。可是走了幾步回頭一看，大輔還站在原地。他注意到我的視線，有些尷尬地苦笑，揮揮手說「再見」。

葛城在二子玉站的驗票口等我。

不過我們沒有要搭電車。他把車停在了附近的投幣式停車場。

「我平常就會避免坐人多的電車。」

車廂很擠的話，會動彈不得，眼前是許多人的背影。即使不願意，也會看到一堆陌生人的記憶和走馬燈。這非常痛苦。

「所以遙香同學最好可以維持現在這樣。」

需要用手碰背這個動作的話，就能避免不小心看見。

「不過，能一直停留在這個階段，還是會更進一步，就要看您的潛力了。」

這是在期待我的能力，還是相反，悲觀地同情我？我無法分辨。

葛城說「走吧」，領頭走了出去。

「我們要去哪裡？」

「先去拜訪村松家。距離這裡二十分鐘左右，在成城。您知道成城嗎？」

「只聽說過地名……成城住了很多明星藝人呢。」

「他也說了一樣的話。」

他——自裕——已經先去成城了。聽說在前往二子玉的途中，自裕要葛城先讓他下車，為了巧遇名人，在成城學園站附近閒晃。

「我覺得名人不會搭電車，不過既然本人這樣就滿足了，我覺得也不壞。」

「不好意思，總覺得給你添了一堆麻煩。」

不曉得為什麼是我道歉。但自裕這個人怎麼說，很會讓人道歉，或者說，讓人不由自主地為他道歉。

「就算讓他在車上，也是一路嘰嘰呱呱個沒完，很吵，所以他要求下車反而好。」

「對不起，他真的很聒噪。」

「想要逃避話題的核心時，他就會說個不停呢。」

「……咦？」

「我認為，他想要在成城下車，一半的理由是因為還不想見到遙香同學。如果跟您見面，就會被問到他來東京的理由，他就是不想回答吧。」

父親節那天看到的父親的記憶——

他告訴葛城了嗎？

對於我，不只是現在，以後也都不想說嗎？

「反正要是一起在車上，他一定會從頭到尾說個不停、一直開無聊的玩笑，讓您沒機會開口……」

那樣我一定會吃不消——葛城苦笑，維持這表情，接著說：

「他似乎遇到了有些傷心的事呢。」

我想詢問葛城知道多少來龍去脈，但他加快了腳步，就像在說「這件事到此為止」。

開車前往成城的路上，葛城簡單地介紹了布萊梅旅程。

「社長交代我把我們公司的歷史告訴妳。」

「……社長是你的父親對吧？」

「我們公司是家父創業的。是在昭和末期設立的，所以已經有三十多年的歷史了。」

他說他父親名叫葛城晃太郎。

「做兒子的說這種話像在自誇，但家父被稱為傳說的繪師。」

「走馬燈的嗎？」

「沒錯。據說家父年輕的時候，能潛入記憶極深的地方，完全不是現在的我能相比的。」

從記憶大海當中找到幽微的記憶，從透明的記憶發現淡薄的色彩。不管色彩再如何鮮艷，如果不應該畫在走馬燈上，就把這段回憶仔細地抹去；對於單色的珍貴回憶，則是不著痕跡地引導本人想起，期望它能染上淡淡的色彩，如此逐步完成走馬燈。

「家父交關的客戶，也都是我實在承擔不起的人。」

「是名人嗎？」

「不，不是媒體紅人、現在的網紅那種等級的人物。是名符其實，住在另一個世界的人。是更高層的……更封閉的……更黑暗的……那樣的世界。」

政治高層。經濟高層。演藝界高層。搞不好連法外人士都有。

「說到昭和末期，我想遙香同學不知道那是怎樣的時代，我自己也只有透過書本和影片去認識，但從走馬燈的觀點來思考，非常耐人尋味。」

在昭和末期到平成初期過世的政治家和財經界人士，是經歷過戰爭的世代。而且不是在空襲裡四處逃難的小孩，而是以成人之身，用各種身分直接參與戰爭的世代。

有許多痛苦的回憶，也有許多不願再次想起的事。

年老的他們，開始害怕起自身的記憶。他們會做惡夢，被夢魘驚醒，或是忽然想起早已遺忘的過去，陷入恐慌……

最令他們害怕的，是在死前一刻看到不想看的東西。

「也就是說，他們對於自己會看到怎樣的走馬燈，感到無比恐懼。」

因戰爭而心靈深負重創的人，自不用說——不，重創他人心靈的人，會更為恐懼。因為這等於是自己的過去來向自己復仇。

「當時有位政治人物，罹患了現在說的認知功能障礙，看到戰爭時的幻覺，陷入錯亂。也有在安寧治療時使用嗎啡的政治掮客，在臨終前幾天，不停地哭求原諒……好像有很多這樣的例子。」

在這樣的人之間，悄悄地流傳著一個傳聞。

有個能幫人重畫走馬燈的人——

雖然開價驚人，但委託他的人，都能在波瀾萬丈的人生最後，迎接安詳的終點。走馬燈被重畫成什麼模樣，只有本人明白。但每個人的遺容都安詳地微笑著，完全無法想像生前的嚴肅或凶悍。

那名繪師就是葛城晃太郎。在財政界的大人物之間，晃太郎的事悄悄成了話題。若是能請他把人生最後看到的走馬燈彩繪得美侖美奐，就能以安詳平靜的遺容離世。

「不管是以前還是現在，都有許多政治人物或財經界人士信仰算命師，或是在做重要決定時，求助靈異人士或教祖。其中，應該也有形同詐騙分子的傢伙。」

但晃太郎的能力是真的。因此，他一直是圈內人才知道的存在，讓許多引領日本戰後各領域的領袖人物，平靜地啟程到另一個世界。

「雖然絕對不會登上檯面，但家父應該相信自己扛起了這個國家的一部分歷史，對此感到自豪。」

晃太郎創立了布萊梅旅程。以旅行社的包裝，用量身規劃走訪回憶地點的形式，合理化了「檯面上」的說法。不過「檯面下」的工作，一直是走馬燈繪師。

平成時代過了一半後，親身經歷過戰爭的世代的案子減少了許多，但布萊梅旅程的生意依然源源不斷。

「簡而言之，大家都害怕看到走馬燈。無論是政治、經濟、演藝、文化還是運動圈，都非常殘酷，不是乾乾淨淨就能獲得成功的。留下來的勝利者，都有不少見不得人的過去。有苦澀的回憶，也有後悔，而且樹敵無數。」

因此，到了即將迎接人生終點的時期，就會害怕起來，感到不安：我真的有辦法安詳地離世嗎？

「真的是很自私的願望呢。壞事做盡，卻想在最後一刻好似乾乾淨淨地離開。」

葛城苦笑，說：「不過我能理解那種心情。不分世代、時代，每個人都有不想在臨終那一刻回想起來的記憶。」

也就是說，布萊梅旅程的客戶往後也會不斷增加。

「幸好我繼承了家父的能力。除了我以外，也有其他同事擁有相同的能力。不過，繪師的數量和客戶的數量……也就是需要與供給，完全失衡。不曉得是從哪裡得知的，最近也有不少來自外國的委託。」

比方說，有著越南戰爭記憶的美國人——

比方說，在文化大革命中逼迫父母自我批鬥的中國人——

比方說，在柏林圍牆倒塌前的東德，向祕密警察密告鄰居的德國人——

「因此，這是我自私的真心話，這次透過村松女士的案子，認識遙香同學和自裕同學，是我們莫大的幸運。兩位毫無疑問，擁有走馬燈繪師的能力。」

就算他這麼說——

我沉默不語，葛城立刻道「抱歉，我太急了」，然後說：

「可是……家父——社長真的很期待見到您。」

就算他這麼說——

車子在路口轉彎了。葛城說「快到了」，接下來再也沒有開口。

自裕在成城學園站的公車圓環等我們。

他有些靦腆地比了個手刀，打招呼說「嘿」，笑道：「辛苦妳搞定我媽啦。」

「……你媽說你到畢業前都別想要零用錢了。」

我也是在掩飾害羞。

「噫——！」

自裕搞笑地甩動雙手，葛城沒理他，陰沉地說：「那我們出發吧。」

3

達哉已經事先從葛城那裡聽說我和自裕會一起去了。

當然，葛城完全沒提到我們的能力，編了一套說法：「他們幾個朋友相約來東京玩，連絡了布萊梅旅程，聽說我星期六早上要拜訪村松先生家，說想一起來探望。」

老實說，相當缺乏可信度。而且難得跟朋友一起來東京玩，何必跟朋友分開行動，跑來找村松母子，這根本就說不通……

不過，就像葛城說的，「不知幸或不幸，現在的達哉先生應該沒有餘裕去想到這些」，迎接我們的達哉看上去憔悴萬分。在會客室介紹太太的聲音和表情也滲透出疲憊，和一星期前相比，臉頰顯然消瘦了許多。

「難得你們來，但我媽今天不在。安養院不同意她外出……」

達哉抱歉地說，葛城順著他的話，告訴我們狀況。

光子阿嬤從前天開始，就搬進同樣在成城的安養院了。她原本和兒子兒媳同住，但自覺到失智症狀日益嚴重，說不想給他們添麻煩，強烈地主動要求住進安養院。

「說是安養院，也不是一般的機構。能自理生活的時候，在和一般公寓沒兩樣的居住大樓生活；若是無法下床了，就搬到有二十四小時看護的看護大樓……分成這樣的兩階段，總之非常豪華，不管是照顧、醫療到臨終，服務都是最棒的。」

待說明結束，達哉對葛城說：「我媽從昨天開始，就移到看護大樓了……」

「這樣啊……」葛城點點頭。

也就是說——

我沒有問出聲來，但達哉仍看向我，輕輕點了點頭，苦澀地啜了口咖啡說：「應該已經不長了。」

上個星期六，從周防返回東京的新幹線上，光子阿嬤昏昏沉沉地睡著了。列車剛從周防站出發，她就閉上眼睛，連座椅椅背都沒有放倒，雙手在胸上交握著，接下來便睡個不停。

「還打鼾打得很大聲，我都擔心她是不是腦溢血了……」

因為是為數不多、有停靠周防的「希望號」班次，所以一路直達東京。

「中午從周防出發，傍晚抵達東京，這段期間她一次都沒有醒來。不吃不喝，沒上廁所，也沒有翻身……總之睡得很熟，我看了都覺得害怕。」

再兩、三分鐘就到東京車站時，光子阿嬤終於醒了。但她只是張開先前閉著的眼皮而已，不管達哉說什麼，她都沒有反應，注視著虛空的眼神也一片渙散。列車到站以後，也沒辦法正常行走。

「葛城先生立刻幫我們連絡車掌，準備輪椅送到東京車站月台，然後我從座位把我媽揹下去……」

光子阿嬤一直道歉。

對不起，對不起，小達，對不起……聽說她就像唸咒一樣，拚命地向兒子道歉。

我和自裕交換眼色。

達哉沒有發現，深深嘆了一口氣，說：

「我媽那時的聲音……一直在我耳邊縈繞不去，現在也是……」

回到東京以後，接下來一星期之中，光子阿嬤便顯而易見地衰弱下去了。她無法進食，也無法下床，體溫一直在三十八度左右徘徊。

然後，昨天終於被送進看護大樓了。表面上是說，等到恢復健康，就可以再回去居住大樓。不過從往例來看，幾乎是絕望的。

看護大樓有醫師和護理師駐守，也有臨終服務。醫師對達哉說，照現在這狀況，雖然不是一、兩天之內就會離開，但必須先做好心理準備。

「所以差不多……」達哉對葛城說。「要請你收尾了。」

「我明白了。明天我會去拜訪光子女士，完成走馬燈。」

「明天嗎？不能等一下就去嗎……？」

「很抱歉，今天已經有無法更改的約了。」

達哉的表情瞬間變得不滿，但葛城的口吻雖然恭敬，卻也有著不容談判的強硬。

「……好吧。那明天麻煩你了。」

「我才是。」葛城說。「我報告的內容，是依據前天見到光子女士時的狀態而定，不過從您剛才的描述聽來，走馬燈應該沒有變化。」他先如此聲明，接著就像翻閱腦中的筆記本、讀出內容般，接著說：

「光子女士應該能非常安詳地啟程離世。她在童年時期經歷過貧窮，在戰爭中失去了父親和大哥，飽嚐傷悲，又因為家裡扶養不起，把弟弟送給別人當養子，就此離別……雖然經歷過許多辛苦，但其中小小的快樂與幸福時光，也都被珍惜地留存在她的記憶裡。」

達哉要求只留下幸福的回憶。葛城依照委託，刪除了吃苦和悲傷的場面。光子阿嬤應該不到幾天，就會看到的走馬燈，畫著她坐在父親肩上看雪景、弟弟玩大眼瞪小眼時最擅長的鬥雞眼表情、全家一起幫忙割稻……等等回憶，全是幸福的場景。

「還有，聽說我外祖母後來再婚，繼父對她很不好，那邊……」

「請放心，那些我全都徹底刪除了。」

「謝謝。家母一定會很開心。」

「然後……」

葛城換了副口吻和姿勢，就像在說「接下來才是重頭戲」。

「在周防生活的五年半的空白記憶，現在也完全填上了。」

我和自裕一驚，心慌意亂又緊張，不約而同地望向葛城。

相對地，達哉皺起眉頭，瞪也似地直盯著大理石桌上的咖啡杯，顫聲說道：「我不懂……為什麼我媽下新幹線的時候，要向我道歉。」

這一個星期以來，這個問題一直折磨著達哉。

「您心裡有數嗎？」葛城問道。

達哉沒有立刻回答。他走投無路般，垮下雙肩，無力地搖了搖頭。

「我才希望你能告訴我。我媽的走馬燈上畫著怎樣的回憶？跟她向我道歉有關係嗎？」

「在那之前，請讓我確認一下。」葛城說，詢問光子阿嬤和達哉留宿周防的一星期中，去了哪些地方。

玖珂大島和佐波天滿宮，都是達哉提議「要不要去看看」，光子阿嬤再答應的。

「還有龜山溫泉是嗎？那邊是哪位——」

「是我提議的。」

「旅館是——」

葛城語速飛快，節奏就像在盤問。達哉也有些動氣地抬頭，然而葛城沒有退縮，正面迎視著達哉。

「是哪位說要去那間旅館的？」

再次被追問，達哉別開目光，靠坐在沙發背上，說：「是我。我一直耿耿於懷。」

「對那間旅館嗎？」

達哉點了點頭，「是免洗筷的袋子。」他說。「我媽的錢包裡，放著印有水明莊名字的的免洗筷袋子。仔細地折得小小的。」

達哉偶然發現它，是他高二的秋天，足球隊利用連假，去九州遠征回來幾天後的事。

「遠征是三天兩夜，這段期間我媽一個人在家……所以就算她去旅館過了一晚，我也不可能知道。」

起初他懷抱希望，認為應該是和三葉化學兼差的同事去旅遊放鬆。

但，雖然不像現在這樣可以上網搜尋，在過去，當地的各種傳聞反而更加繪聲繪影。自詡精通大人世界的周高學長告訴他說，水明莊這家旅館，不是那種團客或家庭旅行會去住宿的旅館。

「聽到這裡，就算是純樸的高中生也懂了。怎麼會趁兒子不在的時候跑去投宿風評特殊的溫泉旅館，還珍惜地把那裡的筷袋帶回家……我不可能不懂。」

達哉不敢問母親。當然也不敢告訴父親。他決定當做什麼都沒有看到。他只能停止思考，把這件事深藏心底，掩蓋起來。

「如果那個場面畫在我的走馬燈上，我一定會要葛城先生幫我刪掉。」

達哉強顏歡笑，露出遙望的眼神，喃喃道：「我怎麼會這時候又把媽帶去水明莊呢……？」

葛城放緩了語氣，說：「我認為這麼做並不算錯。畢竟那裡確實是光子女士珍貴的回憶之地。」

「也許你們會覺得我這是在講漂亮話，但我是真心誠意想要讓我媽開心的。即使她真的對我爸或我有什麼祕密，那也都是四十年前的事了。我爸也不在了，事到如今，我一點都不怪她。比起怪她，如果就像葛城先生說的，那間旅館對我媽來說是珍貴的回憶地點，我想再讓她去一次那裡……」

前往周防之前，達哉就向母親預告要去龜山溫泉了。

「龜山溫泉有點遠，如果媽覺得太累，也可以不要去。」他還這麼給光子阿嬤留了條退路。光子阿嬤沒有拒絕，只說「哦，這樣」。聽到水明莊的時候，也沒有特別的反應。

「我想要套話，提心吊膽地問：『媽懷念那裡嗎？』」

光子阿嬤只是默默地微笑。

「所以……我覺得應該不會有問題。」

只是高中生的達哉想太多了嗎？

還是過了四十年的歲月，在周防發生過的、見不得人的地下情，在光子心中也已調適過來了？

「但根本不是。所以出發去溫泉之前，我媽就開始不對勁，最後變成那樣……」

達哉望向我和自裕，落寞地笑道「也給你們添麻煩了」，然後再次轉向葛城：

「結果我只是害我媽痛苦了嗎？」

葛城搖了搖頭——這時，自裕咬牙擠出聲音地說：

「……光子阿嬤哭了。她把我當成高中時的達哉先生，哭著道歉……請我原諒她。」

自裕從沙發站起來，探出上身，拍著左胸說「我還記得」。

「光子阿嬤把臉抵在我這裡，哇哇哭個不停，眼淚都把我的襯衫沾濕了。然後，眼淚不是熱熱的嗎？那與其說是熱，更是火燙，所以都過了一星期，我還記得那種燙。」

可能是說著說著，自己也激動起來，連自裕都語帶哭音了。

「所以我希望達哉先生可以原諒她……」

「我沒有怪她，我從一開始就原諒她了。」達哉笑道，就像在說「這不是理所當然嗎」。

「都四十年前的往事了，有什麼好計較的呢？」

「那請你這樣跟她說吧。要是在光子阿嬤的耳邊跟她說，她一定會很高興，也能放下心來……或許她沒辦法再次恢復健康，但一定可以在最後變得幸福。」

「啊，這樣做或許不錯。」我深深點頭。

達哉也回應：「是啊……」

「就是吧？」自裕也用哭中帶笑的表情開心地說。

然而葛城笑也不笑，就像要驅散感動的氣氛說：「不好意思，沒時間了，請容我回到正題。」看就知道他對這樣的發展不以為然。

達哉訝異地正色，和我對望的自裕則聳了聳肩，就像在問「我搞砸了什麼嗎」？

葛城看了看我們三人，說：

「光子女士的走馬燈上，有幾個和周防有關的回憶。」

達哉默默地點頭。

「但是，沒有半個是和家人在一起的場面。」

也就是說——

達哉倒抽了一口氣。

「可以讓它們保留下來，或是刪除，或是用別的回憶替代。」

自裕想要說什麼，但葛城狠瞪一眼要他閉嘴，接著說：

「這由達哉先生來決定。」

麻煩你了——他行禮說。

第七章

1

車子從成城朝高速公路交流道駛去。

目的地是布萊梅旅程的辦公室——社長在那裡等我們。

「社長真的很期待遙香同學來東京。」

對於自己的父親晃太郎，葛城不是叫「父親」，而是稱「社長」。是公私分明吧。

「咦？那我呢？」自裕在副駕駛座幼稚地較勁。

「你是自己找上門來的吧？」葛城冷冷地回道。「還期待呢，只是平添麻煩而已。」

「……就是說呢。」

「不過——」葛城苦笑。「以結果來說，社長好像也很歡迎你。」

「就是吧？我的魅力，有眼光的人都懂。」

對吧對吧？小遙？自裕回望後車座的我笑道。

但我沒心情陪笑。我不理還想繼續跟我說話的自裕，對葛城說：

「你覺得會是哪邊？」

達哉會如何決定——讓光子阿嬤走馬燈上的場面就這樣保留、刪除，還是用別的回憶替換？

達哉沒有做出決定。應該說，我覺得葛城是刻意不讓他當場做決定的。

達哉當下一度回答「請刪除」，但葛城剛回應「好的」，他立刻又打消念頭，說「啊，不，先等一下……」，接著陷入沉思。結果葛城迅速收拾準備離開：「我還有下一個行程，明天前決定就行了，請慢慢考慮，再告訴我決定。」

葛城一開始沒理我，假裝沒聽到我的問題，但我把身體探到駕駛座去反覆追問，他嘆了一口氣，回答：

「我不知道。」

「是不想要有成見嗎？」

「不預設立場很重要，但撇開這一點，我也是真的不知道。做決定的是達哉先生，我沒辦法干涉達哉先生的想法和價值觀。」

「價值觀？」

「沒錯。想要在人生最後一刻看到怎樣的回憶、看到怎樣的回憶才算是人生幸福的落幕……決定這件事的，是一個人的價值觀。」

達哉一度當場要求刪除。這與其說是不希望自己的母親在人生閉幕時，再次面對不倫的回憶，更是不忍心讓她回顧悲傷的過往，想讓她在忘了這件事、沒有這件事的情況下結束人生吧。

但他回心轉意了。把它留在走馬燈的選項，讓達哉遲疑、猶豫，推遲了決定。

「換成是你們，會怎麼做？」

葛城反過來問我們。

我想等自裕先回答，但自裕一定也是在等我先回答，結果變成兩個人都不說話了。

葛城似乎早已預見會如此，帶著苦笑說：

「這個問題真的很困難。」

「你早就知道達哉先生會猶豫了嗎？」

「任誰都會猶豫的。不管是怎樣的親子或夫妻，都沒有人能毫不猶豫地決定走馬燈上的圖畫。」

一定會遇到難以抉擇是否要留下的場面。

「你們覺得這是為什麼？」

自裕和我都答不出來。

葛城應該知道我們一樣答不出來，立刻揭曉了答案：

「道理很簡單。因為珍貴的回憶，不一定是對的回憶。」

有些記憶即使不對，即使違反社會常識或道德倫理，對那個人來說依然無比珍貴。

「人會犯錯，會做出不對的事。但有時候這是非常重要的。若是把不對的事全部割捨掉，或許就不會留下半點珍貴的事物了。」

葛城難得語氣激動地一口氣講完，隔了幾拍，說：

「比方說，對遙香同學而言，那就是拋棄妳的母親。」

接著他也對自裕說：

「對你來說，就是怎麼樣都忘不了你過世的哥哥的父母。」

全都被他看透了——

我正要開口，卻被葛城制止了：「啊，抱歉，我不太會下高速公路交流道，請先不要說話。」

車子剛經過交流道收費站。多條ＥＴＣ車道匯合在一起，因此車流有些壅塞，必須注意前後左右的車輛，小心駕駛。

葛城的開車技術確實相當生硬。開在一般道路的時候還好，但看得出一駛出收費站，他便握緊了方向盤，側臉表情也緊繃起來。

在周防兜風時，他說他開車技術不好，是為了讓我扶光子阿嬤的背的藉口，但我暗笑，這原來是真的。

從初次見面時便一直冷靜又陰沉的葛城，第一次讓我覺得人味十足。

「葛城先生。」

「——嗯？」

「都已經認識這麼久了，不用再對我用敬語了。像平常那樣說話就行了，這樣我也比較自在。」

「——好，可是現在真的先不要跟我說話。」

因為就要下交流道了，他無法分神交談。

「加油！」

我笑著說，為了不造成壓力，把往前探的身體坐回去。安全第一。我心情好到連自己都感到意外。是因為得知了葛城識破我被母親拋棄的事嗎？雖然我萬萬沒想到，被人知道祕密，竟會有如卸下心頭重擔。

進入車道，融入車陣之後，葛城也終於吁了一口氣，肩膀放鬆下來。我抓緊這個機會，繼續先前的話題——

「可以說話了嗎？」

「啊……可以了。」

就像我先前拜託的，葛城拋開了過度恭敬的敬語。

「葛城先生說，光子阿嬤在周防時的走馬燈場景裡，沒有跟家人的回憶。」

「……嗯。」

「在周防屋百貨公司的餐廳吃飯、去佐波天滿宮參拜時的回憶也沒有？」

「那些回憶本來就沒有顏色。看多少次都一樣是黑白的。」

「黑白的回憶，絕對沒有辦法上色嗎？」

一直沉默的自裕也搶話說「還有」，提到達哉的婚宴場面。

「這居然沒有顏色，太可惜了。」

對吧，小遙？他轉向我說。「小遙妳也看到了吧？那個場面真的很棒呢，就好像夫妻歷史的終點。」

我確實這麼想，卻也疑惑，如果真是如此，怎麼會沒有顏色？這也代表，對光子阿嬤而言，那絕對不算是珍貴的回憶——夫妻的歷史，不值得在人生的最後再次回顧。

「就算只有那個場面也好，如果能把它上色，畫在走馬燈上，一定會很棒……葛城先生覺得呢？」

被這麼一問，葛城用一種沒什麼好談的口氣說：

「我在周防應該告訴過遙香同學了，我們沒辦法任意上色。即使能夠引導當事人想起遺忘的回憶，最後還是要看本人是否要讓它出現色彩。我們沒有更多的能力，即便有……也不會這麼做。」

為什麼？自裕追問。葛城不理他，接著說：

「幸福的回憶，並不等於看似幸福的回憶。」

婚宴場景看起來確實很幸福。

但葛城說，在婚姻生活的後半，光子對征二的感情完全冷掉了。

葛城知道這件事。我和自裕只與光子阿嬤短暫相處，有許多回憶沒能看到，但葛城在旅程中看到了更全面的回憶。

「對於周防的婚外情，光子女士這輩子一直心懷愧疚的對象，也只有達哉先生而已。」

聽到這話，我忽然想起一件事。

自裕儘管不甚情願，仍退讓說「好吧……」，於是我探出上身問：

「達哉先生注視著光子阿嬤的場面……那個場面有顏色，那是……」

「嗯，達哉先生穿著高中制服的場面對吧？」

一點就通。表示葛城也已經掌握了。

「我把它刪除了。因為那段回憶顯然讓光子女士很痛苦，因此我依照達哉先生一開始的要求，判斷應該刪除。」

我半是鬆了一口氣，卻也因為如此，另一半無法接受的感情湧上喉頭，化成聲音說出來：

「那，為什麼不把不倫的場面刪除呢？光子阿嬤不是那麼痛苦，哭得那麼慘，向達哉先生道歉嗎？達哉先生不是一開始就要求刪掉痛苦的回憶嗎？既然這樣，應該立刻——」

「我剛才說過，有些事情即使不對，卻很珍貴。」

「嗯……」

「然後我說，看似幸福的回憶並不等於幸福的回憶，妳都聽到了吧？」

「……聽到了。」

「那妳應該明白吧？」

被迴避了。

「不倫的記憶，對光子女士的人生來說是否重要，是由本人決定的。因為失智而無法判斷的話，就是達哉先生的職責了。」

我沒辦法擅自刪除——葛城接著說，打了左方向燈。高速公路出口近了。

2

車子從大馬路深入了好幾條巷弄。我完全不知道這裡是澀谷的哪裡。不過，街上的氛圍既不時尚也不高級。要說的話，或許跟周防差不多。

「大樓沒有停車場。」葛城說，把車子開進月租停車場時，我已經認為這是我熟悉的環境了，總覺得鬆了一口氣。

從月租停車場跟在葛城身後走向公司的路上，自裕小聲說：

「大樓很舊，妳可能會嚇一跳。聽說屋齡四十年了。」

是昭和時代興建的。

「總共七樓，辦公室在三樓，電梯很舊，同一層樓還有別的公司，廁所也是共用的，有點霉臭味……」

不過，自裕不是在說壞話。

「有種超懷念的感覺。雖然超級昭和懷舊風，但就連我這種平成正中間出生的人都覺得很懷念……感覺很放鬆。」

大樓確實很老舊。電梯也很舊。一抵達三樓，廁所的味道便飄了過來。是霉味與芳香劑混合而成的氣味。而且，連男廁有人打噴嚏、拉出廁紙的喀啦啦聲音都聽得見。

原來如此，真正是昭和懷舊風，奇妙的懷念與安心感，也都如同自裕所形容。

「今天星期六，辦公室基本上休息，是為了我跟小遙特地開門的。社長也來了，其他還有大佛也在，不要嚇到囉。」

「──什麼？」

「別管那麼多，妳看到就知道了。」

三樓有四家公司，走廊盡頭是布萊梅旅程。葛城抓住霧面玻璃門的門把，直接就打開了。沒有自動鎖或刷卡機。是隨時歡迎任何人入內的意思吧。

也沒有櫃台或屏風隔間，從門口就可以一眼看遍整個辦公室。連學校教室一半都不到的空間裡，有開會用的桌子、會客區、幾張工作人員的辦公桌，以及背對窗戶的社長辦公桌。

不過，現在辦公室裡只有一名女員工坐在桌前辦公。她體型富態，是年紀比我們的父母更大一些的大嬸。

大嬸從電腦螢幕抬頭，與我們對望，和藹可親地笑了一下——

「自裕，辛苦了！」

她不是向同事葛城，而是先向自裕打招呼，接著轉向初次見面的我，臉上的笑容更深了：

「妳是小遙嗎？」

「……是。」

直接就叫我的名字，而且是叫「小遙」，然後從上到下把我打量了一遍。雖然滿冒昧的，但大嬸滿臉笑容，因此不會讓人覺得討厭。

她的笑容很棒。尤其是眼睛，瞇得像條線，從眼頭到眼尾畫出一條完美的弧線，像是弦月，或是「︵」符號。

「真的！」

大嬸突然大呼快哉，眼睛瞬間從弦月張成了滿月，對著葛城連珠炮似地說了起來：

「真的，真的真的耶！小圭，你太有眼光了，這孩子很棒，太棒了！」

小圭——因為名字是葛城圭一郎嗎？

儘管錯愕，但我也正想直呼：「真的！」

圓胖的體型、大頭，加上那讓人忍不住想要膜拜的福氣滿點的笑容，她就是自裕說的「大佛」吧。

本人也立刻說：「我叫小泉，不過叫我大佛就行了。反正你私底下都這麼叫我對吧？」她調皮地看了自裕一眼，向我揭曉謎底。

自裕來到布萊梅旅程的當天，小泉對他說「如果有什麼不懂的地方都可以問我，不用客氣」，結果自裕居然問：「是不是很多人說妳長得像大佛？」

「對不起，真的對不起！」我只能道歉。「這小子從以前就這樣，口無遮攔、沒大沒小……」

但小泉大方地笑說「沒關係啦」，用力拍了自裕的背一下。「好痛！」自裕差點整個人往前栽倒，小泉笑著注視他的眼睛，又變成了「（）」符號。那，乾脆就叫她大佛……

「這孩子這樣就好了。人不該受制於氣氛，而是要主動改變氣氛才對嘛。自裕有改變氣氛的力量。」

原來如此，這我倒是有點明白。

「做我們這一行，讓沉重的氣氛變得輕鬆非常重要。所以社長也才會中意他這種特質。」

大佛再次拍了自裕的背一下，鞭策說：「好好加油！」

這時，門打開了，一名魁梧的男子走了進來。

是社長。

「啊，妳好，遙香同學，歡迎歡迎。」

他用彷彿昨天才剛碰面的語氣打過招呼，打了個噴嚏——剛剛在男廁的好像就是社長。

「我很期待見到妳。」

嘴上這麼說，表情卻也不是超級期待的樣子。他用手勢催促我們去會客區。

從只能看到臉的手機視訊看不出來，其實社長非常高，和葛城還有自裕差不多高。而且和瘦巴巴的兩人不同，他骨架粗壯，讓人覺得就像是經歷大風大浪幾十年的年輪般。白髮平頭、黑白相間的鬍碴、不修邊幅的氣質，與透過手機看到的差不多。不過，原本就威震四方的眼神，從螢幕的二次元變成三次元後，更加驚心動魄了。明明沒有刻意瞪人，眼力卻強烈逼人且深沉，還是很可怕。

我和這樣的社長在會客區面對面坐下來。

自裕本來要進來，卻被葛城制止，現在被抓去陪大佛聊她的追星經。只是自裕不在身邊，我就頓時不安起來。我再次體會到大佛稱讚自裕的「改變氣氛的力量」。

社長首先用沙啞的嗓音說了句：

「很棒的搭檔。」

「——咦？」

「妳跟自裕，是很棒的搭檔。就跟我從葛城那裡聽到的一樣。」

他補充說，他在公司都叫兒子圭一郎「葛城」。

「公私要分明。」

「可是——」

我差點說「大佛阿姨」，連忙改成正確的稱呼：

「小泉阿姨叫他『小圭』。」

社長苦笑：

「她是改不過來。她從小就很疼葛城，所以現在想改也改不過來了。」

「……意外地彈性很大呢。」

我稍微輕鬆了些。社長也依然面帶苦笑，說：

「妳也意外地不怕生呢。」

沒這回事，我膝蓋都在發抖——我正想這麼說，社長又搶先開口：

「所以妳跟自裕果然是一對好搭檔。」

說完後，社長對自己的話「嗯嗯」點頭，突然切入正題：

「如果妳願意，要不要當走馬燈繪師？」

被他深邃的眼神注視，我一時語塞。

「嗳，慢慢考慮就行了。妳才高二，也不是急著這一、兩天就決定的事。」

社長稍微放緩了眼神，帶著苦笑告訴我：

「雖然妳的搭檔來我們這兒時，差點就要當場寫退學申請書了。」

「自裕畢業以後就要進來工作嗎？」

對於這個問題，社長沒有回答是或不是，望向遠方說：

「妳的事，我從葛城那裡聽說了。」

「……他全部看到了呢。」

「是啊，不是刻意要看，而是自然而然就會看到。這也是一種不幸，非常辛苦。」

「葛城先生說，他都會避免搭人多的電車。」

「不光是電車，只要是人多的地方都不行。他避開這樣的地方，結果變成了一個陰沉孤僻的小子，真傷腦筋。」

社長哈哈一笑，注視著遠方，哼唱開口：

「小惠隨風飄，悠悠晃搖搖……是這樣唱嗎？」

若有似無的節奏微妙地不同，但想到居然連這些都瞞不過他，反而讓人放棄抵抗，覺得都無所謂了。我卸下肩頭的緊繃。

「妳後來都沒有再見過妳的母親嗎？」

我點點頭，又嚇一跳，畏縮了。因為我和社長對上眼了。那是無比深沉，好像要窺看到胸口深處再深處、還要更深之處的眼神。

「妳會想要見妳母親嗎？」

大輔對我說的話重回腦際。昨晚和今早的事，也已經變成記憶的一部分了嗎？社長看到了嗎？因為看到了，才刻意詢問我的心意嗎？問問題的是社長，卻是回答問題的我變得疑神疑鬼。

我正自詞窮，社長倏地移開目光，說：

「我可以再簡單地說明一下我們的工作內容嗎？」

「……好。」

「不過自裕說，比起指導，實地操作更快理解。」

「他那人就是毛毛躁躁，沒辦法坐著聽老師上課。」

社長哈哈一笑，轉入正題。

3

人沒辦法畫出自己的走馬燈，也無法決定要在人生的終點看到怎樣的回憶。不僅如此，甚至無法事先知道走馬燈上有哪些內容。

「這是留待臨終的樂趣。但也沒辦法說是一局定江山、無怨無悔呢，就算有怨有悔，人都已經死了嘛。」

確實如此。

「不覺得這也太慘了嗎？無論先前的人生再怎麼幸福，萬一看到的走馬燈全是討厭的回憶，等於是前功盡棄、功虧一簣。」

「對啊……」

「不過相反地，即使是充滿了不幸的人生，如果在最後一刻看到快樂的走馬燈景象，也能夠含笑入地了。」

「是的……」

「問題是，沒辦法事先知道是『中獎』還是『落空』，而且也沒辦法在看過之後確定看到了什麼。」

不管是自己的走馬燈，還是重要的人——比方說家人——的走馬燈，都是一樣。

「不知道心愛的家人看到了怎樣的走馬燈才離世，只能相信他們一定看到了幸福的走馬燈、安詳平靜地啟程了。」

我忽然想起了阿公阿嬤。他們看到了怎樣的走馬燈呢？走馬燈上有小惠嗎？看到小惠算是「中獎」還是「落空」呢……？

「我們的工作是否順利，也全憑客戶的信賴。因為沒有人能確定到底是成功還是失敗。說到底，連我們自己都無法見證工作的結果。」

但委託依然源源不斷。想要依賴走馬燈繪師力量的人絡繹不絕。

「在旁人看來，這份工作就像是可疑的宗教，或是詐騙。」

社長哈哈一笑。我不知道是否該回笑，漫應：「喔……」

但社長依然帶著笑，挺胸道：

「我們的能力是真的。」接著，他努努下巴說：「妳的能力也是。」

社長舉的例子，是在和自裕的母親視訊時提到的，心臟外科名醫的掃墓之旅。

「因為有保密義務，我不能說出名字……」

他想了一下，說那位名醫有「神手」之稱，「就叫他神手好了。」社長的品味跟我可能不太一樣。

總之，這是神手的經歷。

神手雖然多次完成了全世界矚目的困難手術，但當然不是每一場手術都順利成功。

「這是名醫的宿命。會來求助神手的，都是其他醫生束手無策的病患，他們抱著連一根稻草都想抓的心態，懷著一縷希望而來。接手的全是困難的手術，對神手很不公平。人本來就沒救了，病患和家屬應該也都明白，然而病患真的死去時，還是會怪罪醫生。」

神手也被家屬當面責怪過。但是，比起這些，被家屬用壓抑情感的聲音說「謝謝醫生」，更讓他難受。

不過還在執業時，他也有身為「神手」的自尊。即使這名病患救不了，還有下一名病患在等他。他只能告訴自己，這是無可奈何，自己已經竭盡所能了，放下，然後前進。

然而，上了年紀、退休之後，他開始經常夢見手術失敗，飽受夢魘折磨。即使是在大白天，向家屬低頭賠罪的場面，也會突然閃現眼前。

「這樣的情形持續了一段時間，他不安起來，找上我們。」

自己的走馬燈上，是不是畫著失敗的手術、過世的病患，還有悲痛的家屬……？

葛城看了神手的記憶。神手的不安是對的。有許多病患在手術台上斷氣、家屬失魂落魄地向低頭的神手道謝的場面，色彩鮮明地留存在記憶中。

刪除很容易。只要在辦公室裡，花上必要的時間，就能滿足神手的要求。然而，葛城安排了旅程，讓神手去給未能挽回生命的病患們掃墓。

「這是當然的吧？我們是旅行社，讓客戶旅行是我們的工作。」

「……旅行之後，會有什麼不一樣嗎？」

「在說明這一點之前，先讓我繞個路。」社長說，說明人的記憶與數位資訊的不同之處。

數位資訊不會隨著時間改變，但人的記憶卻會隨著時間逐漸風化。原本鮮明的場景會變得模糊，找不到前後脈絡，甚至就此消失。

我附和說「會劣化呢」，但社長帶著苦笑搖搖頭說：「我的想法和妳相反。」

「……相反？」

「記憶風化、褪色，不一定就是壞事。有些事情不想永遠記得鉅細靡遺，也有些事情想要永遠忘記。對吧？」

「這……嗯……我懂。」

「如果所有的事情都像昨天剛發生一樣記得一清二楚，反而很痛苦。就像石頭在河水沖刷下愈來愈圓，由於被適當地打磨，削去稜角，也才有辦法背負某些記憶活下去。」

或許吧，有道理。

「遺忘可能是上帝賜給人類的重要的力量。」

這比喻應該很誇張，但可能是社長的神態和聲音的力量使然，這句話莫名順暢地傳入耳中，沁入心田。

以上就是人的記憶與數位資訊的差異。

「不過，」社長接著說。「回憶就跟富士山一樣。登山的途中，不會知道富士山是什麼形狀。就算站在山腳，也看不清整體的形貌。想要知道富士山的形狀和高度，必須離得很遠才行。」

回憶也是一樣，離得遠遠地回顧一看，觀點又不同了。

「有時明明應該是幸福的回憶，然而幾十年後回首一看，卻已經褪了色。或是應該不堪回首的時光，卻令人感到莫名憐愛。」

所以，請客戶旅行、重遊舊地之後，再重新決定走馬燈上的畫面。這就是布萊梅旅程的作風。這很花時間，也很花工夫。如果一開始就對客人「刪掉這個、補上那個」的要求照辦，工作可以輕鬆完成。對公司經營來說，也更有賺頭。

「但我不想這麼做。我希望客戶再次回溯人生的記憶，然後再做出決定。想要從走馬燈上刪除的回憶，真的應該刪除嗎？想要留下來的回憶，真的值得留下嗎……？」

說到這裡，社長頓了一下，笑道：「前後相差非常多喔。」

有時結束旅程後，一開始要求刪除的記憶，客戶卻說「還是想要留下來」；或是相反，原本想要畫進走馬燈的回憶，卻取消說「還是不要了」。

「我認為人有三種能力。」

第一個是記憶的能力。但即使記住了，也不同於數位資訊，會被稀釋或是變得模糊。因此第二個是遺忘的能力。

而第三個能力是——

「懷念的能力。」

社長注視著虛空露出微笑，以完全就是緬懷遙遠過去的神情，接著說：

「遙香同學，我認為，『懷念』意外地是極為深刻的感情。」

想要回到那時候，所以懷念。因為再也無法回到那時候，所以懷念。就是全面肯定那時候的那件事，所以懷念。正因為有苦澀的後悔，所以懷念。笑容滿面地懷念。面容扭曲、泫然欲泣地懷念。

「我希望客戶透過旅行，緬懷自己的人生，然後再決定哪些場景要保留在走馬燈上。這是我的想法。」

心臟外科醫師神手，原本也希望把自己未能拯救的病患記憶，全部從走馬燈上刪除。

但葛城提議：「要不要去給過世的病患掃墓？」並安排和家屬會面。神手就這樣逐一掃墓上香，和家屬見面……他的記憶漸漸出現變化了。

家屬的反應形形色色。有人感到惶恐，有人十分感謝，有人怨恨地瞪著神手上香的背影，也有人重提當年，對他發怒。有些家屬在掃墓之後，還安排了筵席；也有些家屬甚至拒絕神手致意，怎麼樣都不肯透露墓地的地點。

神手花了半年的時間，參拜了超過二十人的墓，終於來到了折返點。旅程全由葛城決定。他會事先連絡家屬，能夠掃墓的地方——不論家屬是否歡迎——全部都請神手前往。

「即使明知道有家屬恨他，也帶他去嗎？」

「是啊……被拒絕掃墓的情況，也毫不保留地據實以告。」

「就算神手會受到打擊、覺得受傷？」

「當然。」

「那，記憶果然出現變化了嗎？」

「是啊，不一樣了。」

「是往好的方向變化嗎？」

「有些是，也有些不是。」

神手有好幾次，遇到與自己的預期截然相反的應對。

「十年前鬧到差點打官司的家屬溫暖地迎接他，或相反地，二十年後家屬才突然吐露滿腹怨言……好像形形色色。」

見到態度嚴厲的家屬，神手似乎反而更能釋然。然後隨著旅程進行，走馬燈上的畫面逐漸充滿了幸福。

走馬燈繪師的工作，不光是動手重畫而已。重畫反而是最後的手段。

「如果不必修改，那是最好的。最好的情形，就是我們什麼都不做，走馬燈的內容也不斷地變得幸福。」

「那麼快就會出現變化嗎？」

「是啊。所以人生才有意思啊。」

比方說——社長接著說：

「對遙香同學妳這樣的高中生來說，大學入學考非常重要對吧？如果考上第一志願的大學，這就會變成重要的開心場面，登上走馬燈，萬一落榜，也會變成痛苦難過的場面，留在走馬燈上。」

但是，到了三十歲、四十歲、五十歲……活得愈久，大學入學考的結果就愈不重要。會從走馬燈上消失。不過這樣就好了。一輩子甩不掉十八歲失敗的人生太可悲，一輩子執著於十八歲成功的人生，更是可悲、寂寞、空虛。

「總覺得可以理解。」

「就是吧？」社長得意地一笑，說：「回溯人生的旅程，就是重新挑選真正值得登上走馬燈的場面的旅程。」

「那，光子阿嬤也……」

社長點點頭，眼角擠出一堆皺紋，笑得更深了。

光子阿嬤的記憶因為旅程而重新被修改，原本空白的走馬燈，也畫上了新的場面。

顯然只是悲傷的回憶，有許多都如同要求刪除了。

但是，看似悲傷的回憶，不清楚是否真的令當事人感到悲傷。

有些回憶即使不符合道德標準，也極為珍貴。

「重新被修改過的走馬燈，會盡量想讓它們保留下來……是嗎？」

我說得很籠統，社長卻露出洞悉一切的神情笑道：「珍貴的事，大部分都不正確。所以人生才複雜、有意思。」

我也這麼認為。雖然點頭的時候，我想到的不是光子阿嬤，而是我的母親。

會客區外，大佛對著自裕大談偶像經，正聊得火熱，葛城對她說：「時間差不多了。」是接下來的工作的時間快到了吧。

「既然妳都來了，就再奉陪一下吧。反正都參一腳了，村松光子女士的事，妳也想要參與到最後吧？」

現在要去會面的人，與光子阿嬤有著密切的關係——

「我們查到三葉化學的所長住在哪裡了。」

對方姓近藤。

「他住在東京很郊區的安養院。」

等一下要去那裡。葛城對達哉說的「已經有約」、「接下來的行程」，原來也和光子阿嬤的案子有關。

「妳也想見見那個人吧？」

「……嗯。」

「那，一起去吧。」

我站了起來，社長想起什麼似地，用打趣的口吻說：

「啊，然後……如果妳想知道自己的走馬燈上有什麼，我可以告訴妳。」

我忍不住後退了。椅子被膝窩撞到，倒向屏風。

「不用了……請不用多事。」

用說的還不夠，我伸直雙手，就像頂門棍一樣擋在那裡，阻止社長說下去。

社長笑著點點頭。那笑容心滿意足，就像在稱讚通過抽考的學生。

4

我正要跟著葛城和自裕離開辦公室，大佛卻叫住了我。

葛城說「那我們在大樓門口等妳」，催促自裕離開了。大佛沒有跟葛城說話，但葛城也沒有任何驚訝的反應，或許是大佛事先提過，要不然就是葛城猜到了她要說什麼。

社長坐在自己的辦公桌，隨手翻著將棋雜誌，甚至沒在注意這裡。

大佛說「不好意思站著說話」，直接就切入正題：

「小遙，妳來試試我們的工作吧。」

「——咦？」

「妳很適合做這一行。自裕也是，打磨一下就會變成鑽石，但妳更厲害，不用打磨就已經是鑽石了。」

擁有窺看他人記憶的走馬燈繪師能力。

「往後妳會發出更璨爛的光芒。真的。我都這麼說了，絕對不會錯的，嗯。」

「既然如此，乾脆把它當成工作吧。為不認識的陌生人處理走馬燈。這樣比較好。否則——遲早不用觸摸背部，只是注視，就能看見別人的記憶。這樣一來，也是很辛苦的事——」

大佛抿唇一笑。雙眼變成了「︿」符號。

「總有一天，妳也會看到不能看的人的記憶。」

就像以前的我那樣——大佛補了句。

我愣住，社長眼睛盯著將棋雜誌，說：

「小泉也是繪師，而且是非常優秀的繪師。我剛成立這家公司的時候，小泉真的是我不可或缺的幫手。」

大佛害臊地說「叫我大佛就好啦」。

「自裕說妳是大佛，是嗎？」

「我意外地滿喜歡的。不管是他幫我起的綽號，還是他這個人。」

「是啊，妳看起來就像會喜歡他。」社長翻過一頁雜誌，笑道。

「自裕和小圭類型完全相反，所以很有趣。這一行有各種類型的繪師絕對比較好。」

「是啊……我懂，妳說的沒錯。」

社長配合雜誌棋譜，做出在半空中下棋的動作，忽然把話題拉回我身上：

「遙香同學，妳最想看到誰的記憶？最想知道誰的走馬燈內容？」

是——

「不必是現在身邊的人。就算是或許有可能見到的人也行。」

所以、那果然是、生下我、又把我拋棄的人——

我沒有回答。反正社長從一開始就知道答案了。

不出所料，社長對沉默的我說：「我勸妳不要。看到最想瞭解的人的記憶——再也沒有比這更可怕的事了。」

大佛接著社長的話，告訴我她的親身經歷。

大佛以走馬燈繪師的身分，為客戶規劃旅程，並視需要修改走馬燈的畫面。然而，有一回，她第一次為了自己，看了最親近的人的記憶。

「是我老公的記憶……我看了一下，結果裡頭有許多我不認識的女人……我忍不住氣血攻心……」

拿菜刀刺了他——大佛笑道。

幸好大佛的丈夫保住一命，審判結果也是緩刑。不過，在警方的偵訊和法庭上，犯罪動機的部分，「如何得知丈夫在外面有許多小三」成了瓶頸。

「又不能老實說出『我看到丈夫的記憶，女人一個接著一個冒出來……』。結果只能用女人的直覺搪塞過去。」

大佛直爽地笑著，自己的事就此打住，提點似地對我說：

「小遙也是，除了工作以外，最好不要看到別人的記憶，特別是親近、重要的人。」

「……好。」

「電影、小說和漫畫也是，有讀心術、預知未來這類特殊能力的人，意外地都會吃盡苦頭。起初會為了有這種力量而開心，任意使用，但漸漸就負荷不了，開始害怕，或是痛苦……最後都會希望自己根本沒有這種力量。」

確實，感覺有很多這類故事。我現在就跟那種作品的角色一樣嗎？

「平平凡凡才是最好的。其實，不要有這種麻煩的力量最好。」

大佛微笑，接著說：

「但既然天生就有這種能力，那也沒辦法。接下來就是學習妥善運用。歐巴桑能給的忠告就這些了。」

然後大佛笑著閉上眼睛，右掌舉到胸口，左掌則放到腰部，擺出手心向上的樣子。難道這是大佛的姿勢？

「小遙，拜我。」果然。

「大佛傳授智慧結晶給妳，拜一下也不為過吧？」

「……感謝大佛阿姨。」

我輕輕雙手合十，低頭行禮。換成自裕，一定會拜得更誇張。

「很好，去吧。」

社長出聲：「好好看葛城怎麼辦事……不光是看，妳也可以自己好好想一想。」

光子阿嬤會留下哪些走馬燈畫面——？

我默默點頭。

第八章

1

葛城把三葉化學的所長——近藤，所在的安養院住址輸入導航。

是在東大和市。從螢幕上顯示的地圖來看，位在東京的西北郊區。安養院就建在多摩湖的湖畔。

「湖的另一邊就是埼玉縣了，所以很遠。」

實際上，導航顯示的車程也要將近一小時半。

近藤家以前應該在橫濱，但現在住家已經沒有了。

去年，近藤的妻子過世之後，女兒就把房屋土地賣了。在那兩年之前，近藤就搬進了安養院。當時，妻子雖然還很健康，但近藤已經出現失智症狀，因此女兒強力勸說他搬進安養院。

女兒已經結婚，住在千葉縣的幕張。從東大和市過去，要近兩小時車程。橫濱與東大和之間，也需要至少兩小時的車程。

「啊，是這麼回事啊。」我點點頭，自裕卻驚訝地出聲：「咦？真的嗎？這麼遠的話，探望不是很辛苦嗎？」

很像自裕會有的想法。很溫柔。不過有點太天真了。

葛城也苦笑，說：「從一開始就沒有要去探望的打算。既然都要把人送走，遠一點比較沒有心理負擔吧。」

「可是他們不是夫妻嗎？不是獨生女嗎？母親過世以後，對女兒來說，父親不是唯一的家人了嗎？咦？怎麼會這樣？這不會太奇怪了嗎？」

自裕真的很善良，但還是太天真了。葛城默然以對，開出車子。

「社長交代我事先跟你們說一聲。」葛城告訴我們近藤後來大概的人生。

近藤在三葉化學一直擔任業務職位，在越南的胡志明市迎接了上班族生涯的終點。

「五十歲以前，他都在國內的營業據點調來調去，不過在外派的相關公司中，是在東南亞推動農地開發。在他六十歲退休的前一刻，成立了肥料銷售的合資公司，近藤成了日方的營運長，簡而言之，就是現場的老大。」

「那不是出人頭地了嗎？」

自裕驚訝且難以接受地說。我也明白他的感受。發問都讓他來就行了。

「這有點微妙。那是家小公司，而且亞洲的農業事業有很多障礙，也可以說是被塞了個麻煩的職位。」

只是——葛城接著說：

「對本人來說，遠離日本去越南，應該是比較好的。」

「怎麼會？」

「近藤先生的家庭已經維持不下去了。」

「他跟老婆感情不好嗎？」

「這也是原因之一，但他跟女兒好像徹底決裂了。」

瞬間，刻畫在光子阿嬤記憶裡的近藤住處的全家福照片浮現腦海。近藤特地把照片放進相框，擺在一個人外調的周防住處。

「什麼時候鬧翻的？難道是因為在周防外遇的事曝光了？」

「那與其說是原因，更應該說是起點吧。」

近藤與光子的不倫戀，並沒有被家人發現。但聽說近藤獨自調到周防以後，就整個變了個人。住在周防的三年間，對近藤來說，是第一次離開東京到地方任職，當然也是第一次度過單身外調生活。有個兼職的女員工看不下去近藤因為不習慣的獨居生活吃盡苦頭，開始照顧他，那就是光子。光子替他縫補脫落的鈕釦、託詞煮太多，把燉菜帶到公司送他，說「老是外食，會營養不均衡」，漸漸地踏進他的公寓住處，然後兩人一起開車兜風……最後演變成男女關係。

「近藤回到橫濱，在總公司待了半年，但接著又調動，這次是調到九州熊本去了。後來又去了仙台、神戶、金澤、岐阜……從四十多歲直到退休的近二十年間，他幾乎都不在家。」

雖然也有上頭指派的調動，但也有許多次是近藤毛遂自薦。

因為──

「女兒的說法是，單身外調生活自由放蕩，讓他食髓知味了。」

也就是說──

「他年輕的時候好像很老實，但也因為這樣，一旦放縱，就沉溺不可自拔了吧。」

近藤有四個情婦。

「熊本是第一個，然後是神戶和金澤……越南也有。」

太太也察覺了，但刻意不加干涉。

「夫妻之間的事，只有夫妻自己才知道，而且三葉的主管級職位薪資也夠優渥。情婦那邊也是，雖然是婚外情，但安於小三身分，好像沒有上演爭奪名分之類的火爆戲碼。」

光子阿嬤記憶中的近藤，看起來不像那麼差勁的人──這樣想不對嗎？都已經搞不倫了，應該直接判出局吧？我轉念，同時忽然想到一個疑問。

「讓你們不舒服了。社長交代，所以我才說的，但還是不該讓高中生聽到這些呢。」

葛城抱歉地說，打算結束這個話題：「總之你們聽一聽，當成預備知識就行了。」

「啊，我問個問題就好。」我忍不住說。

「和光子阿嬤的關係，近藤先生也只當成一段風流情史而已嗎？」自裕似乎完全不懂這些男女情愛，插口說：「他們不是相愛嗎？所以才會交往吧？」抱歉，自裕，你可以成熟點嗎？

我從後車座探出上身問葛城：「是哪一邊？」遭到忽視的自裕想要開口，我用手勢制止表示「你先閉嘴」，接著說：

「這一點很重要吧？」

「嗯……很重要。」

「我認為光子阿嬤並沒有把它當成玩玩的婚外情。雖然不知道她是否有考慮離婚，但我想她是真心喜歡近藤先生的。」

所以才會鮮明地留存在記憶裡。所以才會緊緊地抓住誤認為是達哉的自裕，哭著向他道歉。最重要的是，她與近藤的回憶充滿了色彩。

「但不曉得近藤先生是怎麼看待光子女士的。」

光子阿嬤記憶中的近藤，完全是她眼中的樣貌。得知達哉受傷，趕往醫院時，鼓勵驚慌失措的光子的那份柔情——應該也有可能完全是她誤會了、徹底受騙了。

「是哪一邊？近藤先生真心愛著光子阿嬤嗎？」

我激動地問，葛城始終冷靜地說：「不知道。我也是今天才會第一次見到近藤先生。」

「那……」

「去見他，就是為了釐清這件事。」

葛城偽裝成「多年前受到近藤先生關照的人的兒子」，向三葉化學詢問，而連絡上了近藤的女兒。

當然，就算突然打電話，對方也不可能理會。

「我們旅行社有律師，請那位律師用『接到委託』的形式連絡近藤先生的女兒。」

自裕笑道：「是所謂的顧問律師嗎？好帥！」

「我不曉得帥不帥，而且那不是顧問律師，而是員工，有律師資格。」

「員工的話，我有見到嗎？」

「你剛剛才見過。」

居然是大佛——

「總之，律師的電話和信件，不管對公司還是個人都很管用，可以一口氣跨越各種門檻……而且，小泉女士擁有更超越這些的能力。」

去見近藤的女兒、讓她吐露與父親的不和的，也是大佛。

「你們明白為什麼我在她面前都服服貼貼了吧？」

葛城難得語帶玩笑地說，我跟自裕同時深深地連點了幾下頭。

2

近藤入住的安養院位在湖畔小丘。遠遠地望去，也像是一家時髦的度假飯店。

「這裡在業界的風評很不好。與同等級的機構比，不管是入住費還是每個月的費用都貴了許多。不過只要住進去，除非有什麼重大的問題，否則都不會打擾家屬。即使出了什麼事，如果家屬說交給機構處理，他們就會照辦。是這樣的經營方針。」

「……簡直就是捨姥山[1]嘛。」

「是啊。不過很有需求。這樣的機構愈來愈多了。」

同一個社會福利法人經營的機構，在首都圈有好幾家，每個地方都要排隊兩、三年才有空位。

「這也表示，有愈來愈多老人家被當成麻煩甩掉。」

「近藤先生……也是嗎？」

「站在女兒的角度，支付昂貴的金額讓他住進那裡，已經是莫大的孝心了。」

對於今天的拜訪，她的態度似乎也是「不關我的事，隨你們的便」。

在事務所櫃台辦好探望手續以後，我們被帶到像飯店大廳的休息區。休息區外的廣闊陽台，可

1　日本某些地方，古時因糧食不足、生活窮困，會將無生產力的年邁雙親捨棄於深山內，任其自生自滅。

以將湖景盡收眼底。

我們決定在陽台談話。近藤必須坐輪椅才能移動。櫃台人員義務性地告訴我們，應該不到半年，他就會失能了。

失智症狀也在搬進來之後一口氣惡化了。而且工作人員說，近藤今天處於最糟糕的狀態，完全不知道自己在跟誰見面——應該說，就連眼前有人都認知不到。即使是這種狀態，仍然有記憶。記憶確實留存在心裡，只是無法取出而已。這應該說是驚人，還是可怕……？

從陽台望向多摩湖，沒有任何遮蔽物，可以望見對岸遙遠的山脈。兩座形似戴著圓頂帽的圓筒取水塔，從平靜的湖面探出頭來。

然而，這片難得的美景，也只有我們三個人在欣賞。今天是梅雨季中，罕見放晴的週末，休息區卻沒有半個與家人或朋友相聚的居民。陽台長椅和花園桌椅，也幾乎沒人使用的樣子，日曬雨淋，蒙上了一層灰。這裡果然是捨姥山。

富士山在哪個方向？欸，自裕——我正想問他，應該在後方的自裕卻浮躁不安地走來走去。

「你怎麼了？」

我問，他抬頭。雖然只跟我對望了一秒，但我立刻看出他不太對勁。是身體突然不舒服嗎？還是不舒服的是心靈？

自裕看向葛城，說：「我……可以去休息區坐一下嗎？」

我只是怔愣著。但葛城幾乎沒有驚訝的樣子，兀自地點點頭，就像在說「這也難怪」。

「嗯，沒關係。」

「……可以嗎？」

「你不想看到近藤先生的記憶吧？」

「……對。」

「你開始害怕看到別人的記憶了嗎？」

自裕本來要否定，卻把話吞了回去，低頭說「對不起」。

「不需要道歉。這是理所當然的事。」

這下我總算明白了。自裕是想起了父親節那天，看到父親記憶的事了吧。是看到的內容讓他打擊太大嗎？

葛城目送自裕折回休息室的背影，問我：

「妳沒問題嗎？」

「嗯……我沒事。」

「妳不怕嗎？」

我默默點頭。

葛城用下巴朝自裕的背影輕努了一下說：

「他很善良。」

「……善不善良我不曉得啦，不過他是個好傢伙。」

「妳很堅強。」

「……我完全不懂。」

「總之，妳們是一對很棒的搭檔。」

自裕離開沒多久，近藤就坐著輪椅現身了。

因為還有段距離，因此看不出細微的表情，但整體氛圍確實有印象。光子阿嬷記憶中、約四十年前的面容，仍保留在現在的近藤身上。

但是，讓工作人員推著輪椅過來的近藤，只是呆滯地望著遠方。甚至沒有困惑「這裡是哪裡」、「我怎麼會在這裡」的樣子，對著湖景的眼神文風不動，彷彿連我們的存在都沒有發現。

工作人員在他耳邊說話，指向我們，但近藤沒有任何反應。輪椅來到我們旁邊時也是一樣。他的失智症狀似乎比光子阿嬷嚴重多了。

葛城坐在花園椅上，把視線放到與近藤同高，依照一開始決定好的設定，對「父親的大恩人」恭敬地寒暄。

「家父承蒙近藤先生大力關照了。家父也經常對我們這些孩子提到您的事。他一直想來探望您，親自向您道謝，但遺憾的是，他去年過世了。」

我繞到輪椅後面。

「您是家父單身外調的大前輩，他特別尊敬您。聽說您傳授了他許多一個人在外生活的心法，以及如何享受。」

近藤的神情沒有變化。

「您是外調的資深老手呢。光是家父提到的，就有呃……熊本、仙台、神戶，還有金澤和岐阜……」

葛城刻意省略周防，問：「還有哪裡去了？」

近藤依然沒有反應。即使提到一個人外調的話題，他的意識也如同陽台望出去的多摩湖寧靜的湖面，波瀾不驚。

不過，那只是外表看起來如此——或許多摩湖的深處，正出現了暴風雨般的漩渦。近藤的記憶……或許也……

我定睛注視近藤隨著呼吸起伏的肩膀，配合他的呼吸，輕輕地把手指按上他的背。

近藤的記憶混亂不堪。時間順序顛三倒四，每一個場面也都極難辨識。影像顫動卡頓，或是扭曲變形，聲音突然斷斷續續，或是反過來嘯聲刺耳，畫面停住，或變成倍速，又或是被沙暴般的雜訊覆蓋，什麼都看不見……

就好像影片播放程式出錯了。與光子阿嬤那時候截然不同。是失智程度的差異顯現在這些地方了嗎？

記憶幾乎都沒有色彩。也就是不會出現在走馬燈上。

不管是大案子成功、和同事舉杯慶祝的場面，還是在中學運動會擔任選手代表宣誓的風光時刻，召集工廠人員、瀟灑指揮的身影……很遺憾地，都不會出現在嚥氣的那瞬間。

相反地，近藤可能會在最後一刻看到的是——

他的太太。和上了年紀的太太一起，在溫泉旅館的日式庭園散步。

還有女兒。他高高舉起還是嬰兒的女兒，在路邊為東京奧運馬拉松加油的場面，也確實地有著色彩。

有個中年女子。女子在公寓廚房煮飯，一邊對近藤說話。雖然不清楚在說什麼，不過是常在關西搞笑藝人身上聽到的語尾和腔調。

近藤載著另一名中年女子，在海邊兜風。這裡我看過。是石川縣的千里濱渚海濱公路。

那麼，這兩個人是近藤在神戶和金澤外遇的對象嗎——？

有個非常年輕的女子，年輕到想稱她為「女孩」而不是「女子」。不是他的女兒。從五官、膚色以及街景，我看出她並非日本人。

那，這是在越南的回憶——？

心跳加速，呼吸困難。

近藤的記憶裡，那名越南女子出現過許多次，而且全部都有顏色——包括過於猥褻，教人無法正視的場面。這些場面也有可能出現在走馬燈上。

近藤已經八十九歲了，不管什麼時候離世，都稱得上壽終正寢了吧。家庭生活姑且不論，他長年任職於代表日本的大企業，也爬到了相當高的地位。在這樣的人生結尾看到的走馬燈，竟摻雜著教人想說「打一下馬賽克吧」的場面，這算是可悲嗎？或者這才叫做人性的深奧？坦白說，我實在不懂。

太太和女兒的回憶也——怎麼說，都是讓他開心的場面。和太太吵架的場面、女兒不肯跟他說話的場面，幾乎都是半透明、早已遺忘的回憶。即使是清楚留在記憶中的場面，也全是單色的——不會出現在走馬燈上。

有顏色的全是幸福的場面。

尤其是女兒的回憶，時代極為偏頗。會出現在走馬燈上的，都是女兒成年以前，也就是近藤在外調期間不斷外遇的事曝光之前，簡而言之，是扮演「好丈夫、好父親」時的回憶。

這什麼嘛……

牽著女兒的手，一起看上野動物園的熊貓。私立國中放榜的瞬間，一家三口在榜單前擁抱。和成人式[2]穿著振袖[3]的女兒，一起去攝影工作室拍父女照。

等一下……

女兒成人式的時候，近藤已經結束和光子的邂逅及道別了。他應該又一個人調去熊本或仙台，再次搞不倫，然而，卻能厚顏無恥地跟女兒拍紀念照？

這樣的場景也有色彩。

女兒親手做的情人節巧克力小包寄到了。近藤在獨居的住處收到小包，一邊吃著巧克力，一邊跟女兒講電話。

這個房間我有印象。是出現在光子阿嬤的記憶裡，近藤一個人調到周防時的住處。近藤在與光子不倫的時候，竟津津有味、開心地吃著女兒寄給他的情人節巧克力。而且這段回憶還帶著色彩留存下來。明明都還沒看到任何與光子的回憶。

我尋找著光子，卻遲遲找不到。

途中，我看到各種記憶。有些有顏色，有些沒有。我漸漸懂了。不明白比較好。社長說的沒錯，看得到別人的記憶，果然是一種不幸。

近藤真的很厲害。這話有八分是諷刺，但剩下的兩分，我承認，他這個人真的很了不得。不，還是十分全是諷刺？

照這樣下去，近藤的走馬燈，會全是對他來說美好的回憶吧。

先不論這是巧合、是才華，又或是篤信某種宗教才能有此福報，總之，他的走馬燈全由美好的回憶所構成，但其中沒有光子。也就是說……有了。終於找到了。

幽幽地浮現在黑暗中的女人，毫無疑問是光子。她定定地看著近藤。看得目不轉睛，或者說愁雲慘霧。

看不到背景。黑暗中，只有四十多年前的光子的臉浮現。幾乎透明，而且沒有顏色。是早已遺忘的回憶、絕對不會出現在走馬燈上的場面。

我睜大眼睛，拉長耳朵。聽見了。

光子聲音帶淚地向近藤傾訴：

「……跟我在一起……跟我在一起……」

求求你——話聲剛落，就像影片戛然中斷般，陷入了真正的黑暗。

2　原文「成人の日」，於每年一月第二個星期一由地方政府舉行，為該年度滿二十歲的人主持的成人禮儀式。

3　未婚女性所穿著的和服禮服，有著長長的袖子及華美的圖樣，通常出現於成人式、宴會或畢業典禮。

3

直到車子駛離安養院的停車場前，我都沉默不語。

葛城也是，在工作人員面前有禮地向近藤道別，但近藤離開後，就幾乎不再開口。

自裕可能也從我們的模樣察覺到情勢不對，又或者是害怕窺看記憶這件事，絲毫不見平時的活潑開朗，默默地坐在副駕駛座。

車子開出去以後，我只說了一句話：

「……爛透了。」

如果能宣洩更多情緒，我真想從後面踢副駕駛座椅背來洩恨。

「葛城先生……連走馬燈都看到了吧？」

「嗯，看到了。」

「告訴我，他的走馬燈是怎樣的場景？」

我是新手，或許遺漏了其他有色彩的場面。拜託，一定要有。上面或許有光子。拜託，一定要有。

然而葛城語調平靜地說：

「直接說結論，近藤先生的走馬燈上沒有光子女士。」

周防的回憶裡，出現在走馬燈的只有兩個場面。

「一個是從總公司來工廠視察的專務親自激勵他，一起拍照的場面。」

自裕傻眼地說：「什麼啊？」

「對他來說，這種的才叫做珍貴的回憶。」

可是，更重要的是第二個場面——我最厭惡、最害怕的場面，竟出現在走馬燈上。

近藤會在最後一刻，看見自己在周防的公寓，品嚐女兒送給他的情人節巧克力的場面。

「……真的假的啦？」自裕呻吟般地說，語帶嘆息地喃喃：「怎麼這樣，這太過分了吧？」

早已過了這種反應階段的我，繼續說下去：

「可以這樣嗎？」

「什麼意思？」

「近藤先生有顏色的記憶，全都是幸福快樂的回憶不是嗎？」

「真假？」自裕驚訝地說，我用眼神回應「真的」，問葛城：

「他的走馬燈，也全都是那類美好的場面嗎？」

「是啊，百分之百美好。」

說得輕巧，彷彿事不關己。我只是失望「果然如此」，自裕卻窮追不捨：「不管美好不美好，假的就是假的吧？總覺得很不舒服耶。」

「你覺得怎麼樣不重要，不過別搞錯了，近藤先生的走馬燈不是假的，全都是實際發生過的事。」

「只要不是假的，什麼都行嗎？」自裕緊咬不放。「自私自利到了極點，全部迎合自己，任意美化……只有這樣的回憶帶著色彩保留下來，變成走馬燈……這樣也行嗎？」

「沒有什麼行不行的。存在的東西就是存在。偶爾也是會有一些人，走馬燈從一開始就幸福完美，完全不需要我們這樣的繪師。」

「要怎麼樣……才能有那麼爽的走馬燈？」

「那不是刻意為之的。不是自己的意志能夠左右的。」

「是運氣嗎？」

「是啊。有些人運氣好，也有些人不走運。有時運氣好，有時很倒楣。就跟這是一樣的。一切都是天意巧合，近藤先生自己應該也會很驚奇：原來我這一生這麼美妙。」

「這太不公平了，太奸詐了，太卑鄙了。」

「哈哈。」葛城輕笑了一下。「這可不是道德倫理課。」

「可是——」

「這個世界就是這樣的。結果全看運氣好壞，沒有什麼公平可言，有太多卑鄙狡猾的人占盡好處的例子。走馬燈也一樣。聽著，反正人都要死了。那是死前一刻的事，不會給任何人造成麻煩。若是遺容安詳，被留下的人也能得到安慰。所以我們也才有這口飯吃。」

說到後半，總覺得是在故意惹人厭——感覺葛城好像從剛才就一直在刻意挑釁自裕。

自裕也愈來愈不爽了。

「那把它抹掉不就好了？既然葛城先生能把走馬燈重新畫過，為什麼不這麼做？塗掉那些自私自利的回憶，放進一堆討厭的、痛苦的回憶就好了。為什麼不這麼做？」

「——自裕。」

先前一直都有的「同學」稱呼不見了。葛城並沒有吼人或是大小聲，自裕卻肩膀一顫，整個人僵住了。

「絕對不許再有那種念頭。」

自裕沒有回話，而是撇過頭去。

葛城也不再理會自裕，對我說：

「遙香同學看到幾個光子女士登場的場面？」

「……只在最後看到一個而已。」

「是怎樣的場面？」

「我不知道那裡是哪裡，但光子阿嬤直勾勾地看著近藤先生，一臉想不開的樣子，帶著哭音說：『跟我在一起……』」

「這樣啊。」葛城點點頭。

「接下來，很快就變成一片漆黑了。」

葛城再點了點頭，問：「妳覺得那是什麼意思？」
我還沒回答，自裕撇著頭，低聲說：
「……私奔。」
一開始我也這麼以為，但現在想法不同了。葛城也只是含糊地應了聲：「嗯……」
自裕咂了一下舌頭，不耐煩地說出下一個答案：
「那，就是一起殉情吧。」
葛城確定我沒說話，說：「是啊。我想直到那段感情的最後一刻，她都在考慮這個選項。」
自裕再次咂了一下舌頭。
我問：「近藤先生是怎麼回應的？葛城先生知道對吧？」
「嗯，我看到了。」
他的真心話，應該是不願意但仍然看到了。
「理所當然，他壓根就沒有那樣的打算。只是單身外調，在外地玩玩。就算不是玩玩，也打從一開始就當成遲早會結束的戀情。」
「就是說呢……」
「所以分手不成，女方甚至要求殉情時，他整個人嚇壞，慌了手腳，只好跑了。」
不光是逃離現場而已。

「他準備了一筆錢。」

「……分手費嗎？」自裕不屑地嘀咕：「演八點檔喔？」

近藤在咖啡廳，把裝了分手費的信封袋遞給光子。光子神情僵硬地盯著信封，拚命壓抑湧上心頭的情緒，霍然起身離去。近藤等待咖啡廳的自動門打開又關上，嘆了一口氣說「累死我了」，轉為一臉輕鬆，把信封收進西裝內袋裡。

「這是光子女士登場的最後一個場面。」

沒有顏色。

「不過，其實還有後續。」

和光子分手那天晚上，近藤從住處打電話給橫濱的太太。他說為了慶祝第一次外調結束，要送個紀念禮物給她。妳想要什麼都可以，多貴都沒問題——笑著這麼說的視線前方，是擱在矮桌上的分手費信封。

「……爛死了。」

我竭盡侮蔑地說。

平常的話，遇上這種事，自裕絕對會爆氣。他這人雖然油腔滑調，卻也正義感十足，尤其無法忍受踐踏別人感情的行為。就連看漫畫還是電視劇，都會生氣激動到身邊的人傻眼：「那是虛構的，你幹嘛氣成那樣？」

然而，自裕就好像要轉移我的憤怒般，悠哉地打了個大大的哈欠：

「好睏啊好睏啊，啊，不行，我撐不住了……」

有夠爛的演技。

不過葛城順著他的演技說「睡一下吧」。語氣冷淡，但沒有再多說什麼。

「……好啦。」

自裕也用鬧脾氣般的口氣回應，交抱手臂，交換蹺起的腿，就這樣——從後面看不出是不是睡著了，但總之他沒有再說話了。

沉默之中，行駛在多摩湖南岸的車子在途中右轉，進入有中央分隔島的大馬路。分隔島上，有高架的單軌電車軌道。

是來的時候也曾經過的路。應該是要原路返回澀谷。不過，來的時候，自裕像小學生一樣驚呼：「天哪，單軌電車的軌道居然這麼高！」現在卻一直沒吭聲。是真的睡著了嗎？

「回到澀谷以後，接下來要做什麼呢？」

我希望能再次前往成城，去見達哉或光子阿嬤。

但是傍晚回到布萊梅旅程的辦公室以後，我和自裕要被交給小泉——大佛——照顧。

「小泉女士從昨天就一直摩拳擦掌。她說你們難得來東京，要帶你們去參觀晴空塔。雖然遙香同學得趕回二子玉，但東京比周防天黑得更早，應該可以欣賞到不錯的夜景。」

你們。也就是跟自裕一起。然而自裕沒有回話。

「還有，小泉女士也準備了迪士尼樂園的禮物給遙香同學。妳舅舅家有舅舅、舅媽和表哥、表姊，四個人對吧？」

真是體貼。我道謝之後問：「那葛城先生要做什麼？」

「等達哉先生連絡。如果他決定好是否要把近藤先生的事留在走馬燈，我得在明天一早——視情況，今晚就必須去見光子女士。」

如果光子阿嬤病情急轉直下，撒手人寰，走馬燈繪師的任務就失敗了。如果只在意任務成敗，一開始照著達哉要求的，直接刪去不倫場面就行了。但等到最後一刻，讓達哉做出不會後悔的決定，才是葛城的作風——或者說誠意吧。

「剛才近藤先生的事，你會跟達哉先生說嗎？」

「我什麼都不會說。今天去見近藤先生的事，也不會告訴達哉先生。」

回答之後，葛城瞥了副駕駛座一眼。自裕沒有任何反應。搞不好真的睡著了。

「那為什麼今天要去見近藤先生？」

「如果光子女士對他來說，也是珍貴的一段回憶……我打算告訴達哉先生。」

然而事與願違，所以葛城不會再說什麼了。

「遇到客戶猶豫的情況，我們會提供正面的資訊，但負面的資訊一概不提。簡而言之，我們只會推客戶一把，但不會制止客戶往前走。」

「不是相反嗎？」

「怎麼說？」

「因為，如果達哉先生在不知情的情況下，決定為光子阿嬤留下近藤先生的回憶……這不是一種背叛嗎？我覺得這樣光子阿嬤太可憐了。」

雖然只有短短一星期，但畢竟在同一個屋簷下生活過。回想起光子阿嬤失智症狀穩定時的高雅笑容，以及失去「當下」的認知時那種無助的神情，我無論如何都希望她能盡可能幸福地結束這一生。

「不知道就不算背叛。」然而葛城這麼說，反問：「那，妳就完全掌握了自己如何保留認識的人的記憶嗎？」

「這……」

「世上多的是雙方感情付出不對等的情況。重點不在於對方，而是自己能否接受。」

就在這時——

「呼啊——啊——啊——」

自裕以媲美小學才藝表演的蹩腳演技打了個哈欠，鬆開交疊的手腳，演出更蹩腳的清醒戲碼，接著說：

「我剛剛做夢夢到啊，接受近藤先生的女兒委託怎麼樣？這樣的話，葛城先生就能重畫他的走馬燈了吧？」

請大佛將布萊梅旅程還有走馬燈繪師的事告訴近藤的女兒，慫恿說：「這樣下去，妳父親的走馬燈實在太自私自利了，真的很差勁，妳可以接受嗎？」請她委託，如此就能名正言順地重畫走馬燈了。

「我覺得近藤先生的女兒也會同意……怎麼樣？可能性滿大的吧？」

自裕整個人來勁了。

可是，葛城厲聲道：

「——自裕。」

又直接叫他的名字了。

「我應該說過，不許再有那種念頭。就算是開玩笑，也不許說出來。懂了沒？」說完後，他打了左方向燈。

車子在馬路與私鐵鐵軌及地下道交會處前，轉進銜接道路。

「既然都來了，你們體驗一下單軌電車吧。」

進入銜接道路之後，再行駛一段，就到了單軌電車和私鐵轉乘站的玉川上水站。

「風景比開車優美，心情也會舒爽一些吧。」

葛城朝自裕努努下巴，笑道：「旁邊坐著一個心情不好的人，我也很累。」自裕沒有說話，但葛城不理他，對我說：

「遙香同學也陪他一下吧。」

「喔……」

「讓他傾吐一下吧。憋了一肚子氣，自裕也會消化不良。」

啊，原來是這個用意……？

我總算意會了。

自裕是把近藤和光子阿嬤的事，與自己看到的父親的記憶重疊在一起了嗎？

對於我要一起搭單軌電車一事，自裕也沒有反應。他沒有拒絕，卻也不像平常那樣耍嘴皮子。所以我的猜測應該是對的。

車子抵達玉川上水站的圓環了。葛城叫我們搭乘前往多摩中心的電車，然後在第五站的立川北站驗票口等他。

「搭個十分鐘，就可以稍微冷靜下來。對吧？」

葛城笑道，自裕撇著頭，微微行了個禮。

4

玉川上水——

這個地名好像在哪裡聽過？我回溯記憶，想起來了。是課本裡〈奔跑吧！梅洛斯〉的作者太宰治和情婦一起跳河自殺的地點。難道是因為光子阿嬤和近藤不倫……應該只是巧合啦。

葛城放我們下車後，立刻駛過圓環，離開了。開車到立川北站差不多要十五分鐘，所以無論哪一邊先到都不用等太久。

車站裡面很大，空盪盪的。親子檔和國高中生團體說話的聲音，在牆壁和天花板迴響。

下一班往多摩中心的電車五分鐘後到。驗票口旁邊有超商，但自裕說「我們去樓上吧」，搭電扶梯前往高架月台。

自從下車以後，自裕只說過這句話。我也刻意不主動攀談。我們都認識這麼久了，很清楚自裕是那種硬要問他，他反而會彆扭不說的個性，而且，反正他也憋不了多久。

自裕先上了電扶梯。我隔了兩階，也跟了上去。變成前後、或者說上下的關係以後，自裕面對著前方，突然出聲：

「妳剛才跟葛城先生說的話，我覺得妳才是對的。」

他果然都聽到了。

「可是，妳雖然才是對的，但葛城先生的做法可能比較體貼。」

「……這樣嗎？」

「人都是自私的。討厭的事只想快點忘記，快樂的事想要永遠記得，而一直記得的事，結果也會在不知不覺間變成珍貴的回憶，真的，真的，真的。」

自裕一口氣說完，這時電扶梯抵達月台了。

因為有屋頂，意外地頗為陰暗。

「往立川是這邊吧。」

查看資訊板後，自裕往月台邊緣走去。這種時候，他都一定會想要在第一輛車廂看風景，而且比起面對面坐著，動來動去更容易開口，所以——

「星期天我看了我爸的記憶。」

看吧，不出所料。

「我哥在我爸的記憶裡超活躍的……色彩繽紛，閃閃發亮，我哥真的好可愛。」

雖然我比較帥——他勉強笑道。

由於屋頂下很暗，屋頂沒有遮到的月台邊緣，就像隧道出口一樣明亮。自裕靠在月台門上，踮腳從肩上高度眺望電車行進方向的景色。

「行駛高度比想像中的還要高呢。有懼高症的人會怕到沒辦法搭吧？」

我站在自裕稍後方，應道：「對啊。」

「軌道也好像平衡木，看起來好恐怖。要是颱風天或風太大，不會危險嗎？真的沒問題嗎？」

「……應該不勞你擔心吧。」

「這搞不好很像那個，沒有上下起伏的雲霄飛車。」

自裕雞零狗碎地說了一串，突然切入正題：「有遊樂園的場面。不過不是雲霄飛車，是旋轉木馬的馬車。」

父親記憶中的，與哥哥裕的回憶——

「應該是新川的瀨戶內遊樂園。」

周防沒有遊樂園，最近的市外遊樂園開車也要一個小時半左右。但父母還是帶著裕全家出遊。

「那是幾乎最後的記憶了，所以是我哥三歲的事嗎？是他的晚年了。」

不好意思，這種搞笑不需要。真的笑不出來。

「在那之前，是醫院的場面。不曉得是身體狀況不錯，暫時可以出院，還是醫院同意外出，但不管是哪邊，都沒必要特地跑去瀨戶內遊樂園吧。」

因為，明明就沒必要嘛——他接著說：

「很多遊樂設施都有年齡限制，不能玩。而且來回三小時的話，我哥一定會很累，而且反正他又不會記得。像我，三歲的事根本就——」

說到一半，他打消說「啊，可是」——

「三歲死掉的話，我哥的走馬燈上，可能也會有去瀨戶內遊樂園的記憶呢。他的記憶總共只有三年份嘛。」

「……是啊。」

「那，帶他去果然是對的嗎？讓哥的走馬燈多一個醫院以外的場面，我爸我媽真是幹得好。」

自裕真的很善良。不用葛城說，我也都知道。

單軌電車的車廂裡有不少乘客。因為是星期六下午，所以許多人都出門購物、遊玩吧。不過，駕駛座正後方的座位空著。而且，那個雙人座剛好面對行進方向——就好像模擬駕駛列車遊戲的座艙。

「讚！超特等席居然空著，這根本是奇蹟吧？耶，太幸運了！」

自裕歡天喜地地坐了下來。他沒有再提起父親的走馬燈。列車開進月台前一刻，自裕就像要結束這個話題似地低聲說：

「也是啦，我爸媽不好好記住我哥，可能就再也沒有人記得他了……」

在月台門開啟，走進車廂前一刻，他還說：

「如果我哥在我爸的記憶裡出現得太少，搞不好我意外地反而會生氣。」

自裕的話，一定會是這樣吧。

所以，我覺得留下了許多有關裕的色彩繽紛回憶，並不是問題。讓自裕打擊大到甚至離家出走的，應該是他自己，也就是自裕如何在他父親的記憶中登場吧……

自裕坐上超特等席後，一直歡天喜地，彷彿忘了先前的話題，不時發出「噢噢噢！」、「天哪！」等驚呼，前後左右東張西望。

實際上，單軌電車坐起來比想像中舒適許多。很安靜，幾乎不會搖晃，最重要的是，景色美不勝收。附近沒有高樓大廈，因此真的不誇張，感覺就像行駛在雲端。要是在夜晚，或許也能體驗到宮澤賢治《銀河鐵道之夜》描寫的氣氛。

不過車站之間的間隔很短，好不容易加速了，也一下子就減速，抵達下一站。自裕也笑說「要是有中間不停的特急班次就好了」。

我吐槽說「你怎麼這麼任性」，同時從自裕身上別開目光，悄悄嘆氣。

自裕，如果你有什麼想要一吐為快的事，說出來就能輕鬆一些的話，我隨時歡迎啊……

和葛城會合的立川北站，是玉川上水站之後的第五站。開到第三站的立飛站時，有一對父母帶著小男孩上車，站在我們正後方。

男孩似乎想要坐最前面一排，卻發現左右兩邊都被占走了，所以失望地鼓起腮幫子：「咦……」

「沒關係啦，一下就下車了，而且從中間也可以看到啊。」

就像母親說的，中央通道很空。但窗戶只有上半邊，因此以男孩的身高，可能很難看到前方的景色。

父親也注意到這一點，雙手插進男孩的腋下，把他抬起來。

「怎麼樣？看得到嗎？」

男孩噘起了嘴唇：「看不太到……」

「那這樣呢？」

父親把男孩抬得更高，舉到胸口高度。

「啊，看到了！」

男孩開心地笑了，但父親看起來很吃力。自裕和我對望，同時點點頭，同時起身，連聲音都同步了：「這邊給你們坐。」有點害羞。

男孩不用說，父母更是開心。我也開心地問男孩：「小朋友，你幾歲？」答案是三根手指，也就是三歲。

自裕驚呼：「真的嗎？」接著笑起來：「噢，三歲啊。」這樣啊，這樣啊，嗯，嗯——他兀自點著頭，離開那裡，走到車門邊。

我也很想點頭說「這樣啊，嗯嗯」。「三歲過世的裕」突然變得真實起來。那麼幼小就走了，叔叔阿姨一定超心碎的。

「剛才那個小朋友會記得我們嗎？記得有個帥氣的大哥哥讓座給他。妳覺得呢？」

自裕自己問著，旋即打消了這個問題：

「噯，希望他能度過漫——長到會忘掉這種小事的人生。」

就是啊，我點點頭，忽然有點感傷，差點落淚。

親子檔和我們一樣在立川北站下車。從月台搭電扶梯下去大廳時，他們向我們點頭致意，往南口驗票口離去。從資訊板來看，南口與百貨公司相連，也可以前往ＪＲ立川站和天橋。他們今天是要去百貨公司購物嗎？還是轉乘ＪＲ線，去更遠的地方玩？不管是哪邊，都希望會是快樂的一天。若是能增加快樂的回憶，變成會銘記在心的珍貴回憶，那就更棒了。

我正目送三人遠離的背影，夾在父母中間的男孩發現我，笑著向我揮揮手。我揮手回應。自裕說：「走吧。我們的驗票口在那邊。」和葛城會合的地點，是北口驗票口外的天橋。

走在前面的自裕好像心情突然變差了。剛才的聲音也悶悶的。

「怎麼了？」

「沒事……」

「你是不是在生氣？」

自裕默默地加快腳步。我們穿過驗票口，直接走下戶外階梯，抵達天橋。葛城還沒有來。停步之後，自裕終於喘了一口氣，但表情沒有放鬆下來，回答我的問題。

「我真的很火大。」

「對那個小朋友？對他父母？」

「不是，是對我自己。我真的對我自己很火大，覺得真是夠了。」

自裕目送了剛才的一家人，想到即使是看似如此幸福的一家人，若是窺看父母的記憶，或許也會看見截然不同的一面。也許父親的嗜好是當網路酸民、發表仇恨言論，母親在做見不得人的兼差……

「這種發想真是爛透了。一想到從今以後，我不管見到任何人，都會像這樣懷疑別人有醜惡的一面……就實在很痛苦。」

自裕蹲下去，深深地嘆了一口氣。他好像真的很痛苦，也很難受。我第一次看到自裕這樣的表情。

「我爸的記憶裡面，有很過分的東西。」

在裕三歲過世幾星期後，發現母親懷了自裕。

「所以我哥哥跟我，不管是年級還是年紀，都差了四年。」

自裕小一的時候，裕會是五年級。自裕六年級的時候，裕會是高一。現在的自裕是高二，所以裕應該是讀大三。當然，這些計算真的就只是「為死掉的孩子數年紀」。

然而，自裕的父親卻一直在做這樣的事。

「我小學入學典禮的場面有顏色，可能會出現在我爸的走馬燈裡。有穿著全新西裝短褲制服的我、打扮得漂漂亮亮的我媽，還有從公司請假來參加的我爸……可是主角不是我。」

父母在哭。

「可是並不是為了我順利上小學而感動，而是想起我哥才在哭。他們哭著說，他還那麼小，卻只能一直住院動手術接受檢查，好可憐，真希望他至少能活到上小學……」

畢業典禮也是。

「領到畢業證書之前，主角都是我，那些地方卻都沒有顏色。」

不會出現在走馬燈。相反地，父親可能在臨終看到的回憶是——

「畢業典禮回家的路上，我爸跟我媽說，要是裕還活著，現在已經是高一生啦，他很聰明，一定是讀周高吧……這個地方就有顏色，我真是沒輸了。」

也有學校活動以外的回憶。

「我完全不記得了，不過我四歲的生日，我爸好像感觸非常深，帶著色彩留下來了。」

父親為四歲的自裕慶祝，心裡卻想著未能迎接四歲生日就離世的裕。他在心中對著天堂的裕說「你要守護你弟弟」，對著天真無邪地吃蛋糕的自裕說「你要連哥哥的份一起健康地加油」。

「妳覺得呢？不覺得對活著的本大爺超失禮的嗎？」

我感受到故意說得嘔氣的自裕的悲傷，只能默默點頭。

自裕並不是在責怪父親。

「走馬燈愈想愈深奧呢。沒辦法事先知道自己會看到怎樣的走馬燈，這真的很厲害。」

自裕的父親也完全不知道自己的走馬燈會有哪些內容。

「而且沒辦法自己決定要留下哪些場面在走馬燈上。」

所以——他接著說：

「走馬燈是留到人生最後一刻的驚喜呢。直到死前才知道會看到什麼，然後看到的時候，人已經死了。」

儘管是說笑的語氣，那張臉卻沒有笑意。也因為蹲著，他一嘆氣，肩膀就整個垮了下去。

「我爸一定也會嚇一跳。能看到那麼多的我哥，真是最棒的驚喜了。搞不好會因為感動過度，又活了過來呢。」

啊哈哈——自裕笑了，然而聲音卻空洞無比，就像呆板地唸課文那樣，呆板地笑。

「看過記憶以後，我心裡想，是不是應該告訴我爸？如果他覺得開心，我也算是稍微盡了孝嗎？」

我搖了搖頭。這不是經過思考的行動，而幾乎是身體無意識地在否定。

自裕不曉得是沒注意到我的動作，還是假裝沒發現，又呆板地笑了：「我爸會不會為了快點見到我哥，跑去自殺？」

「……不是啦。」我反駁說。這句話也不是基於道理。「根本不是那樣，百分之百不對啦。」

說完後，思考總算有了脈絡。

「叔叔一定會很震驚。你的畫面很少，明明你應該是主角的場面，卻在想著你哥……要是看到這樣的走馬燈，叔叔一定會很震驚、很沮喪，想要跟你道歉。」

「……想道歉也太遲了，人都要死了嘛。」

自裕呆板地笑道，我說「不是那樣啦——」，這時手機響了。是電話。螢幕顯示的名字是「小川大輔」。

5

我和自裕的對話正來到重要無比的關頭。接下來的對話，有可能牽動自裕和父母往後的關係。

但我還是無法忽視大輔打來的電話。

對不起——！

我用單手向自裕膜拜道歉後，衝刺遠離，接起電話。

「啊，小遙。抱歉打擾妳跟朋友玩。」

接電話的我固然焦急，但大輔的聲音也很急促、沙啞。

「那個，妳現在方便講電話嗎？」

「……可以。」

「不好意思嚇到妳，妳還記得今早跟昨晚我跟妳說的事嗎？惠的事。」

難道——瞬間掠過心胸的預感成真了。

「我在二子玉站送妳離開後，又收到惠的簡訊了。」

我停下腳步。心臟猛烈地跳動起來，同時感覺血液從太陽穴一帶流光，整個人變得冰冷。

「惠想要見妳。比上次更想、非常想見妳……她第一次告訴我之前一直隱瞞的事實……」

小惠得了重病，正在住院。

「她現在正在接受安寧照顧。」

安寧照顧就是——我打斷大輔說到一半的聲音，回說「我知道」。聲音在發抖。阿嬤快走之前，醫生向我說明過，所以我知道這個詞的意思。

「一開始我也不相信，但我現在在醫院，見到惠了……我覺得妳們還是應該見個面，所以打電話給妳。」

大輔詢問我明天的預定行程。

「妳現在在迪士尼樂園對吧？明天就要回去周防了。不過，如果在那之前有時間的話……要不要跟我一起去趟醫院？」

「……醫院在哪裡？」

「雖然也在東京，不過有點遠。」

「有多遠？」

「在西邊，所以從浦安出發的話，等於是從首都圈的東邊跑到西邊。」

大輔相信我現在在東京迪士尼樂園，但實際上我在東京相當西邊的立川。

「告訴我地點。」

「妳明天能去嗎？」

應該說今天、現在立刻就——

我實在等不及，揚聲：「在哪裡？」

「……妳知道國立嗎？」

「國立？」

「對。漢字跟國立競技場的『國立』一樣，不過讀音不是KOKURITSU，而是KUNITACHI。」

第一次聽到這個地名——

「因為在國分寺和立川之間，所以取國分寺的國和立川的立，叫國立。」

就是我現在在的立川嗎——？

「我現在在立川車站！」

我忍不住說了出來，完全沒有餘裕去想謊言可能會曝光，以及曝光後要圓謊的麻煩。

「咦？可是妳不是……」

「對不起！我撒了謊！」

「——什麼？」

「反正我現在人在立川！這是真的，千真萬確！詳細的事我晚點再說明！我會拚命道歉！所以，告訴我那家醫院叫什麼、在哪裡！」

我自己都嚇到了。沒想到自己居然這麼想見母親，而且不是「想見」，而是強烈到不行的「非見不可」。

「我現在、這就去見她。」

聽到自己的聲音，我困惑：妳認真？可是某處也確實傳來自己的聲音：當然是認真的啊！

回到天橋時，自裕剛好也剛講完電話。

「葛城先生說還要一點時間。好像車站前面大塞車——」

「對不起，自裕。」

我打斷他，雙手合掌膜拜。

「不好意思，我們在這裡解散。」

「——什麼？」

「我現在非去一個地方不可，替我跟葛城先生說一聲！」

「妳要去哪？」

「搭JR去國立。就在隔壁。」

「為什麼？」

「我要去見一個人。」

「見誰？」

我忍不住蹬了地板，像在吵架的貓一樣呻吟：「嗚——！」抱歉，我現在沒空解釋細節。與其說沒時間，更不如說我的心已經超載了。

「是我很重要的人。」

「所以是誰啊？」

「……小惠。」

「小惠是誰？」

「我媽啦！」

我連自裕是什麼反應都沒管，直接朝ＪＲ乘車處衝去。

我說了「小惠」。還說她是「我媽」。

怎麼會——？

情勢使然。

可是說出口後，身體突然整個輕鬆了。左右閃避天橋上行人奔跑的步伐，也像按下了自行車的電動助力器開關一樣，愈來愈強勁有力。

我要去見小惠。

但，現在還不知道，是不是要去見母親。

第九章

1

國立的街道即使在Google地圖上也特色十足，一眼就能看出與其他地區的差異。

走出車站南口，有個大型圓環，主街道從那裡朝三個方向延伸而出——車站正面的左斜方、前方以及右斜方。

小惠住院的醫院，在右斜方的馬路再過去的地方。我用APP查了一下，搭公車約十分鐘，走路大概三十分鐘就能到。

我原本打算立刻一個人過去，但大輔要我到車站就傳簡訊給他。

我沒辦法，只好傳簡訊說〈我到了〉，大輔回覆〈我馬上打電話給妳〉。因為醫院禁止講電話，所以他要出去外面吧。

沒多久就接到大輔的電話了。

「在車站等我，我去接妳。」

他說小惠現在打點滴睡著了，暫時不會醒來，也最好不要勉強把她叫醒。

「而且，雖然不算預習，但有些事我想先跟妳說一下。乾脆就邊散步邊說吧。」

「你不用留在醫院嗎？」

「嗯，還不到那個階段，沒關係。」

還不到那個階段——這句話的重量沉沉地傳入心胸。

就跟阿公阿嬤快不行那時候一樣。終點已經無從改變。接下來，就只剩下抵達那裡的距離，宛如浪潮一般，時近時遠……但是，又和漲潮一樣，一邊反覆湧來，一邊確實地朝「那裡」逼近。

大輔說大概要十五分鐘，因此掛斷電話後，我沿著圓環走動——感覺要是呆呆地站著等，就會胡思亂想起來。走路比較能分心，而且這時我才又介意起大輔剛才的話。

他說要邊散步邊談，這很奇怪。怎麼不去咖啡廳坐著說？

我繞了圓環半圈，走上從車站筆直往南延伸的路。從斑馬線過馬路的時候，我不經意地往前方一望——

腳定住了。我從正面望著宛如飛機跑道般寬闊的直線道路，茫然怔立。

我看過這片景色。

在電視劇或電影嗎？還是漫畫？音樂PV？想不起來。可是我確實看過。

用Google地圖查了一下，從車站往南延伸的這條路，因為途中有一橋大學，而被命名為大學路。

我朝大學走去。這條路又寬又直。雙向四車道的馬路還附有自行車專用道，鋪上石板的人行道也十分寬闊，幾乎可以容納汽車行駛，而且各處都有磚畫，讓人覺得行色匆匆地走過太可惜。能夠悠閒行走，不光是因為寬闊而已。區隔車道與自行車道的不是路面標線，而是種植著花卉的花壇。人行道沒有俗氣的護欄，取而代之，櫻花行道樹和植栽一路延伸到遠方。也幾乎沒有超過櫻花樹高度的高樓大廈。

簡而言之，是一條綠意盎然、天空遼闊、最適合散步的路。

剛好遇到斑馬線，我過了馬路。來到中線時，我朝車站望去，看見正面有一棟形狀奇妙的建築物——二層樓的國立車站前方，有一棟三角屋頂的小房子。

這個……我也有印象……不是在電視、電影或漫畫看到，而是照片……小時候和阿嬤一起看的照片……照片上的是……

我和小惠。

喇叭聲引得我回過神來，才發現行人號誌已經變成紅燈了。我連忙過完馬路，這時手機接到葛城的來電。

葛城從停在立川站前的車上打電話過來。自裕好像也坐在副駕駛座。

「我聽自裕同學轉述，嚇了一跳。妳突然跑掉，這也太誇張了吧？」

「……對不起。」

只是，葛城的語氣沒有強烈責怪的嚴厲，而是帶著「真沒辦法」的苦笑。不是傻眼，而是有種感動，就像在說：原來如此，變成這種發展啦？

「唔，國立的話，那也沒辦法吧。」

沒辦法——？

「是在立川站的時候，因為什麼契機想起來了嗎？」

想起來——？

這兩句話連在一起了。緊接著，我出聲：「不會吧……」

葛城看到了我的記憶。如果國立這個地方和我有什麼淵源，即使我自己忘記了，葛城也會知道。

「我現在在車站前面，大學路還有三角屋頂的建築物我都有印象……」

「嗯，我想也是。」他理所當然地附和，說：「很懷念對吧？」

電話另一頭傳來自裕的聲音：「咦？怎麼會怎麼會？為什麼會懷念？」我才想知道哩。

「呃，我不太明白……難道我小時候、住在東京的時候，來過國立嗎？」

葛城停頓了一下，說：

「我不知道妳想起了多少，所以不想太多嘴。我只告訴妳一件事，往後什麼都不會再說，妳也不要問我。」

葛城先如此聲明，然後告訴我：

「妳不是去過那裡，而是住過那裡。」

「住在國立？」

「對……和妳母親一起。」

在車站前的人潮中見到的大輔，眼睛一下子往下看，一下子往旁邊瞄，不安地游移著。

「我在車子裡一直在想……完全不知道該從何問起，又該從哪裡說起才好。」

他好像真的一籌莫展了。完全不見平時的隨和。

我也是一樣。

一見到大輔，我劈頭就道歉：「對不起，我撒了謊。」本來打算，如果大輔問我怎麼回事，就說「我高中退學的朋友住在立川，她請我一定要來玩」。雖然是謊上加謊，但我不想說出布萊梅旅程的事，也不認為說出來他會相信。

但大輔只說「沒關係，嗯，這件事就算了」。他現在沒工夫管了吧。

我也點點頭說「是……」，接下來什麼話都說不出口，而大輔也沒有要說明的樣子，吵雜的人潮中，只有這裡彷彿成了異空間，被尷尬的沉默籠罩著。

「總之，先說最重要的事吧。」大輔抬頭甩開猶豫，筆直地看著我說：「我們今天先回去吧。」

「不去醫院嗎？」

「我本來是這麼打算，可是惠的心情有些動搖。」

明明是自己想要見我，一得知我就在立川，打算立刻過來國立的醫院，她突然怕了起來。

我不知道該拿什麼臉見小遙、不想讓她看到我衰弱的樣子、還沒有做好心理準備……

「唔，這發展出乎意料，也難怪她會陷入恐慌吧。」

大輔說，小惠喘不過氣來，血壓不穩，所以醫護人員在點滴裡加了鎮定劑，讓她睡了。護理師說，今天的會客時間結束前，應該都不會醒了。

「所以今天……還有先前一直沒跟妳說的事，我想先告訴妳比較好。」

「……好。」

「或許回家慢慢說比較好，但也有些事不方便在麻由子和孩子面前說。」

我點點頭，指著車站前方的三角屋頂建築物：

「那棟建築物是什麼？」

「以前的國立車站。直到十五、六年前都還在使用，新的車站蓋好後就拆掉了，但因為一直是這個地方的象徵，所以又以相同的造型在那裡重建。」

「是喔？」我附和之後，盡可能天真無邪地高聲說：「那個三角屋頂，我總覺得好懷念。」

大輔臉上的微笑消失了。

「我還是嬰兒的時候，在這裡拍過照片對吧？……小惠抱著我。」

我想起來了，我看過那張照片——我接著說。

瞬間，大輔一臉驚訝。

「這樣啊……妳還記得啊……」他自言自語地說，微笑重回臉上了。

「那張照片是我拍的。」

他繞過圓環半圈，為我指出拍照的地點：「應該是從這裡拍的。惠說想要讓三角屋頂全部入鏡，也想要拍到小遙跟自己……真的很難耶。」

「是小惠要求的嗎？」

「對。那應該是二〇〇六年的夏天，惠說秋天就要拆掉了，所以想在那之前拍下來。」

二〇〇六年夏天，是我兩歲的時候。

「或許妳聽了會驚訝——」

大輔先這麼說，接著說：

「妳是在這裡出生的。」

我不能說：我知道，葛城先生告訴我，我小時候就住在這裡。

咦！不會吧？真的嗎——？

我睜大眼睛假惺惺地說。不曉得演得像不像。

大輔笑了起來：「妳怎麼了？是意外過頭，反而變冷靜了嗎？」

果然大失敗，但也許因此反而更有真實性，大輔朝大學路邁出步伐，繼續說下去：

「妳在去周防之前，是在國立出生長大的。」

也就是小惠把我丟給阿公阿嬤跑掉以前。

「妳小時候住的家，就在從這條大學路一直走下去的地方。」

「現在還在嗎？」

「不確定耶。不過既然都來了，要不要去看看？」

「……好。」

「我車子停在車站前面的停車場。」

「用走的很遠嗎？」

「大概二十分鐘吧。」

「那用走的。」我覺得開車一下子就到，好像不太對。

陪我的大輔也同意：「是啊，我也想邊走邊聊。」

——也就是說，他要說的內容，不是五分鐘十分鐘就說得完的吧。

2

大輔告訴我一個詞：「多情佛心」。

「多情而見異思遷，但根本之處溫柔善良，沒辦法薄情，這樣的個性就叫做『多情佛心』。」

原本好像是佛教中的慈悲心。

大輔說，小惠完全就是所謂的「多情佛心」。

「多情，也就是在各種意義上感情豐富……所以……」

大輔似乎難以啟齒，我搶先替他說出來：

「一下子就會愛上男人，對吧？」

大輔苦笑：「是啊。阿嬤有跟妳提過？」

「是沒有好好說過，不過阿公還在的時候，我偶爾會在走廊或樓梯聽到他們在客廳說話，所以……」

阿公說「惠就是男人運不好」。阿嬤的說法則是「那孩子沒有看男人的眼光」。

我是在小學三、四年級的時候偷聽到的，所以即使知道表面上的意義，也無法理解更深的含意。一直到國中畢業以後，我才知道小惠在東京一再向大輔借錢，金額大到大輔拿不出來的時候，就跑來哭求周防的父母，這些都跟「男人運」以及「看男人的眼光」有關。

「惠很溫柔，但很軟弱。因為軟弱，所以太瞭解跟她一樣的男人了吧。所以才會驕縱他們，讓沒用的男人變得更沒用……結果就是一起倒下。」

倒下之後，爬起來一看，男人已經不見蹤影。

「意外地有很多人是因為不想再讓惠吃苦，自己跑掉的。」

「……就算是渣男，也很善良呢。」

「所以我才說啊，惠因為自己溫柔軟弱，才會愛上溫柔軟弱的傢伙，讓溫柔跟軟弱都變成了兩倍。」

原來如此。我點點頭，跳過好幾個階段，直接問：

「生下我的對象是第幾個？」

大輔困惑了一下，說：「好像是第五個吧。」撇過頭，接著又道：「就我知道的範圍內啦。」

我突然加快了腳步。

大輔也同樣加快腳步，說下去：

「小遙，妳想見那個人嗎？」

我搖頭，覺得用動作表示還不夠，訴諸話語說「一點都不」。腳步更快了。

「其實我剛才問過惠。問她妳出生那時候的對象。」大輔也顧慮到我，沒有稱那個男人「妳父親」。

「問她想不想見那個人嗎？」

「不是。仔細想想，我這樣好像很冷漠……不過我有點好奇惠失聯以後的事。」

大輔沒有見過我的父親，也不曉得他叫什麼名字。小惠交了新男友後，好幾個月沒消沒息，有天突然頂著大肚子出現在大輔面前，沒事人似地說：「我要生小孩了。不過沒有爸爸。」男友得知小惠懷孕，沒有跟她結婚就跑了。小惠沒有追上去，也沒有放棄生小孩。她沒怎麼煩惱，直接選擇了當未婚單親媽媽的這條路。不過，她沒能走完這條路，把三歲的我丟給父母後，就不見了。

「我本來想趁著惠還可以的時候，盡量問出那個男人的連絡方式等等。想說萬一小遙哪天想連絡他的話……」

我才不想我才不想——我再次搖頭表示，結果大輔苦笑：「反正也沒辦法。她說不曉得那個人現在在哪裡做什麼，也沒興趣。」

雙方都認識的朋友也都四散各地，好幾年沒連絡了。

「我想至少問出名字，惠卻說已經忘記了，以前的事全忘光了……」

這幾年小惠都是一個人生活。她不停地換工作，忙著幫最後交往的男人還債。

「結果得了胰臟癌。」

這次換大輔加快了腳步。

人行道右側的風景擴展開來。

是一橋大學的校園。

「校外人士也可以自由進出，所以以前惠都會推著嬰兒車，跟妳一起在裡面散步。」

「……她也會照顧小孩嘛。」

「是啊。我覺得她也是盡她所能，拚命在養育妳。」

「可是最後還是把我丟掉了。」我故意說得刺耳。「用現在的說法，就是遺棄嗎？是一種虐待呢。」

——真的是故意的。如果不極盡彆扭之能事，我實在無法平心靜氣地說話。

大輔默默地承受我的刁難，說：「走慢一點吧。這速度歐吉桑吃不消。」

「……好。」

我也在不知不覺間有些上氣不接下氣了。

「惠少了什麼。她欠缺了一個人想正常過活，絕對必要的、重要的東西。」

「重要的東西？」

「是什麼呢？類似定錨的東西吧。」

小惠缺少了它。

小惠隨風飄，悠悠晃搖搖——

就像那首歌一樣。

「可是，我這個做哥哥的這麼說好像不太得體，但怎麼說，她那樣的缺陷，好像也為她增添了某種神祕的魅力……不，可是，果然不是吧。」

「……或許吧。」

「是嗎？妳懂嗎？」

「因為漫畫或電視劇裡，還滿多那種角色的。」

「就是啊，出現在娛樂作品是沒關係，但現實中有這種人的話，真的很困擾呢。」

「而且還是母女……超困擾的。」

「一點都沒錯。」大輔滑稽地笑道，忽然錯愕地怪叫一聲：「咦？」

因為我主動說「母女」，讓他嚇了一跳。我懂。我也是進入ㄗ難模式，才有辦法說出這種話。

「這種東西會遺傳嗎？要是會就太慘了。」

我噘起嘴唇，視線穿過行道樹的樹葉，仰望藍天。十幾年前的小惠，也會在散步途中仰望天空嗎？她會看著嬰兒車裡的我，柔聲哄我嗎？

經過一橋大學的校園後，景色依舊綠意蓊鬱。

「雖然離都心有點遠，不過她很喜歡大學路的氣氛。」

在懷上我之前，小惠跟男人在這裡同居。也就是跟我的父親住在這裡。

「很多人會帶小孩來這裡散步，所以似乎讓她對有孩子這件事心生嚮往。」

用這種調調懷了我。而且是在未經男人同意下。搞不好是對避孕措施瞞騙撒謊，再突然宣告：「我有了。」

跑掉的男人固然差勁到家，但小惠也很過分。真想訓她：「就不能再做得漂亮一些嗎？」

「生下妳之後，她也一直住在國立。日子好像過得滿苦的，但也有很多朋友幫她，所以勉強過得去。」

多情佛心的人，會同類相吸。軟弱而心善的人，在有難的時候彼此扶持……相濡以沫……

「惠意外地有很多朋友。因為她雖然沒定性，卻是個表裡如一、不計較得失的人。她真的很好。」

可是，真正最好的人，或許是大輔。

以單親母親的身分養育我的三年間，靠朋友實在撐不下去的時候，大輔是小惠最後的救命繩。她一次又一次地向大輔求救。在把我丟到周防、消失以前，小惠向大輔借的錢高達數百萬圓──若是加上最近借的錢，真的怎麼說……我的肩膀不由得拱縮起來。大輔自不必說，對麻由子和雄彥還有美結，我都只有一句「對不起」好說。

「她是上星期住進國立的醫院的。她看了很多家醫院，雖然是巧合，但經過轉介住進國立這裡的醫院，她好像非常開心。小惠說，因為住在國立的時期，是她人生當中最快樂的一段歲月。」

我沒勁地虛應了一聲「喔」。不好意思，我一點都不感動。

為什麼？

——我想問她。

既然那麼快樂，為什麼要把我丟在周防，就這樣不要我了——？

3

以前小惠跟我生活的公寓，現在變成了更豪華的大廈。

「真糟糕，應該事先看地圖街景確定一下的……」大輔遺憾地道歉：「不好意思，害妳走到這裡。」

「不會。」我搖搖頭。雖然確實是白跑一趟，但如果公寓保持當時的原樣，或許我反而會感到五味雜陳。

「那個時候屋齡就已經超過十年了，而且兩邊是更老舊的公寓，是一起重建了吧。」

以前住的地方好像是二樓的邊間。小惠在二房二廳的其中一個房間，掛上軟木板的門牌：「小遙的房間」。

「房間很小，大概三坪而已，所以擺張嬰兒床、小整理櫃，就幾乎塞滿了，可是裡面擺滿了布偶和玩具，買來的、人家送的，或是娃娃機夾的……滿到連踩的地方都沒有。」

小惠就是沒辦法在這些地方取得平衡。

「她還買了鞋子呢。從妳連爬都還不會爬的時候，明明生活費就很拮据了，看到可愛的嬰兒鞋，還是會不經大腦買下來。」

她果然還是缺少身為大人不可或缺的定錨吧。

「雖然做的事不太可取，但她也是以她的方式拚命在寵妳的。」

我沒有應話，大輔的表情變得有些尷尬，「啊，對了」，他又想起了往事。

「她還想要買書包呢。粉紫羅蘭色的。」

當時我才快三歲而已。大輔和麻由子兩個人好說歹說，總算是勸她打消了念頭，但她非常期待看到我上小學，背上書包的模樣。

原來如此，我無聲地點點頭，說：

「可是，接下來沒多久，她就把我丟到周防跑掉了呢。」

語氣激動、怨懟得連自己都感到意外。更令我驚訝的是，說這句話時，我差點要哭出來了。

我望向已經改建的公寓二樓邊間。陽台晾著衣物。大人和小朋友的衣服。還有印著卡通角色圖案的浴巾。

是幼稚園年紀的小朋友嗎？還是更小？我一邊想著，說出與思緒截然不同的話：

「我成了她的包袱呢。」

「不是這樣——」

「她叫阿公阿嬤暫時照顧我一下，說很快就會來接我，對吧？」

大輔欲言又止。

「應該只是照顧一下，卻怎麼等都等不到連絡，所以阿嬤打電話過去，竟發現手機已經解約，公寓也退租了……」

大輔沒有附和或回應，而是深深地嘆了一口氣。

「所以不管怎麼想，一定都是因為我成了累贅，才把我丟掉的。」

我自以為冷靜地陳述事實，然而一說出口，憤恨與不甘便火燒火燎地席捲了心頭。

「真的太過分了呢，怎麼說……」

我原本想要傻眼、一笑置之、瀟灑地拋開，悲傷卻一點一滴地滲透心房。

「……為什麼？為什麼突然討厭我了？」

沒錯——這才是我一直一直想要知道的事。是我沒辦法問阿公阿嬤的事。

「不是的。」大輔說。「惠沒去接妳，不是因為她覺得妳是包袱。」

而是反過來，他說：

「惠覺得自己會拖累妳。」

「……怎麼會？」

我的眼睛直盯著陽台晾曬的衣物說。腦中想著別的事。浴巾旁邊晾著斑馬條紋的兒童浴袍。斑馬是白底黑紋，還是黑底白紋？……自裕問我這個問題，是什麼時候的事了？是村松母子來我家之前，我們在大掃除的時候。認為斑馬是黑底白紋的自裕和我是少數派，是嗎？

大輔說「邊回車站邊說吧」，不等我回話，便邁步走了出去。

小惠那時候在跟一個很麻煩的男人交往。

大輔不肯詳細說明「麻煩」的細節。

「總之跟金錢、犯罪那些有關，也有很多扯上警察的事……是正經過日子的人不能牽扯的世界裡的小嘍囉。應該說，一般百姓會跟那種人扯上關係才奇怪……總之，就是讓人覺得怎麼會跟那種人交往？徹頭徹尾不對吧……？」

大輔一邊從大學路往車站折返，萬分苦澀地這麼說，接著苦笑：「妳明白我的意思吧？」

我也猜到了。不必追問詳情，我也不想知道。

「我想在惠的人生當中，那也是最慘的一段。所以她才會把妳託給爸和媽，和周防徹底斷絕連絡，也完全與我失聯……」

在扛著各種「麻煩」的期間，小惠沒有跟男人分手。這就是她為何會被人說是「多情佛心」的緣故吧。她花了五年，終於處理掉各種麻煩，和男人一刀兩斷，並回頭連絡大輔。

「……這麼久？」

我驚訝地問，大輔說：「我覺得這樣已經算快的了。應該也扛了一大筆債，所以惠真的很拚，以她自己的方式拚命努力。」

這五年的時間中，我成了小學生。和小惠生活的、三歲以前的記憶日漸淡薄，在周防和外祖父母生活的「現在」，漸漸成了我的「全部」。

「惠想要去接妳，可是我爸媽不同意，我也阻止她。反正惠一定又會再重蹈覆轍，但小遙已經大了，要是發生什麼事，會傷得更重。惠……雖然她很可憐，但她沒有為人母的資格。她缺少為人母必要的重要條件。」

所以我一直沒有見到小惠。養育我的是阿公阿嬤——拋棄我的是母親。

「小遙妳可能會恨我們，但看到惠後來的樣子……我覺得讓妳留在周防才是對的。」

我點點頭，說：「我也這麼覺得。」雖然小小聲，卻是真心話。

在國立站的建築出現在大馬路前方之前，大輔天南地北地聊著關於小惠的回憶。

在周防的孩提時代的回憶，幾乎都是我已經聽過的，但小惠來到東京以後的事，有許多他都會先說「這我應該沒有說過」、「這我跟妳說過嗎」。

小惠來到東京讀大學，但三年級就退學了。她本來唸藝術系，學校有許多在戲劇、電影和藝術界活躍的畢業生。小惠加入戲劇社團，沉迷於演戲，但同時也一頭栽進電影、組樂團當主唱，還擔任小眾藝術節的執行委員……她把大學課業撇在一邊，不斷地投入感興趣的事物……結果一事無成。

「她大學退學的事，一開始沒跟我爸媽說，我也很辛苦地配合她隱瞞，但曝光的時候，媽哭得好慘，搞得我不曉得該怎麼辦。」

「她真的是晃來晃去沒定性呢。」

就好像蒲公英的絨毛。隨著風吹，飄到遙遠的地方，無法選擇要落在哪裡，所以也無法開出任何花朵，就即將結束她不到五十年的人生。

「她曾經擔任人偶劇的劇團工作人員，巡迴全國，也在朋友開的設計公司幫忙過。七、八年前，也待過支援難民的NPO……仔細想想，丟下養兒育女職責的人，居然跑去援助別人，真是教人笑不出來呢。」

「就是說啊。」我用虛脫的苦笑回應。

「雖然做了很多事，但最後總是被沒用的男人拐去，船都要沉了卻太晚跳船，落得一個人扛起責任、債務的下場，就是她的人生，什麼都沒有留下。」

蒲公英的絨毛，幾乎都掉在柏油路上或河面了。落到泥土上，發芽生根並成長的——

「就只有妳啊。惠在這世上活過的證明，就只有小遙妳一人了。」

大輔這麼說，落寞地笑道：「不過她也說，這樣就足夠了。」

在步入站前人潮的前一刻，大輔停下腳步。他說停車的計時停車場就在附近。

「雖然不抱希望，我最後再問一下吧。」

大輔掏出手機，檢查有無訊息或來電紀錄。沒有任何通知——就像護理師說的，小惠因為打了鎮定劑，還沒醒來吧。

「沒辦法呢。」大輔不捨地讓手機回到鎖定畫面。「妳明天幾點回去？」

還沒有決定。

但是在我回答之前，大輔想起了重要的問題。

「是說小遙，妳怎麼會在立川？妳不是去迪士尼樂園嗎？」

就是說啊，應該追究這一點才對，但不會太遲了嗎——？

我苦笑了一下，在丹田使勁，立下決心：好！

從剛才開始，我就一直心緒不寧，這時總算明白那究竟是什麼感情，也決定自己該做什麼了。

那，我不會再猶豫。

「對不起，我撒了謊。」

「呃，我也不是生氣，可是妳來到東京，我跟麻由子就算是妳的監護人，對妳有責任……」

「我現在就回去周防。」

「——什麼？」

「所以明天早上就算小惠想見我，也沒辦法。」

「喂，這……意思是妳……」

「沒辦法的事。」

我淡淡地說。我成功說出口了。我真的說出口了。不是苛刻的口氣，卻沒有忘記斬截的堅定。

「妳不想見惠嗎？」

「周防跟東京離太遠了。」

「我是說妳的心情。怎麼樣？妳還是不想見她嗎？」

「星期一有很多功課要交，明天我很忙。」

「……妳沒辦法原諒惠嗎？」

「迪士尼樂園的事我撒了謊，真的對不起。請替我向麻由子舅媽、美結和雄彥問好。」

我行了個禮，就這樣用跑的，全力衝刺前往車站。我沒有回頭。大輔也沒有追上來的樣子。

4

從國立站到東京車站，搭JR中央線就可以直達。我穿過驗票口，走出高架月台，往東京的電車剛好到站，便直接跳了上去。

用手機查了一下，車程四十七分。就算把在東京車站轉乘的時間算進去，應該也趕得上傍晚五點多的新幹線。用手機再查了一下，晚上十點前就能到周防了。也就是十點半可以回到家——雖然沒有人會對我說「妳回來了」。

粗略計算，大概要六小時左右。我很驚訝，原來這麼快就能回家了。來的時候應該也花了差不多的時間，但去程與回程的時間感截然不同。昨天我甚至不曾想像的小惠的存在，現在卻沉甸甸地壓在雙肩上。可能是這個緣故。

我在電車裡用LINE連絡自裕。

〔抱歉，我今天就要回周防。〕

立刻被已讀，〔真假？〕附上驚訝表情的貼圖。

〔真的。請替我向葛城先生問好。還有，阿姨很擔心你，你明天一定要回周防。〕

我等於是半途拋下了自裕的母親託付給我的任務。連自己都覺得很不負責任，也給大輔添了麻煩，害他擔心，葛城和社長還有大佛一定也會傻眼，覺得這年頭的高中生一點責任心都沒有。

我這樣跟小惠有什麼兩樣——？

我忍不住嘆氣。卸下緊繃，臉頰一放鬆，變得像在笑。不對！我繃緊臉頰，收起笑容。

〔現在方便講電話嗎？〕

自裕問。我回了個雙手打叉的貼圖。

〈妳現在在坐車？〉

〈中央線。我直接從東京車站轉搭新幹線。〉

〈妳見到妳媽了嗎？〉

〈沒有。〉我回覆後，又補了句：〈可是，這跟你沒關係。〉

收到爆哭的貼圖。

對不起，我在心中道歉，輸入〈再找時間跟你說〉。雖然仔細想想，我也沒義務跟自裕報告。

收到握拳叫好的貼圖——還是不應該寵他的。

「希望號」駛離名古屋站的時候，和自裕的LINE聊天室收到了影片檔。

〈葛城先生傳的。〉訊息接著說：〈葛城先生執導，社長演出。〉

〈什麼東西？〉我問，自裕回：〈我不知道，他們不讓我看。拍的時候，也只有我一個人在外面吃飯。〉附上鼓起腮幫子的貼圖。

我插上耳機，播放影片。幾乎要滿出手機畫面的大特寫冷不防冒出來——

「小遙！妳好嗎！」

是大佛。

「社長登場之前，先由我暖場說幾句話！」

聲音太大了，引發了刺耳的嘯聲。

「不好意思，小泉女士。」葛城的聲音。「臉不用這麼近也能拍到，可以後退一點嗎？還有，用普通音量說話就行了。」

「咦，真的嗎？抱歉抱歉，那小圭，再重來一次。」

「不，不用了，沒時間了，請繼續。」葛城說。

「咦！不重拍嗎？」

大佛的表情有些不滿，但還是打起精神，抿唇一笑。雙眼又變成了「︵」符號。

「小遙，我想妳心裡一定有很多想法，但最好不要想太多。嗯。抓緊能見面的機會，去見該見的人，這是人生的基本。」

該見的人——

但，那不是「想見的人」，反倒是「不想見的人」的話，該怎麼做才好？

「那，請主角社長登場——」

大佛搖搖手說「再見」，從畫面消失，接著社長鈍重地現身，坐到椅子上說「啊，妳好」。

我忍不住仰起了背。單手直拿的手機螢幕尺寸就只有手掌大，然而社長一出現在上面，他的氣息，或者說氣勢或是威嚴，這些看不見的事物，便猛然逼迫上來，壓倒了我。

「我不清楚發生了什麼事，但是，嗯，雖然不明白，但也都明白。」

社長戴著老花眼鏡。他把眼鏡往下挪，收起下巴，眼睛朝上看著鏡頭——也就是看著我。

「妳現在在回程的新幹線上，對吧？有座位嗎？如果不想要旁邊有人坐，就坐三人座的窗邊。如果想要買推車販賣的商品，或是上廁所，就坐三人座的靠走道位置。不管是自由座還是指定座，除非客滿，否則中間的座位不會有人坐，要是明明還有其他空位，卻有人特地跑去擠那裡，就賞他巴掌。」

哈哈，我笑了。雖然是與正題完全無關的事，我卻再次嚇到了。實際上，我現在就坐在三人座的窗邊。不想要旁邊有人。我這樣的心情和理由，都被社長摸透了吧。

「然後……嗯，自己的事，自己決定就行了，而且說到底，自己的事，也只有自己能決定。」

只是啊——他接著說：

「死掉，就是再也不存在。不是人在某個地方，而是不存在於任何地方了。妳懂吧？」

我不知道小惠一直都在哪裡做些什麼。然而，奇妙的是，我完全沒有想過她會孤獨地死去，或是橫屍街頭。她就在某處，正做些什麼。我一直深信，唯有這件事是絕對確實的。這樣的想法太傲慢了嗎？

然而，現實中，小惠就快死了。這次，她就要從這個世界消失了。

「不在的人，就再也見不到了。即使想見也見不到了。這妳也明白吧？」

我明白。完全明白。即使哪天突然想要見對方，也見不到了——我強調「即使」，從手機別開目光，注視著倒映在玻璃窗上的自己。

「遙香同學，我從葛城那裡聽說妳大概的身世了。妳的記憶當中，自己想不起來的各種回憶，也在白天見面的時候大概看到了。只要妳要求，我也可以告訴妳。」

社長說到一半——「妳要求」的時候，我搖了搖頭。

這明明是錄影，對方不可能看到我的反應，社長卻彷彿是面對面與我交談一樣，停頓了一拍，點點頭說「我想也是」。

「沒有人願意留下痛苦的回憶。若是覺得一定有某些討厭的回憶，更不會想要特地去想起來呢。」

我明知對方看不見，仍點了點頭。確實就像社長說的。所以我不想知道自己的記憶。不想知道……卻又不盡然全是如此……

「但話又說回來，如果是快樂的回憶，人就會想看到嗎？倒也不是。人並沒有這麼單純。」

沒錯，真的就是這樣——

我比剛才更用力地連點了幾下頭。

「很多時候，就是因為留下了快樂的回憶，人才會痛苦。」

嗯……真的……

我透過耳機聽著社長的聲音，眼睛直盯著倒映在玻璃窗上的自己。晚上七點多，太陽剛好西沉了。窗外亮得可以看到街景，暗得可以看出我的表情。

「也有些時候，比起討厭的回憶，快樂的回憶，更讓現在的自己痛苦。」

人真的很複雜呢——社長苦笑。

我懂，沒錯，真的就是這樣……

「所以人才會遺忘。不知道是上帝，還是佛祖、神明，賜給了我們遺忘的能力。白天我跟妳說過對吧？」

睡過一晚就忘了、喝過酒就忘了、吃過甜食就忘了、沉迷於什麼就忘了、抱怨傾吐之後就忘了、隨著時間經過就忘了、上了年紀就忘了——

「但刻畫在記憶裡的事物並不是就此消失了。因此我們可以懷念。這我也說過對吧？」

社長大略重提之後，接著說下去：

「照這樣下去，妳會沒辦法緬懷妳的母親。」

實在很遺憾——社長補了句。

我忍不住把手伸向手機，按下暫停。

畫面中的社長閉著嘴巴。是剛說完「很遺憾」的表情。看上去很悲傷，也像是寂寞。但這並非社長自身的感情，也許是社長成了一面鏡子，倒映出我的悲傷與寂寞。

我慢慢地吁了一口氣，解除暫停。我有點害怕看到社長的臉，將眼睛對著窗外，只聽聲音。

「我們會說『懂事的年紀』，對吧？這句話其實相當深奧。懂事以後才有的回憶，可以緬懷；但懂事之前經歷的事，就不同了。」

即使還留在記憶當中，如果意識無法連上那裡，就無法變成回憶。「懂事」，也就是能夠連上記憶。因此懂事之前的經歷，自己無法回想起來。即使知道當時情況的人，告訴自己發生過哪些事，也無法感到懷念。

「妳應該也是吧？無論在好或壞的意義上，妳一次都不曾覺得母親令妳懷念吧？」

沒錯——應該吧。不管別人說了小惠什麼，都覺得她離我很遙遠。

「這是沒辦法的事。因為那些事並未伴隨著情感，無法挑動心弦，怎麼說，就像是確認事實而已。啊，這樣啊，是喔，真的喔……只能勾起這樣的反應。」

被那安撫般的語氣吸引，我將目光移回手機。

社長定定地看著這裡。臉頰沒有笑意，眼神深處卻在微笑。我看得出來。社長穿透葛城用來拍攝的手機，並穿透播放影片的我的手機，直接與我面對面、看顧著我——確實有這樣的感覺。

「妳被母親拋棄了。妳即使會回想起這個事實，感到氣憤、怨恨，但心情並未波動。就跟足球裁判亮紅牌一樣，妳冷靜地判定她是一個不及格的母親，賞她一張紅牌，判她直接退場……是這樣吧？」

用足球比喻她會不會聽不懂？大佛的聲音響起。謝謝，可是我聽得懂。我滿喜歡足球的。

社長也說「細節不重要，重點聽得懂就好」，接著道：

「小孩子不需要在親子的事情上擔任裁判。」

社長筆直地看著我。

「妳是不是應該去見妳的母親，我不會說什麼。決定的人是妳。但是照這樣下去，或許妳在往後的人生，都會無法緬懷妳的母親。」

我是擔心這件事——社長說。

只要見到小惠，不管那是什麼狀況，都會變成回憶。和懂事之前不同，會形成滿載情感的回憶。我會憤怒、怨恨、憎恨、悲傷，還是歡喜？會忘懷，或是原諒嗎……？

咦？後面那些不算感情嗎？

可是無所謂，總之就是這麼回事。

社長應該是要給我時間思考吧，他停頓了比換氣所需更久的時間，接著說：

「有懷念的人、懷念的回憶，是非常重要的事。妳現在還年輕，所以沒辦法體會，但這是真的。等妳上了年紀就明白了。」

即使是討厭的回憶也是嗎——？

這個我就算想問、也無法讓對方聽到的問題，社長搶先回答了：

「我們的工作是繪製走馬燈。也就是決定人要在人生最後一刻感受到哪些懷念。有些人不願意讓討厭或懊悔的過去成為懷念的一部分，也有些人接納它們。我不知道怎麼做才是對的。一切都是由本人決定。只是——」

布萊梅旅程只有一項規定——社長說。

「刪掉走馬燈上所有的畫面，這種要求是無論任何情況都會拒絕的。在最後的一刻，沒有任何懷念的事物，這樣的人生……未免太寂寞了。」

所以——社長說：

「我覺得妳和妳母親之間，沒有任何可以懷念的回憶，這實在太寂寞了。」

社長說的「寂寞」二字，聽起來格外深刻。

「我還有很多事想要告訴妳，妳應該也有話想說，或是想要問我……不過沒關係。下次妳來東京，一定要連絡葛城，好嗎？我們會盡己所能地幫妳。我們已經是自己人了，從今以後，永遠都是。」

拜——社長笑道，大佛的臉和聲音插進來：「總之到家以後，泡個熱水澡，好好地睡一覺！」

影片結束了。

車子由東往西駛去，因此窗外遲遲沒有暗下來。

但列車抵達京都站時，天空也變得一片漆黑，可以一清二楚地看見自己倒映在玻璃窗上的臉了。

微妙的表情也看得一清二楚——因此我對著自己做了個鬼臉，拉下窗簾。

閉上眼睛，反覆播放影片。只有聲音一次又一次流入耳中。

影片只有短短幾分鐘，因此只須重覆播放幾次，就能把每一句話都記住了。然而我的回答，每次聽，每次都不同。「還是去見小惠嗎？」「才不要，不要見她絕對比較好。」「懷念很重要呢。」「會讓人火大的懷念根本不需要吧？」……

閉上眼睛真是做對了。若是看著螢幕上的社長的臉，我一定會更迷惘吧。

停靠京都站。發車。

停靠新大阪站。發車。

我用手機查了一下，發現如果在新神戶站折返，今晚就能回到東京。

可是在新神戶站，我也用力抓住了座椅扶手，一動不動。

我不去見小惠，其實還有一個理由。如果見到小惠，一個不小心看到小惠的記憶，發現裡面沒有我，或是我出現在很糟糕的場面的話，我一定會超傷心、超懊悔……

列車剛駛出新神戶站，LINE 就收到自裕的訊息。

〔社長要我轉告。〕

在我沒辦法在今晚折返的時間點——？或者是碰巧——？

〔社長說妳的力量還不成熟，必須確實碰到背部，才能看到記憶，所以絕對不會不小心看到，叫妳放心。〕

全被社長看透了。

可是太遲了。

可是，可是，如果連已經太遲這件事也被社長看透，所以才挑這時候叫自裕傳話的話……

別想了，睡吧。我放倒椅背，真的就這樣一路熟睡到即將抵達周防站前。

居然睡得那麼沉，連我自己都嚇到了。

第十章

1

星期一早晨，我擔心著感覺隨時會下雨的天氣，走出家門，在山手郵局前搭上公車，發現自裕和車上的乘客一起站在走道上。

「Good morning！」自裕用捲舌音道早，嘿嘿一笑。

自裕搭車的公車站，是前面兩站的東四丁目公園——明明平常他都搭比我晚三、四班，在遲到邊緣壓線的班次到校。

「怎麼啦？這麼早起。」

「我洗心革面，絕地重生了。」

「……那可以不要已讀不回嗎？」

昨天我傳了好幾則LINE訊息，自裕都沒有反應。

「因為我想說反正葛城先生有跟妳連絡，我再回覆的話，不是多費工夫嗎？」

你搞錯多費工夫的意思了吧？不過，自裕昨天的行動，我確實都是透過葛城的簡訊得知的。

早上自裕跟葛城一起去成城拜訪達哉家，和達哉一起去安養院探望住在照護大樓的光子阿嬤。然後葛城送自裕到羽田機場，搭飛機和接駁巴士回到周防。

不過，簡訊中只有寫去處，就像辦公室白板上的行程交代。葛城的簡訊跟現實中的對話一樣，陰沉冷淡。

為什麼回程會搭飛機，也是我現在問自裕本人，才知道理由。

「是社長決定的。他說坐新幹線的話，怕我半路跳車。」

信賴度零。然而本人卻依然故我，笑道：「飛機上的玉米濃湯超好喝的，我還續了杯呢。妳知道嗎？那玉米濃湯有在賣耶。」

這不重要，但是在人多擁擠的公車裡，也沒辦法聊太深入的事。

「到學校以後，跟我說光子阿嬤的走馬燈那些事。」

「妳也是喔。」

「——咦？」

「妳媽的事那些的……」

我就是想問那件事才早起的！他神氣兮兮地說。

到校以後，我們走出教室陽台，剪刀石頭布——

結果由猜輸的自裕先報告。

我突然跑回周防的星期六晚上，自裕依照預定，讓大佛帶他去參觀晴空塔。他飽覽夜景，買了許多伴手禮，晚餐還吃了文字燒。

「總覺得根本就是鄉巴佬的觀光行程。」

這也是東京買的——自裕展示穿在制服襯衫底下的T恤。胸口以大大的毛筆字寫著「侍」。他好像給父母買了一樣的漢字T恤，分別是「一番」和「老大」。

「我爸媽的反應滿微妙的。」不過，他們沒有生氣的話，那就太好了。

「葛城先生也跟你們一起去嗎？」

「沒有，他一直待在公司。他還有別的案子，而且達哉先生也有可能會連絡，然後光子阿嬤的狀況也不曉得會不會有變化……大佛阿姨說他可能會睡在公司。」

自裕住在公司附近的商業旅館。去東京的星期一晚上，他在網咖過夜，但從星期三開始，就在那間旅館住了四晚。

「房間很小，一張床就塞滿了，可是附免費早餐，而且四天的旅館錢都是公司出的。」

「真大方。」

「不過算是我借的。大佛阿姨說，當成是預支暑假打工的薪水。所以暑假我可能要去當免費工了。」

自裕擺出沮喪的表情，卻也有點開心的樣子。我懂。等於暑期打工已經確定錄取了吧。暑假去布萊梅旅程打工——如果名額有兩個，我一起去好像也不錯。

「欸，你還沒有跟我說，星期五以前，你都做了些什麼工作？」

「做了滿多事的。」

星期三全是雜務，打掃辦公室、把不要的文件丟進碎紙機。

「我突然跑去，社長和葛城先生也不曉得該讓我做什麼吧……有空的時候，我就陪大佛阿姨聊她的追星經，其他時間就陪社長下圍棋。」

「你會下圍棋？」

「完全不會。」

「我想也是。」

「可是我說我不知道規則，社長說玩五子棋就好。」

我傻眼了一下，但旋即悟出社長的目的：原來如此。

「我們意外地勢均力敵，下了三局，我三連敗，花了大概一小時吧。」

社長應該在這段期間把自裕的記憶看了個精光。大佛的偶像經，目的一定也是窺看記憶。

「然後喏，傍晚社長不是跟我媽談好，說我可以在東京待到星期天嗎？所以從星期四開始，做的事就比較像工作了。」

星期四自裕坐在電腦前，不停地搜尋、下載和截圖。他在蒐集岩手縣沿岸某個人口數萬人的城市，在二〇一一年三月十一日以前的街景，以及可以瞭解當時事件的資料。

「好像要用在新客戶的旅程上。」

二〇一一年三月十一日，也就是東日本大地震以前——

「地震時的海嘯，把那個城市全毀了呢。」

「嗯……我知道。」

是提到海嘯災難時，總會被第一個列出的城市之一。數百人喪生，到現在仍有許多人下落不明，市中心也被徹底摧毀了。就連三一一時年紀還小的我都依稀有印象，後來也在電視特別節目和紀錄片等，多次看到當時當地的景象。

「現在雖然已經復興不少，但街景和過去完全不同了。」

這個我也知道。那裡經過填海、遷移至高台、興建巨大防波堤等工程，據說幾乎看不出原本的面貌了。

旅程的客戶是那個地方的人。

「他們沒有告訴我名字，不過是個超有名的人，三一一的時候他在東京，但有很多親戚朋友都喪生了，老家的相簿那些的也都被沖走……故鄉已經只存在於自己的記憶當中了。」

「……就是說呢。」

「然後，他突然害怕起來：以前住的地方，自己還記得多少？自己死掉的時候，出現在走馬燈的，如果是大地震剛發生後的斷垣殘壁，或是復興後新穎過頭的街道，會很討厭對吧？所以才會跑來委託布萊梅旅程。他希望能看到過往的街景再離世，也想要再次回想起已經遺忘的記憶。」

能勾起過往故鄉回憶的線索愈多愈好。光靠寫真集或地方政府的檔案實在不夠。

「這種情況，一般人的部落格上的一句話，或是快照偶然拍到的建築物，好像更管用。」

自裕就是在幫忙蒐集這些資料。

「這就像在助人吧？不覺得是很有意義的工作嗎？」

確實。我點點頭，真心覺得能幫忙這麼棒的工作，真是太好了——雖然我不會講出來。

星期五，自裕則是從早到晚都戴著耳機，邊聽朗讀，邊比對原稿。

「這也是工作。」

客戶不是名人，是靠著人脈找到布萊梅旅程的。

那個人因為青光眼，已經幾乎失明，而且罹患了重病。病情相當嚴重，他悟出自己死期將近，想要實現最後的願望。

他辛苦就讀大學夜間部的期間，鄉下的母親寫了幾十封信給他，他想要再讀一次那些信——然後，他希望自己的走馬燈裡有更多與母親的回憶，或是自己年輕時的回憶。

布萊梅旅程接下了這項委託。他們決定朗讀錄音，讓客戶即使看不見，也能用聽的，來回味母親的來信內容。他們請了幾名專業配音員試音，請客戶親自挑選聲音最接近母親的一位，然後在錄音室裡錄音。

自裕的工作就是聆聽錄好的音檔，確認朗讀是否符合信件內容。

「不能有任何疏漏，所以責任重大。我覺得壓力山大。」

他一直聽到了傍晚。總算大功告成，摘掉耳機以後，仍感覺朗讀的聲音好一陣子還在耳邊縈繞不去。

「不過，妳不覺得很感人嗎？」

「……嗯，覺得。」

重畫走馬燈的理由與內情，應該比我所想像的要更多元吧。布萊梅旅程的客戶，也不全是名人或有錢人。這讓我覺得有些開心。

「不過，星期六還是最累的。」

跟我一起去見達哉、去見近藤，又讓大佛帶去參觀晴空塔——

「我回到飯店房間，呆呆地看電視、滑手機，可是一點都不睏。我想到好多事……」

「哪些事？」

「達哉先生的事、光子阿嬤的事、近藤先生的事……還有妳媽的事，很多。」

沒有他自己的事。這絕對是騙人的，不過我理解自裕避而不談的心情。

「外面天色都微微亮起來的時候，我才總算有點睡意……」

自裕設了八點的鬧鐘，好在九點去公司報到。

可是不到七點，葛城就打電話來了。

「他說早上六點半時接到達哉先生的連絡，現在要立刻來旅館接我，叫我五分鐘內辦好退房。」

光子阿嬤的病情急轉直下。安養院的事務所通知「如果有誰想要見阿嬤，最好快點」，因此達哉第一個連絡了葛城。

「他說如果五分鐘後我不在旅館門口，就要丟下我自己過去。」

很過分對吧？太霸道了對吧？根本是濫用權勢嘛——自裕苦笑著說，但我反倒很驚訝，葛城居然願意在那樣的緊急時刻繞去接自裕，同時也覺得好感動。葛城果然很欣賞自裕。

「那你們有趕上嗎？」

「我兩分鐘就退房了，在外面等了三分鐘呢。」

噘著嘴這麼說的自裕也是，我覺得他其實超喜歡葛城的。

上課前十分鐘的鈴聲響了。教室已經變得相當熱鬧。

眾人的話題是今天的天氣——

這個地區好像發布了大雨警報和大浪警報。預報說上午就會開始下雨，雨勢愈晚愈劇烈。

確實，天空烏雲密布，天色比早上醒來的時候更黑了。颳過操場的風也很強勁，待在二樓陽台，有時候都得按住頭髮。

在這樣的天候下，自裕繼續告訴我昨天的事。

2

不枉自裕火速退房，兩人早上七點半就趕到成城了。

達哉和星期六一樣，請葛城和自裕進入會客室。兩人坐的沙發也跟星期六一樣，只是今天沒有茶點招待。

「不好意思，我太太守在那邊，沒辦法招呼。」

達哉因為睡眠不足，眼睛布滿了血絲。

「我媽剛才血壓恢復了一些，呼吸好像也漸漸穩定了，但應該不會再醒來了。」

達哉也連絡自己住在都內的兒子和女兒，以及他們的家人。好像會在上午趕來。

所以在那之前——

「可以請你完成走馬燈嗎？」

也就是說——

「在周防那時候的……走馬燈……請……維持原狀吧。」

達哉斷斷續續，就像從喉嚨擠出聲音般地說。看上去很痛苦。他昨晚睡眠不足的理由，應該不只是光子阿嬤的病情陷入危篤吧。

「我明白了。」葛城點點頭，說明後續流程。「接下來，我會再看一次光子女士的走馬燈。」

「和星期四相比，應該不會有太大的變化。即使有場面被替換或是缺漏，或是出現新的場面，我也會立刻修改，請放心。」

「……麻煩你了。」

「至於方針，就維持過往的做法，不留下痛苦的回憶，也不勉強增加幸福的回憶，是嗎？」

結果，達哉可能是開始迷惘了，問：「幸福的回憶，還是愈多愈好嗎？」

「這要看客人自己的想法。當然，有些人會要求愈多愈好，但也有許多人會像村松先生這樣，在旅程中回溯記憶之後，決定盡量不加修改，維持原樣，只刪去摻雜進去的痛苦回憶。」

「葛城先生覺得哪邊比較——」

「這必須由客人決定。」葛城嚴格地說，再次確認：「周防的部分，照原樣保留對嗎？」

達哉沉默，微微點頭。

葛城就像星期六說的那樣，沒有把近藤的事告訴達哉。

自裕趁達哉離席去廁所的時候問：

「真的可以嗎？」

「你可不許亂插嘴。」

「可是，知情不報還是……」

「你剛才也聽到了。走馬燈要維持原樣。」

與近藤的回憶也是，如果它變成一段幸福的回憶，畫在光子阿嬤的走馬燈上，就讓它保留原狀。

「如果它消失的話呢？」

「就讓它消失。」

「那，如果它自行消失，事情就解決了吧。」

自裕說著「這樣啊，會是這樣呢」，兀自恍然大悟，接著道：

「那，如果那些場面消失，換成與達哉先生或征二先生的回憶有了顏色，畫在走馬燈上，那就更好了呢。怎麼說，就好像最後一局打出逆轉再見全壘打。喏，你說是吧？」

葛城面無表情地警告「總之你不要說話」，把聲音壓得更低：

「不過，他應該會再猶豫一次。」

達哉還會再猶豫——

「也許他會過度猶豫，陷入恐慌。」

「這看得出來嗎？」

葛城沒有回答自裕的問題，繼續說下去：

「到時，你要從後面扶住達哉先生，免得他受傷。聽到了嗎？這就是你的任務。」

自裕不甚理解，糊塗地點點頭，這時傳出達哉從廁所回來的聲音。

葛城從沙發站起來，迎接達哉。

「那麼，我們走吧。」

達哉瞬間露出焦急的神情。他應該打算等一下再出門吧。

不過，葛城說「雖然走路就可以到，但我們開車去吧」，率先走出了會客室。雖然措詞恭敬，但口氣和動作有著不容反駁的魄力。

離開的時候，自裕偷看了達哉的側臉。表情和剛才有著微妙的不同，多了焦急與困惑，眉頭深鎖的臉上，確實散發出迷惘的氣息。

光子阿嬤入住的安養院，只要開車短短一、兩分鐘的距離。

這段期間，後座的達哉一直默不作聲。

坐在副駕駛座的自裕漸漸不安起來，看到安養院建築物的瞬間，緊張一口氣高漲。

他星期六就聽說那裡很高級了，但實際的景象遠遠超乎想像——與其說是富麗堂皇，更是散發出大器洗練的風格。

他忍不住拿來跟近藤入住的機構相比較。那棟建築物很冷清。是被家人拋棄、當成麻煩甩掉的老人們，度過最後歲月的捨姥山。

但這裡不同。先不提建築物、設備和服務，一看就知道，這裡充滿了寧靜的氛圍。經濟寬裕、與家人關係良好的老人們，在這裡平靜地、安心地迎接人生終點。

光子阿嬤真是幸福啊！自裕再次如此認為。

她能迎接幸福的死亡。

即使沒有詳細聽說失智前的生活樣貌，從達哉克盡孝道的模樣來看，她的晚年一定也是了無缺憾。在失智以後，本人和身邊的人所經歷的痛苦，應該也都控制在最小範圍了。

而孝順的獨子，希望母親在最後一刻看到的走馬燈，全是幸福的場景……

車子穿過安全門，進入園區。葛城把車子開進訪客用停車位，立刻就下車了。

然而，達哉交抱著雙臂，低頭不動。

「那個，已經到囉？」

自裕從副駕駛座出聲，達哉低沉地「嗯……」了一聲，卻沒有鬆開交抱的手開門的意思。不僅如此，他還雙手抱頭，上身倒向膝蓋。

「你不舒服嗎？」

「唔，嗯……有點……」

自裕連忙下車。葛城站在微妙的距離，離車子不近也不遠——如果正常地走向看護大樓，應該會走得更遠；如果要等達哉下車，應該會更近。就好像從一開始就知道會如此發展般地，站在自裕可以立刻跑過去，兩人說話的聲音又不會被達哉聽到的位置。

實際上，自裕把達哉的狀況告訴葛城後，他也完全不驚訝。「這也難怪。」他理所當然地應道，說：「嗯，等他一下吧。」

「他又開始猶豫了嗎？」

葛城點點頭，苦笑：「如果是走路過來，他現在一定蹲在半路上，動彈不得了。」

「那，這樣下去，他可能會陷入恐慌……」

「所以你要照我剛才說的，扶好他的背，免得他受傷。」

車門打開了。達哉終於下車了。自裕跑過去問：「你還好嗎？」

達哉虛弱地點了點頭，但呼吸還很急促，喉頭深處嘶嘶作響，汗更是流得襯衫都變透明了。

葛城對這樣的達哉說：

「我最後再確認一次。」

「……好。」

「周防的走馬燈，就照原樣保留，是嗎？」

達哉深深吸氣，又深深吐氣了好幾回。每次肩膀都大大地起伏，吐出的氣像波浪般劇烈顫抖。

「照現在這樣，周防的走馬燈不會有家人登場。可以嗎？」

達哉的呼吸陡然急促起來，發出像尖銳笛音的聲響。

是過度換氣了。他一個踉蹌，差點當場倒下。

「自裕，扶好他。」

自裕繞到達哉背後，手像頂門棍般抵在他的肩膀後方，這才明白了葛城真正的用意。

葛城是要讓自裕看到達哉的記憶。

上課鐘響了。

後續得留待下一堂下課了。

3

比天氣預報提前許多，第一堂課上到一半，雨就開始下了起來。

周防所在的山陽地方[1]西部，有時會在梅雨季後半遭到豪大雨侵襲。三年前，也曾因線狀雨帶滯留，雖然周防市內沒有遭受太大的損害，但佐波天滿宮一帶堤防潰堤，導致數十戶人家淹水。今天的雨勢感覺也會相當猛烈。早上的晨會之後，有同學在網路新聞看到，除了大雨警報之外，還加上了打雷警報。

第一堂課結束後，也沒有人特地在雨中跑到陽台。對自裕和我來說，剛好方便。因此，我們小心不被撲上來的雨打濕，繼續聆聽自裕的經歷——

沒空慢慢回溯達哉的每一個記憶。自裕就像在火速翻閱厚重的辭典那樣，尋找著有顏色的場面。光子登場了許多次。尤其是兒時的回憶，幾乎都色彩鮮明地留存著。記憶中的她既慈祥又美麗，讓人明白他有多愛母親。

但父親征二的回憶，只有光子的數分之一——不，可能連十分之一都不到。數量很少，而且幾乎都沒有顏色。

樣貌和光子記憶中的征二一樣。比起家庭，更重視工作，雖然有扶養妻兒的自信與責任心，卻也深信自己是家中至高無上的主宰者。達哉的記憶裡留下的父親，全是這種典型昭和時代，男尊女卑、傳統大男人、冥頑不靈的回憶。

1　山陽地方為兵庫縣西南至山口縣，為本州靠近瀨戶內海的地區。因有山陽道經過而得名。

或許是因為這樣，從國中的時候開始，達哉的回憶不光是向慈母撒嬌而已，而是反過來，有愈來愈多在鼓勵、安慰光子的場面。

孝順的回憶，在達哉成年後也有許多。對於完全變成老婆婆的光子，達哉真的是呵護備至。在這當中，有個光子的身影，令人印象深刻。

印象深刻——一說出來之後，自裕立刻改口，換了別的形容。

是美。美過頭了，令人害怕。

那不是具體事件的記憶。只有光子的側臉單獨浮現。那張臉美艷無比，幾乎令人恐懼。

光子回過頭來，微笑出聲：

「如果小達想去東京讀大學，媽一定會支持你。也會幫你跟爸說。」

那麼，這是達哉高中時的回憶。

是住在周防的時候——

是達哉壓抑著光子可能不倫的疑心，看著她的時候——

美得可怕的光子微笑著，搖了搖頭。

那表情就像在說「不是，完全不是那樣」。

也像是在說「沒事，別擔心」。

這一幕有顏色。因此達哉或許可以在人生的最後，看到光子這張笑容。

自裕想要再繼續探勘達哉的記憶，但這時，葛城的聲音刺上來般響起：

「我們走吧。」

同時，自裕的指尖感覺到觸碰靜電般的刺痛，手從達哉的背上放開了。

眼前的景象回到了現實。

「還好嗎？您可以自己走嗎？」

「可以……不好意思，我沒事了。」

達哉搖搖晃晃地站了起來，葛城對他開口：「我可以冒昧說句話嗎？」

「請說……」

「我相信不論達哉先生做出什麼樣的決定，光子女士都會開心接受，幸福地踏上旅程。」

和剛才的語氣不同。是懇切傾訴，卻又充滿了包容一切的溫暖。

達哉彷彿得到救贖般，笑道：「真的嗎？」

自裕也看得出來，這瞬間，他的猶豫煙消霧散了。

「那麼，我向您做最後的確認。」

「好……」

「周防的回憶裡，有家人以外的人。這部分要如何處理？」

自裕發現葛城微妙地換了說法。

他覺得——變得比較好回答了。

達哉不知是否也感受到了，神清氣爽地回答：

「請讓它保留下來。」

第二堂下課時，已經變成了傾盆大雨。

即使下課了，也沒辦法出去陽台。教室裡不能談私密話題，但是在走廊說，會一直有別班學生來向人面廣的自裕打招呼，因此不停地被打斷。

雖然斷斷續續，不過在午休之前，總算是聽到了葛城最後完成光子阿嬤的走馬燈的事。

光子阿嬤戴著呼吸器，不省人事地昏睡著。

房間裡有護理師和達哉的太太。達哉和太太交換位置，坐到光子阿嬤的枕邊，出聲：「媽，我來了。」開始摩挲她的手。

醫師進入房間，說明目前的狀態。血壓和心跳都很穩定，從清早危急的狀況中回復不少，但應該還是不會再恢復意識了。再長也是這幾天，會在睡夢中離世。

醫師再次確認了臨終的處置。入住時已經討論過，臨終照顧最多就是戴氧氣罩，其餘就是緩和痛苦，讓光子阿嬤平靜地離開。

「這樣就行了。」達哉說，醫師回「她現在應該感受不到任何痛苦」，離開了房間。

就像在等待這個時機般，原本待在房間角落的葛城立刻走到達哉身後。自裕想要站到旁邊，卻被葛城用下巴一努「你去那邊」，只能回到原位。

開始為走馬燈做收尾了。沉默之中，沒有任何肉眼可見的活動，就這樣進行著。讓走馬燈順暢轉動，確定每一張圖畫的次序，細微地調整畫與畫之間的間隔，縮窄或是加寬。在周防的不倫記憶，也如達哉要求地保留下來——

應該如此。不過，無從確定。不論是自裕還是達哉都無法確定。就像布萊梅旅程的社長說的，這份工作真的就算被說是詐騙，也無可反駁。

進房間幾分鐘後，葛城對達哉開口：

「那麼，我們告辭了。」

達哉驚訝地回頭：「咦？」

「走馬燈的畫，已經如同您要求地完成了。」

「呃……」

「完全符合您剛才決定的那樣。」

達哉想要說什麼，但只是面部鬆垮下來，沒有訴諸言語。

回到車子的路上，葛城和自裕都沒有開口。葛城是自然地沉默，但自裕不同。許多話好幾次都來到了喉邊，「那個」的「那」有一半都變成嘆息溜出口。

坐上車，繫好安全帶後，自裕實在是再也按捺不住，先來個無傷大雅的寒暄：

「……辛苦了。」

葛城發動車子。

「算不上辛苦。就平常的工作。」

被冷漠地回應，反而更容易開口了。

「可是剛才那個……看不出到底是有做還是沒做呢。」

這失禮到家的問題，讓葛城難得笑出聲來：

「被你發現了？」

「——真假？」

自裕怔住，葛城則板起臉，把車子開了出去：「少瞧不起大人。當心你說話的口氣。」

「就是說嘛。」自裕苦笑。明明挨罵了，卻有點開心。

「為什麼要讓我看達哉先生的記憶？」

「事後被你問東問西也很麻煩。稍微懂了嗎？」

「應該說……」

他完全明白，達哉是個深愛母親的孝子了。只要是達哉決定的事，就像葛城說的，光子阿嬤一定會接受，開心地看著走馬燈離世。

「有一半是明白了，可是怎麼說，還有點……」

自裕老實地說出感受，葛城也點點頭說「也是」。

「達哉先生的記憶裡，有住在周防時的光子阿嬤。超漂亮的，完全就是個美女，或者說很性感，完全是個『女人』……這樣形容，聽起來很輕浮、沒品，可是……」

「我懂。」葛城又點點頭說，接著問：「她在搖頭對吧？」

「對……我看到了。」

「你覺得那是什麼意思？」

「感覺像是在否定說『不是』。」

「那，你覺得是在否定什麼？」

不知道。也許是和近藤不倫的事，也可能是完全不同的事。不論是有顏色或單色的記憶裡，都找不到似乎和那個表情有關的場面。是達哉說出口，質問她了嗎？可是，是問什麼？或者那是與不倫無關的場面，剛好浮現在記憶裡，是自裕自己任意把兩者連結在一起？因為完全搞不懂，因此自裕從剛才就一直覺得紛亂難平。

「葛城先生知道那是怎樣的場面嗎？」

「不知道。」葛城乾脆地回答，接著更輕鬆地笑：「搞不好達哉先生自己也不知道。」

「意思是他忘記了嗎？可是那個場面留在記憶裡，而且有顏色——」

「也不是忘了。那可能根本不是實際發生過的場面。」

不光是現實中發生的事會變成回憶，也有一些是日積月累形塑出來、無限接近現實的幻象。

「像家人團聚的回憶、和朋友出遊的回憶，大部分都是如此。不是特定哪一天、哪個地點、哪件事，而是每天差不多都是這種感覺的情形更多吧？」

「啊，好像可以理解。」

「幸福的回憶，其實這樣才好。」

若是隨時都處在安樂之中，幸福就成了日常，回憶也不會綁在特定的日期、地點或事情上。

「相反地，悲傷的回憶，最好是只有某一天、某一地發生的某件事讓人痛苦。」

比如說，若是孩提時代在日常中遭受虐待，甚至會無法限定是在哪一天，遇到了如何痛苦的事。

「……就是說呢。」

自裕順服地點點頭，「那——」把話題拉回到達哉身上。

「那個光子阿嬤，是讀高中的達哉先生一直以來的感受累積而成的樣貌嗎？」

「是啊，他一直這麼想……希望、相信，並且祈禱著吧。」

希望母親否定說她才沒有不倫，讓母親的幻象搖頭、微笑說不用擔心；然而，他也發現光子變美艷了。所以才會形成如此嫵媚動人的側臉。

「現在這年紀就算了，但當時達哉先生還是高中生。正值多愁善感時期的兒子和母親住在同一個屋簷下，也無法和父親商量，一定非常痛苦。」

「……我懂。」

「還年輕的我說這種話可能太自以為是，但不管是高中的達哉先生，還是現在的達哉先生，真的都竭盡所能了。剛才的恐慌，是他瀕臨崩潰的心靈的慘叫。」

「他滿身大汗。」

「如果你沒有扶住他，應該會更糟糕。」

不是因為自裕看到了達哉的記憶。

而是「撐住背部、用手扶住」這樣的觸碰，本身就有安撫的效果。

「跟看不看記憶無關，你可以記住這件事。用手扶住一個人的背，能讓對方身心的混亂平靜下來。若想要對方恢復鎮定，就先扶他的背。」

因此，有人受傷時，當場進行的簡單治療，在日語中就叫做「用手按住」[2]——老實說，自裕覺得「這只是文字遊戲，剛好說得通而已吧」，但葛城接下來的話讓他一陣感動。

2　原文「手あてをする」。

「因為人沒辦法按到自己的背啊。」

自裕也曾拚命努力想要按住自己的背，結果搞到背和左手抽筋了。

他率直地覺得，有人幫忙攙扶背部，是一件幸福的事。短暫的一瞬間，他忘了達哉，想起父親節那天幫父親揉肩捶背的事。

車子從單向三線道的大馬路開上高速公路。

葛城不擅長匯入，因此自裕從匝道就不再說話，等到車子從收費處駛入主線，覺得差不多了才開口：

「達哉先生最後決定把周防的回憶留在光子阿嬤的走馬燈呢。葛城先生覺得怎麼樣？」

「沒怎麼樣。做決定的是達哉先生，而且這並沒有對或錯。接下來就看達哉先生自己能不能接受，或是有沒有留下遺憾了。」

「不是光子阿嬤，而是達哉先生嗎……？」

「走馬燈不光是為了過世的人而轉動，也是為了被留下的人轉動。」

或許確實如此。這是達哉最後一次盡孝，對達哉自己來說，應該也會成為與母親最後的回憶。

「那就好了。」自裕鬆了一口氣，笑道。「達哉先生最後是想通了才決定的嘛。猶豫到甚至過度換氣，真是沒有白費了。」

太好了，真的太好了——自裕沉浸在喜悅裡，葛城卻沒有應話。

不光是因為在專心開車而已。停頓了以對話而言實在太久的間隔後，葛城開口：

「不過……應該還會有一次吧。」

「——咦？」

「不留下後悔，和抹去後悔，是不同的兩件事。」

「什麼意思？」

自裕激動地問，這時，超車道的車子粗魯地切換車道，搶到前面來。葛城咂了一下舌頭，踩下煞車，說「等下高速公路再說」，接下來就真的再也沒有開口說半句話了。

但也因為羽田機場和高速公路相連，所以結果什麼都沒辦法說。車子開進航廈停車場後，葛城就好像忘了這回事——或是假裝忘了——急匆匆地領了自裕的登機證，把他帶到安檢處。

「社長交代我要盯著你確實走進登機門。」

喏，快去吧——葛城催道。

「可是才上午而已耶。只要傍晚從東京出發，不管是搭飛機還是新幹線，都可以遊刃有餘地回到周防，所以我還可以幫忙做點什麼。」

「已經沒有事情給你做了。」

「我可以打掃辦公室……要我做什麼都行。」

「別囉唆了，快去吧。」葛城趕人。

自裕無奈地邁出步子，葛城笑道：「暑假再來玩吧。」

「我要來打工，不是來玩。」自裕說。

葛城冷淡地，但依然笑著回應：「隨你的便。」

4

午休時間的體育館內，有學生拿超商甜點當賭注，在對決籃球罰球，也有學生在練街舞，頗為熱鬧。

雨勢依然強勁。擊打著體育館屋頂的雨聲綿綿不斷。

自裕和我坐在二樓觀眾席，吃著在福利社買來，已經倒好熱水的杯麵當午餐，繼續說話。

傍晚回到家以後的事，自裕用兩、三句就交代完畢：「我立刻衝去洗澡，飛快地提前吃了晚飯，然後就睡了。」

「因為我不曉得要跟我爸媽說什麼，也只能睡了啊。我睡得就像死了一樣，幾乎要進入臨死體驗了。」

自裕的父母什麼都沒說。他們的態度平淡得令自裕錯愕，就好像兒子只是當日往返出遊了一下。

「我猜的啦……我覺得布萊梅旅程的社長跟他們說了什麼。叫他們不要追問不休，輕輕放下之類的。」

「嗯，我也這麼覺得。」

「這幫了我大忙，不過也覺得不能就這樣不理他們。」

「那當然。」

「總之，今天晚上該怎麼辦呢……昨天睡太久，覺得今天睡不著了耶。真傷腦筋。」

不過食慾倒是很旺盛。自裕一眨眼掃光泡麵，開始吃起一起買來的咖哩麵包和牛奶，進入午餐後半戰。

「小遙妳一個人住，不用煩惱這些，真教人羨慕。」

自裕把吸管插進牛奶紙盒，「那——」把話頭拋向了我。「我這邊講完了，換妳囉。」

我洗耳恭聽！他笑道。

上午上課期間，我一直在思考要告訴自裕多少小惠的事。

只透露最起碼必要的內容，就算必要，如果不想說就不說。儘管我已如此決定，然而一開口，卻好像從毛線團裡不斷地拉出線來一般，結果把事情的來龍去脈，從頭到尾全交代得一清二楚了。

自裕簡直是附和達人。

嗯嗯，是喔？蛤，這樣啊，天哪，太吃驚了，真的假的？然後呢？結果怎樣了？嗚哇，居然這樣，真傷腦筋啊，然後呢然後呢？是說這不會太驚人了嗎？真的真的，都招架不住了……

我心想，按摩達人就是這種感覺嗎？真正高明的按摩師，好像不是揉鬆肩頸僵硬，而是揉著揉著，痠痛的根源會自行從體內消散。自裕的附和就跟這一樣，不是他問我答，而是整件事自己從我的體內流出去，我急急忙忙用話語去追趕。他身為走馬燈繪師的才華，就是在這樣的地方嗎？

總之，星期六的事我幾乎都告訴自裕了。

「原來是這樣啊。」聽完後，自裕深深點頭，說：「那，還要再去東京一次呢。」

「——咦？」

「不是嗎？」

「呃，不是……你沒在聽我說嗎？我跟我舅舅說我不去見小惠了。」

「我聽到了啊。可是妳要去見她吧？」

「等一下，你不要擅作主張好嗎？」

「我是擅作主張沒錯，但妳也是在擅作主張啊。」

「我哪有？」

「我覺得妳對自己很自私。」

對自己——

很自私——？

我滋滋滋地吸了一大口杯麵。麵泡爛了，湯也涼了，一點都不好吃。自裕還沒回答「我哪有」這個問題，不過我決定先擱下它，繼續討論。雖然不是學自裕剛才不提他的父母，但我完全瞭解那種想要輕描淡寫、一筆帶過的感受。

「星期六晚上，我也跟昨晚的你一樣，整個睡死了。真的就好像沉到海底一樣。」

星期天早上神清氣爽地醒來。好了，接下來呢？我在床上尋思。

原本星期天我應該會在東京，因此沒有安排任何行程；不過，我在換衣服的過程中，明白自己要做什麼了。那種感覺不是「我想去那裡」，而是「當然要去那裡」。

「我去給我阿公阿嬤掃墓了。」

出發去東京前，我也向兩人報告過。

「那個時候，我完全沒料到會變成這樣的發展，但有種類似預感的感覺……」

我對著兩人的墓報告「我回來了」，說明小惠現在的狀況：「阿公阿嬤一定會嚇到，不過事情不得了了。」

「然後呢？他們怎麼說？」

「他們怎麼可能說什麼？那是墓耶。」

「呃，也是啦……」

「不過我知道你想說什麼。我現在還是會想知道阿公阿嬤會有什麼反應。」

「就是啊，通常都是這樣的嘛。」

「要是墓上有記憶就好了。」

自裕笑道「對啊」，完全把我這話當成玩笑，但其實我還真的繞到墓碑後面，用手按按看了。我閉上眼睛，重複深呼吸，努力想感應到任何一點阿公阿嬤的記憶。

可是，果然一點用都沒有。什麼都看不見、聽不到。

我在早上十點抵達寺院，中午前搭上回程的公車。

「在那裡待了快兩小時，不會太久嗎？」

自裕指出。現在回想，我也這麼認為，但昨天一點都不覺得有這麼久。

「我們家的墓地在半山腰，景色很美，幾乎可以望遍整個周防的街景，也看得到大海，還有許多島嶼，天氣好的時候，甚至能依稀看到四國……」

不過昨天沒辦法遠望到四國。由於今天豪大雨的前兆，烏雲密布、風勢強勁，海面也波濤洶湧，但坐在墓地附近的涼亭長椅上看著街景、大海和天空，時間一眨眼就過去了。怎麼看都不厭倦。要是帶了便當還是飲料，應該可以一路坐到傍晚。

「那妳看著風景時，在想什麼？有想起妳媽，或是阿公阿嬤嗎？」

「完全沒有。」

我笑著搖搖頭。不是撒謊或掩飾，當時我真的就只是坐在那裡發呆。

自裕起初也半信半疑：「真的嗎？」但，很快就說：「可是嗯，大概吧，嗯，好像可以理解。」

下午兩點回到家以後，我打掃了屋子，煮了一些菜冷凍起來，看電視、滑手機……度過一如往常的星期天下午和晚上。沒有做任何特別的事，也沒有思考任何事。我無比地冷靜、無比地平淡，因此這或許其實非——常地反常。

我坦白地這麼說，自裕笑道：「總覺得可以理解。」

「……既然理解，那就再多理解一點嘛。」

「理解什麼？」

「我不會去見我媽。」

你的推理大錯特錯——我補了這麼一句。

自裕把手裡的咖哩麵包用力擠壓，捏成一口大小，丟進嘴裡，用牛奶沖進喉嚨中，說：

「我倒是覺得妳說她是『妳媽』的時候，就已經決定了。」

我沒有回應，站了起來。

5

第五堂課開始後，激烈的雨聲當中又夾雜了遙遠的雷聲。每當天空悶響，教室裡的女生就發出尖叫。尖叫聲當然只有一半認真，剩下的一半，是為了排解上課的無聊——畢竟這堂課是周高數一數二枯燥的世界史。

不過，這種時候向來比任何人都要起勁的自裕，卻一直安安靜靜。即使班上同學滿懷期待地對他使眼色，他也文風不動，只是在桌上托著腮幫子，呆呆地看著窗外。

雷逐步逼近周防了。轟隆聲在雲上響起的同時，地面也隨之共鳴。雷響時的女生尖叫漸漸變成真心害怕，男生也不再嘻嘻哈哈起鬨了。

教室從上午就開著燈，但現在戶外比室內還要明亮。被雨雲覆蓋的天空變得明亮，是大雷雨的前兆。

班上同學也都深知這件事，因此第五堂一下課，便同時掏出手機上網蒐集訊息。搭電車上下學的學生，萬一JR停駛就不能回家了。山區路線的公車也有可能停止運行，騎自行車上學的學生，今天只能把車留在學校，走路回家了吧。

下課時的教室充斥著鬧哄哄的講話聲，其中又交織著雨聲，以及不時響起的雷聲。在這當中，自裕趴在自己的座位上，即使朋友找他說話，他也沒有起來，也不怎麼回話。他是在假睡——聽到有人提到他迷的偶像名字，背就會抽動，實在是漏洞百出。

我也沒去找自裕。有人找我說話，也只是敷衍應聲。就像我的腦袋充斥著各種想法一樣，自裕的腦中也正塞滿了各種問題吧。

我的「各種」和自裕的「各種」不同，但一定沒那麼遙遠，搞不好其實就近在身邊……

這讓我有些開心。

第六堂是國文課。和世界史相反，老師很有趣，是相當受歡迎的課，但今天每個人都浮躁不安，聽得心不在焉。

天空亮了一下，緊接著閃電伴隨著巨響落地。很近。教室裡爆出真心驚嚇的尖叫聲。雷聲又接連響起，教室裡亂成了一團。老師要眾人冷靜，才剛繼續上課，雷又劈了下來。

緊接著，教室傳出尖銳的叫聲：

「噫——！好可怕——！」

是自裕鑽進桌底下大叫。

教室整個炸開來了。激烈的雷雨正讓眾人深陷不安，也因此自裕的耍寶完全應景。他先前一直安安分分，這樣的反差也提高了搞笑效果吧。同學們不光是爆笑，甚至好幾個人站起來在頭頂拍手叫好。

「喂，北嶋！你在那裡搞什麼鬼！」

老師也邊笑邊罵。

可是從桌底下爬出來的自裕，卻消沉得讓眾人困惑。

「老師……大家……打擾大家上課，對不起……」

他顫聲說著，深深低頭賠罪。

老師連忙搖頭，說：「沒事啦沒事啦，不必那麼難過。不用道歉了，快點坐下來。」

「不……我不能坐。」

「咦？」

「我沒有坐下來的資格！」

「蛤？」

自裕把手臂按在眼睛上，嗚嗚呻吟。雖然是假到不行的假哭，但是在眾人吐槽之前，他便像高中棒球賽的選手宣誓般大喊：

「為了表達歉意……我要去跑操場十圈！告辭！」

在一片啞然之中，自裕衝出教室，幾十秒後，還真的出現在操場。

在風狂雨驟雷聲轟隆當中，他高喊著：「噢——！噢——！」以落湯雞的狀態全力衝刺。

我懂，我懂啊，自裕！那種不由自主，想要卯足全力、亂搞一通的衝動，我完全瞭解。

打雷了。瞬間，操場和自裕都像沐浴在閃光燈下一樣，反射出白光。跑到陽台觀看的眾人都大吼：「太危險了！」「別跑了！」但自裕看起來好爽快。

入夜以後，除了大雨警報之外，又加上了洪水警報。打雷警報也依然維持著。不過，網路上的天氣預報說，激烈的雷雨今晚就會停止，明天一早會放晴。

這場雨也只下到今晚嗎……？

我從自家二樓望著周防的街景，嘆了一口氣。雖然才剛過晚上九點，但也許是覺得雨下成這樣做不成生意，店家都早早打烊，辦公室的人也都不加班了，街上的燈火比平時稀疏了許多。雨早點停比較好，卻又希望能再下久一點。我想對彷彿要洗去一切的大雨說：「下到你爽為止吧！」

自裕也是這麼想，才會拿自己獻祭一般，在操場奔跑吧。雨點那麼大，又下得那麼猛，全身一定被打得很痛。一定也有好幾次差點被泥濘的土絆倒吧。也有可能遭到落雷直擊。搞不好每次打雷，他都心驚膽跳。

可是，自裕絕對就是想要這樣。所以即使全身濕透、制服濺滿了泥巴，他還是繼續在操場奔跑。明明跑個五圈就很夠，但誰叫他說了「十圈」，後半都跑到快虛脫。但總之看起來很暢快。

自裕跑完十圈後，把書包留在教室，直接離開學校了。是用手機裡的電子車票搭公車回家了吧。乘客一定覺得這個濕泥人很討厭。

後來自裕沒有連絡我。我也是，好幾次LINE訊息都打好了，但猶豫到最後還是沒有傳出去。我覺得，現在這樣就好了吧。

浴室通知熱水放好的鈴聲響起。我立刻準備浴巾和衣服。本來把手機裝進防水套裡，但又打消念頭，拿出來擱到桌上。

畫面再次顯示一個小時前收到的大輔的簡訊。

〔醫生說這一、兩天應該還可以正常說話，但接下來就沒辦法保證了。〕

是小惠的事。

我懂。我完全懂。

我沒有回覆。

大輔也打電話來了。有兩通來電紀錄。兩通都留了語音留言。

什麼時候都行，今天晚上再晚都可以，明天以後也行，如果妳改變主意，就打電話給我——

我還沒有回覆。不到最後一刻，我拿不定主意。

我換上T恤和短褲，走到陽台。沒有人會看到，但我挑了最喜歡的無袖深藍色T恤。

從陽台衝向庭院——

彷彿料準了這個時機，雷光一閃，落在了近處。

雨好痛。從天而降的雨滴不用說，在地面反彈打到小腿的雨滴也滿痛的。可是好爽快。我在肩膀高度展開雙手，臉朝著正上方。感覺雨滴會直擊眼珠，所以我用力閉緊了雙眼，讓雨滴打在眼皮上。哇，好痛。眼皮一放鬆，雨點打上來的衝擊也傳到了眼珠，搞不好會被打成腦震盪。

雨滴也打在額頭、臉頰、鼻子、下巴。雷光亮起。光瞬間穿透眼皮。落地。爆炸般的雷鳴同時震動天空與地面。

我不怕。劈到就算了。

習慣雨打的疼痛後，漸漸覺得有點不過癮了。白天自裕跑了操場十圈真是做對了。

我家的庭院太小了，沒辦法奔跑，因此我展開雙手，像陀螺般原地打轉。

也喊出了聲音。是不成話語的聲音。不必說話。就算盡情大吼大叫，雨聲也會幫忙蓋過，不會吵到鄰居。

頭暈目眩。腳步踉蹌。泥巴穿進赤腳的趾縫間，感覺癢癢的，又有點懷念……

腳在泥濘上一滑，失去平衡，我差點跌倒。踏緊雙腳想要撐住，又轉念想「跌倒了又何妨」，於是結結實實地摔在地上。一開始是四肢跪地，但我覺得既然都跌倒了，索性翻過來，在地上躺成大字形。

背部陷入泥濘裡，就好像泥巴從後方擁抱住我一樣。

雨滴扎上來。扎上全身。

我仰躺著大聲呼喊。

「我要去了——！」

去哪裡？

「等我吧——！」

去做什麼？

我撐起身體。擴展在庭院另一頭的周防街景，被濛濛雨霧所遮掩，幾乎看不見。在這當中，只有亮著燈的新幹線周防站朦朧地浮現。

我注視著車站，調勻因大喊的餘韻而變得急促的呼吸，在雨聲中，以自己都聽不見的音量說：

「……小惠……」

如同天氣預報，午夜以前，雷雲便離開周防上空了。雨勢也漸漸轉弱，在夜裡停止。

日出時間是凌晨五點多。多虧激烈的雷雨洗去了空氣中的髒污，朝霞美不勝收。

我清晨四點就起床了。雖然只睡了大概三小時，但醒得神清氣爽。

吃冰箱裡的剩菜當早餐，檢查裡面還有什麼，把能冷凍的都移到冷凍庫去。我要離家一陣子。一、兩天，三、四天……或是更久，得去到那裡才知道。

我穿著睡衣走出庭院，以目光搜尋昨晚呈大字形躺下的地點。後來雨仍下個不停，因此地面處處泥濘，什麼都看不出來了。濺起的污泥把陽台和花園椅也弄得髒兮兮的，但院子裡繡球花的藍色更顯艷麗。雨下得那麼大，花卻幾乎沒有被打散，維持著原狀。我完全理解阿嬤比起櫻花，更愛繡球花的心情。

我回到房間，穿戴整齊，行李箱裡先放了三天的換洗衣物。最後，說聲「不好意思」，把手伸進佛壇裡，將寫著阿公阿嬤法名的牌位放進行李箱，請他們跟我一起去東京。他們一定很想見面。不管是阿公阿嬤，還是小惠都是。

新幹線的首班車，是六點四十分從周防出發，前往岡山的「光號」。在廣島轉乘「希望號」，就能在十一點多抵達東京。不過，等公車首班車的話，會來不及。

所以我用走的。在日出的同時，我步出家門。山手地區名符其實，是依山而建的住宅區，綠意也比市中心更豐富，因此雨後的清晨經常朝霧迷濛。今早也是如此。擊打地面的大雨之後，青草和泥土的氣味顯得比平時更為濃郁。

我喀啦喀啦地拖著行李箱走下坡道。走個一小時應該就能到車站了，而且進入市區以後，也可以搭到首班車較早的路線公車吧。反正就算沒搭上那班「光號」，也不會給任何人造成麻煩。而且，要去東京這件事，我還沒有告訴任何人——無論是大輔還是葛城。

但我還是想要在這個時間離家，可以吧？我想和朝陽初升一同出發。想要讓一天的最初，成為這趟旅程的起點。

我要去跟小惠道別。

不過我不是把它視為結束，而是開始。

第十一章

1

我現在人在澀谷站——

我打電話到布萊梅旅程的辦公室。接電話的大佛只說「我立刻過去」，便掛了電話。

不過她說的「立刻」，實際上花了快一小時。就像美結說的一樣，澀谷站是鄉巴佬不可能攻略的大迷宮。

大佛也不是說「歡迎」，而是笑著迎接我：「辛苦了，妳一定迷失了很久吧？」還調皮地使眼色：「這裡的『迷失』，語帶雙關喔。」

被識破了。

「一早社長就說，小遙可能會過來……」

大佛回頭看社長：「真是神機妙算呢。」

正在看體育報的社長眼睛沒有從報上移開，說：

「葛城比我還要早。他昨天說，遙香同學還會再回來。」

葛城也在辦公室。社長提到他時，他便停下電腦工作站起來，與我對望，落寞地笑道：「比我猜想的還要快。令堂狀況不好嗎？」

「……嗯。」

「妳現在要去見她嗎？」

「……對。」

「這樣，好。」葛城只回應了這麼一句，又繼續去工作了。

沒有安慰、鼓勵或建議。但因為中間隔了兩天，他的冷淡令人莫名懷念。

大佛接下話頭，問：「妳坐新幹線來的？」

我點點頭，她說：「坐到一半有沒有想說早知道就搭飛機，可以直達？」確實如此。我再次理解了星期天社長讓自裕搭飛機回家的理由。

新幹線停靠太多站了。黎明時分離家時，我心意那麼堅定；然而在列車上搖來晃去，連心都跟著動搖起來了。每當聽到即將到站的車內廣播，就坐立難安，尤其在要從「光號」轉乘「希望號」的廣島站月台，我好想跳上開往博多或鹿兒島中央的下行列車……

買了前往東京車站的車票後，我用乘車APP查了一下。要去澀谷的話，東京車站前一站的品川站會比較近，但我沒有在半路下車，一路坐到東京。只要確實坐到終點站，也許決心又會再次鞏固起來。這是連自己都覺得莫名其妙的理由，但意外地做對了。

東京車站光是東海道．山陽新幹線[1]，就有好幾個月台，也有一堆列車資訊板。看到資訊板上許多的「希望」兩個字，我漸漸打起精神來了。有希望。心態變得積極後，我感覺到自己在月台和通道上前進的腳步，也變得強而有力。

我趁著幹勁還沒有消失，打電話給大輔。

大輔傻眼地說：「東京？妳已經在東京了？」但也說：「早一天是一天。畢竟明天或後天，不曉得狀況會怎麼樣。」

不過大輔今天工作很忙，下午前都無法脫身的樣子。他抱歉地說：「如果需要，我馬上連絡麻由子……」

可是，沒問題的。我也比較想要傍晚見面，因為我打算在見小惠之前，先去一趟布萊梅旅程。

所以——我對繼續用著電腦的葛城說：

「我來這裡，是想要請教你許多事。」

葛城盯著螢幕，點點頭說「我知道」，接著道：

「我想妳很急，不過再等我三十分鐘。」

「喔……」

1　東海道新幹線為往返於東京與新大阪之間的路線，因多數列車班次與山陽新幹線直通運轉，故時常被合稱。

「我不想費兩次工夫。」

我怔愣不解。葛城把手機遞給大佛，大佛讓我看螢幕，說是半小時前收到的簡訊。

〔我中午以後過去玩。〕

是自裕傳的。

「你們真是好搭檔。」

社長笑道，悠閒地把體育報翻頁。

就如同我猜想的，星期天自裕回到家以前，社長連絡了他的父母，拜託「請不要追問他」。

他應該很快就會主動說出離家出走的理由——

社長如此確信，只是也沒想到「很快」竟是「隔天」。

「欸，小遙，星期一在學校發生了什麼事嗎？讓自裕甩開迷惘的事。」

大佛問。我馬上就想到了，忍不住苦笑。受不了，實在太好懂了。

我說出自裕在雷聲大作的傾盆大雨中跑了十圈操場的事，大佛起先嚇了一跳，但立刻一臉瞭然地說：「真的很像那孩子。」

「很單純對吧？」

「真的，我都可以想像出來。」

結果，社長用體育報遮著臉，插口道：

「遙香同學，妳來東京之前，是不是也做了類似的事？」

「——咦？」

「感覺妳也意外地滿單純的。」

雖然看不到臉，但社長一定還是那張撲克臉。葛城也專心工作著，表情沒有變化。大佛連他們兩人的份一起瞪圓了眼睛，看向我，問：「是嗎？」

我沒辦法，點點頭：「對……我做了滿類似的事。」

大佛連說了三聲：「很好啊！」眼睛又變成了「（」符號。

完全被看透了。真不甘心。但，有人能看透自己，就像星期六也感覺到的那樣，其實還滿不賴的。

大佛把話題拉回昨晚的自裕。

自裕渾身濕答答地從學校早退回家，但母親和星期天一樣，刻意什麼都沒問。她遵守了和社長的約定。從阿姨的個性來看，一定憋得很難受吧。

自裕也是，回家後沖了個熱呼呼的澡之後，一直關在自己的房間裡。但，為了避免母親操心，他在門上貼了張寫著「重開機中，請勿操作」的紙，真的很像他的作風。

接到母親連絡，父親當天也不加班，提早回家。等父母都在家了，自裕也走出房間了。

準備萬全，重開機——

大佛的敘述終於要進入正題時，社長的聲音忽然響起：

「啊，不好意思三番兩次打擾。我是布萊梅旅程的葛城，剛才謝謝您了……」

體育報擱到桌上，總算看到社長的臉了。

他在用手機講電話。

簡直就像是故意挑這個時機、打斷大佛的話……？

但大佛沒有困惑的樣子，點點頭說：「這樣啊，好好好。」葛城也面不改色地繼續用電腦。

「抱歉，我這人個性急躁，變得像在催促一樣，真不好意思。」

社長一邊道歉，一邊看向我，確定我在聽後，口吻變得鄭重：

「那麼……北嶋女士，您那邊怎麼樣？」

北嶋——自裕的姓氏。

「對，是、是……」

社長一邊附和，一邊聽「北嶋女士」說話，臉上漾起笑意：「啊，這樣啊，太感謝了。」

「您們那麼忙，卻能夠諒解，真是太感謝了。」

即使只是聲音通話，社長仍將一手撐在桌面，深深行禮。我一頭霧水，但葛城和大佛都清楚是怎麼回事，同時表示這是值得歡迎的發展吧。大佛在頭頂無聲地拍手，葛城也微微點頭。

「那，您先生正在前往周防的機場？」

社長對著兩人複誦。大佛的拍手變成握拳叫好。葛城也吁了一口氣，就好像越過了一道關卡。

「傍晚五點前到羽田嗎？嗯，這個時間很好，我想在那之前，我應該也跟令公子好好談過了。」

令公子——那，「北嶋女士」果然是……

「不好意思，可以麻煩您傳話給您先生嗎……是，請先把這個號碼告訴他。是我的手機。飛機一到羽田，請立刻連絡我……是，我會前去接機。」

也就是說，電話另一頭是自裕的母親，而父親正在前來東京的路上……

「今天事發突然，匆匆忙忙的，下次我一定親自拜會……是……好的，我明白……」

接下來好一段時間，自裕的母親一個人說個不停。社長說到一半，應答的聲音沉了下去，附和也變得像在鼓勵，也許是阿姨哭了。

「沒事的。」

大佛小聲告訴我緣由。上午，自裕的母親打電話來，說出了昨晚自裕「重開機」的詳細情況。

社長慢慢地說。聲音鬆弛且沙啞，聽起來卻十分可靠。

「他……令公子很堅強。我們都很清楚這一點。」

社長說完，笑道：「兩位做父母的也非常清楚吧。」可靠變成了包容的溫柔。

社長掛斷電話，把手機放到桌上，再次望向大佛，以恭敬的手勢催促：

「抱歉打斷妳們說話了，請繼續。」

大佛以「（」的眼神笑道：「沒關係，我愈挫愈勇，愈挫愈來勁。」

接著，她轉向我——

「自裕的事，小遙妳也要好好咀嚼，要是嚼不斷，就先吞下去，慢慢消化。」

聽起來好像只是在說冷笑話，卻又彷彿無比嚴肅……

2

自裕把一切都告訴父母了。自己能看到別人的記憶、布萊梅旅程真正的業務內容，以及在父親節那天看到了父親的記憶，都不給父母插口的餘地，一鼓作氣地說完。

他不是要抱怨——完全相反，是為了父母。同時，也是為了父母摯愛的、過世的哥哥。

大佛先聲明「細節小遙妳自己在腦內修正一下」，就像在說大河劇[2]的故事大綱一樣，告訴我大概的經過。

「自裕把父親還留著哥哥的記憶這件事告訴了父母。」

只是這樣而已，自裕的用心就無比真實地深深觸動了我。

爸，你不用擔心——

自裕鼓勵父親。

或許爸擔心自己會慢慢忘記哥的事，可是完全不會的。不管經過幾十年，哥的事還是會留在爸的記憶裡。就算上了年紀，回想不起來了，還是可以在死前的走馬燈裡跟哥重逢，所以放心吧。

媽也是——

自裕也鼓勵母親。

妳剛才聽了，是不是覺得哥只存在爸的記憶裡，覺得很嫉妒？可是沒事的。因為哥不是很可愛又很聰明嗎？他留在爸跟媽兩人的記憶裡。嗯，我可以保證。不然等一下我可以看一下媽的記憶。

哥，真是太好了呢——

自裕也鼓勵哥哥裕。

我好羨慕哥。只活了三年，卻永遠活在爸的記憶裡，也絕對在媽的記憶裡。所以你可以放心。你要在天堂保護爸和媽，還有，雖然沒見過，也要保護我這個沒用的弟弟啊，拜託了！

討厭啦，說著說著我都要哭了——大佛說。

大佛完全沒有描述任何細節，我卻能清楚地想像出自裕的聲音和表情。

2　日本NHK電視台自一九六三年起，每年製作一檔、每檔約五十集、每集約五十分鐘的長篇連續劇，主題以日本某時代的歷史或人物為中心。

最後，自裕用一句話總結了這件事。大佛只說「他好像說『你們也要記得我喔』」，但自裕的話在我的心中迴響不絕。

所以啊，要是你們也可以稍微把我放在記憶裡面，我會很開心的……因為難得我也出生了，雖然沒有哥那麼可愛，也沒有哥那麼聰明，但我好歹也是爸跟媽的兒子……所以也把我記住吧，就算忘記也沒關係，不過至少在死前一刻，在走馬燈裡再見我一面……

別說了，我真的哭出來了。

不過，自裕的父母並非感動，而是驚慌失措。這也難怪。突然聽到兒子說「我有看到別人記憶的力量」、「布萊梅旅程的人能看到別人的走馬燈，還可以修改走馬燈的圖畫，這就是他們的業務內容」，也不曉得該如何應對，搞不好還想要立刻把他拖去醫院。

自裕也早有了心理準備。

「我想爸媽現在一定覺得莫名其妙，一團混亂，但總有一天你們會懂的。嗯，沒問題的！所以，再聽我說一下吧。」

自裕說，明天——也就是今天，他要再去東京一趟。

「我想成為走馬燈繪師。布萊梅旅程也說我有這個天賦。」

這是真的。但「他們說我是百年難得一見的奇才」是唬爛。

總之，自裕說想去東京是認真的。

「他們讓我幫忙了一個案子。」

是村松母子的案子。

「我想見證那個案子到最後。雖然我應該也派不上什麼用場，但光子阿嬤的走馬燈最後會怎麼樣、她的兒子達哉先生會怎麼做……我還是很關心。」

自裕在客廳地板向父母下跪。

「求求你們！」

從明天開始，讓我向學校請假一陣子。去東京的旅費，也從零用錢和壓歲錢預支。

「到東京以後，布萊梅旅程會照顧我。」

自裕任意地決定，並說「社長說，只要打電話給他，他就會好好說明」——全部都是瞎掰的。

當然，父母不可能答應。他們認定自裕是為了蹺課去東京玩，而編造出一個誇張離譜的藉口。

父親火冒三丈，很快就叫他別說了。母親也沒有再理他。

但母親還是在總放在餐櫥櫃抽屜裡的錢包上，貼了便利貼：

〔如果你要去東京，一定要打電話回家。〕

今早，自裕像平常一樣離開家門，乘上去學校的公車，然後沒有在周高的大門下車，而是坐到車站。

母親的錢包上，貼了新的便利貼：

﹇我借了三萬圓。到周防車站時會打電話回去。﹈

自裕如同約定，打電話回家報平安。不過不是一到車站就打，而是乘上「希望號」老久，把買上車的便當都吃個精光後才打。

「我很快就會回去。詳情請打電話到公司。拜。」通話時間：五秒。

我覺得這真的很像自裕母親會做的事。

說來說去，阿姨都超級溫柔。

因為太溫柔了，她絕對忘不了自裕過世的哥哥。但她的心裡，絕對也有自裕的一席之地。

而自裕無視母親這種溫柔的做法，一樣很像他。

在這種時候害臊、耍寶、搞笑、惹人皺眉、挨罵……然後才總算能卸下重擔，他就是這種個性。

自裕甚至沒有打電話給布萊梅旅程，只有在新幹線裡傳簡訊到葛城的手機。

﹇我正在去東京的路上。我剛才跟我爸媽說了。要是他們打電話過去，再麻煩了。﹈好像連傳了五組下跪拜託的顏文字。

「應該是覺得打電話會被罵吧。真是，現在的小孩子，就只想到自己……」

大佛嘆氣說「受不了」，眼睛卻完全是「（」符號。看起來也像是奈良或鎌倉的大佛般，洋溢著慈悲的光輝。

葛城在辦公室收到自裕的簡訊。他沒有生氣，甚至連驚訝都沒有。社長收到葛城的報告，也滿不在乎地說：「好，那要是自裕的父母打電話來，就轉給我。」

「社長和小圭全都算到了。那對父子實在了不得。」

厲害厲害！大佛吹口哨鼓譟著，讓葛城父子窘在那裡，但我覺得她也很了不得。

一會兒後，自裕的母親打電話到公司了。

接電話的社長，完全配合自裕的說法，彷彿他前晚也在北嶋家一樣。

「請不用擔心令公子。他在東京的期間，我們會負起責任，把他照顧好。」

社長拍胸脯保證，把話頭拋向父母：

「倒是兩位如果不嫌棄，要不要也來東京看看？兩位一起來也行，或其中一位……就算只有父親一個人也好……」

我想好好談一談自裕同學看到的父親的記憶。

「我很清楚這個要求太突然、太強硬，而且自私，但我想令公子——北嶋同學的家人，現在正處在非常重要的轉捩點。我們希望你們能好好地面對彼此。」

母親說「我跟外子談談」，掛了電話。三十分鐘後，社長再打過去時，母親說父親會去東京。

那就是剛剛這裡發生的事。

「很厲害對吧？」大佛說。「一下子就決定來東京了呢。當天才問他意願，而且是為了這麼莫名其妙的事，明明還有工作在身……但自裕的父親還是為他來了。」

社長以悠哉的聲音從旁補充：

「從媽媽的說法聽來，她好像本來也要來的。但應該是被父親阻止了吧。說想要父子兩人好好談一談。」

聽到這話，葛城也說：「這個決定很明智、真誠，也很體貼。」

「自裕的父母真的很棒。」大佛說，社長也接著說「他是個好兒子」，葛城大大地點了幾下頭，就像為兩人的話做結。

3

「好久不見！」

自裕比說好的時間晚了許多，打開辦公室的門，笑道：「天哪，澀谷站真是個大迷宮，我還以為一輩子都走不出來了……」下一秒，他看到我，定格了半晌。好不容易開口，說的話卻莫名其妙：

「妳是來抓我回去的？」

「這話不通吧？是我先來的。」

「不是，可是心有靈犀……」

「誰跟你心有靈犀！」

「那妳怎麼會在這裡？」

「我也是經歷了很多的。」

自裕歪頭納悶，接著露出恍然的表情，說：

「啊，是為了妳媽……才又來的嗎？」

「對。我要去國立見她。」

「今天、等一下嗎？」

我點點頭，自裕說「也就是說……」，把後面的話吞了回去。他也沒有要求我說明更多，用手勢制止，表示「ＯＫ我瞭了」。

自裕油腔滑調，是個聒噪的話癆，凡事都直言不諱，惹人蹙眉，但在真正重要的關頭，卻比我成熟多了。

我和大輔約好下午三點在醫院玄關前碰面。

因為自裕和我半斤八兩地在澀谷車站迷路，時間已經很趕了。

葛城對自裕的玩笑話一概充耳不聞，把我們帶到會客區，開門見山地說：

「自裕，你跟我去成城吧。」

「——咦？」

「跟村松先生打聲招呼，這個案子就結束了。」

「真的可以嗎？」

「你來東京，不就是為了這個目的嗎？也不問、不管我們的方便，擅自跑來。」

葛城把自裕數落得只能道歉「對不起……」，接著笑道：

「不過，這也不是壞事。看一下現在的達哉先生，確實對你非常重要。」

「跟前天見到的時候不一樣嗎？」

「完全不同。」

「前天達哉先生恐慌之後，不是看開了嗎……？」

「今天早上達哉先生又打電話來，要我把走馬燈再次重畫。」

「——咦？」

不只是自裕，連我也驚訝地出聲。葛城星期天對自裕說的「應該還會有一次」真的應驗了。

「昨晚他再次深陷迷惘，徹底思考之後，今早打電話給我。」

「……果然是要刪掉不倫的部分？」

「不是。那些可以繼續保留……應該說，非保留不可。」

達哉最新的、最後的要求，是把一度從走馬燈刪除的場面再次放回去。

對光子阿嬤而言珍貴的回憶，就那樣珍惜地保留下來；相對地，折磨光子阿嬤、讓她一直對達哉感到內疚虧欠的部分——

「也要保留下來。」

「真假？」自裕驚呼，問道：「留下了什麼？」旋即露出恍然大悟的神情。

我也知道是什麼。一定是那個畫面。就只有那個場景了。

是達哉目不轉睛地注視著不倫中的光子的臉——

葛城沒有主動說出答案。他看出我們兩個都想到正確解答了。

自裕深深地嘆了一口氣，對葛城說：

「那張達哉先生的臉，並非現實中具體某個時刻的臉呢。」

「沒錯。」

「這也代表說，在周防那段時期，光子阿嬤一直對兒子感到虧欠。」

光子日復一日處在痛苦之中，到了無法說出是何時何地的程度。她飽受罪惡感折磨，卻無法斬斷與近藤的情緣。想像這樣的歲月，連我都覺得胃絞痛起來。

「這對光子阿嬤來說是痛苦的回憶吧？然後達哉先生的要求，是請布萊梅旅程把所有痛苦的回憶都刪除對吧？所以葛城先生依照一開始的要求，把它刪除了吧？」

自裕逐一確定之後，迷惘地說：「我不懂……」他用力搖頭：「好不容易刪除了，為什麼又要在最後留下來？這樣做不就沒有意義了嗎？你不這麼覺得嗎？」

這個問題，不是葛城回答，而是忽然走進會客區的社長接話：

「啊，終於大功告成了，幹得好。途中我還擔心會怎麼樣，但最後一刻，終於久違地完成了美麗的走馬燈。」

自裕不服氣地說：

「可是明明留下了難過的回憶。」

結果坐到葛城旁邊的社長，一臉意外地反問：

「難過的回憶有什麼不好？」

「咦？可是……」

「完全沒有後悔的人生，就那麼幸福嗎？」

「——咦？」

「葛城好像也跟你說過，但我再說一次好了。」

不留下後悔，和抹去後悔，是兩回事——

「不留下後悔比較好。嗯，很好。但後悔是無法抹去的，任何人都一樣。」

「我……不懂耶……」

「你不必懂。高中生不可能會懂。」

社長哈哈一笑，說：「任何人都會有後悔的。既然如此，留下一些後悔的人生也不壞啊。『我的人生沒有絲毫後悔』，這要是漫畫台詞，是很帥氣啦，但現實生活實在難以做到對吧？」

所以囉──社長接著說：

「葛城也是最近才漸漸明白了。」

聽到社長的話，葛城聳了聳肩。現在的兩人不是父子，也不是社長和員工，而是走馬燈繪師的師徒關係吧。

「每個人都相信，沒有後悔的人生是幸福的。所以我們的客戶也動不動就想拿掉後悔。」

自裕想要開口，社長制止說「可是啊」，語帶曉諭地接著道：

「沒有後悔的人生、相信自己一次都沒有做錯的人生，這或許也是非常自以為是的人生喔？」

自裕語塞。社長以相同的語氣繼續說道：

「任何人都有做了而後悔、沒做而後悔的經驗。這樣就好了……這樣才好。如果做錯事，卻沒有一絲後悔，這樣的人根本沒救了吧？」

社長沙啞的聲音並不咄咄逼人，自裕卻低下頭，再也沒有抬起。

「村松光子女士年逾八旬，都罹患了失智症，卻仍為了四十多年前的不倫向兒子達哉先生道歉。若是丈夫征二先生還在世，她也會向征二先生道歉吧。她感到歉疚，一直為此心虛自責……但也許就是因為懷抱著這樣的歉疚與自責，她才能成就這一生。我是這麼認為。」

因此，在人生最後一刻，在走馬燈裡體會那份後悔——

「是在向那個人的一生致敬。你一直為了那次錯誤而懊悔，這件事值得喝采，也值得慰勞。即使一輩子後悔，錯誤也不會消失。但若是沒有發現錯誤，人甚至沒辦法懊悔。」

社長一直對自裕述說光子阿嬤的事，但聽在我的耳中，卻強烈地感覺社長的話都是對著小惠和我在說。

「後悔是只有人類才做得到的事。」社長說完，搞笑地道：「雖然我也沒問過貓狗啦。」

我們沒有笑。取而代之，嚴肅無比地點點頭。自裕的表情變得苦澀。是理智上理解社長的話，感情上卻仍無法接受吧。

社長對這樣的自裕說：

「人生並不是競技比賽啊。」

「咦？」

「人生沒有裁判。是出局還是安全上壘、是對是錯，彼此好好地爭一場就是了。可以用誰欠誰一次來解決，就算你來我往地爭執到最後吵起來，那也不壞。」

不會有冷靜公平的第三者來判定正確或錯誤。做決定的是自己和比賽的對手。只要彼此同意「這樣就好」，判決就成立；若是不同意……

「小孩子玩遊戲不是都這樣嗎？不管玩什麼，裁判都是大家輪流當，總是有辦法玩下去。」

確實如此。

「要是人生有裁判，絕對會很痛苦。你那天做的那件事是錯的、你的人生是不幸的——我才不想被這樣宣告呢。」

這話也完全沒錯。

「窺看他人的記憶，也等於是站在裁判的位置，可以決定孰對孰錯、幸或不幸。所以……」

社長轉向我，說：

「我們可以當觀眾席上的啦啦隊，但不可以變成裁判。」

這是……在說小惠的事嗎……？

清晨葛城趕到安養院，為光子阿嬤進行走馬燈最後的修改後，光子阿嬤就彷彿理解了這件事，血壓一口氣下降了。她從昨晚就幾乎沒有排尿，現在好像連脈搏都測量不到了。

「真的是在最後一刻趕上了。」

社長對葛城笑道：「在公司過夜的心血沒有白費了。」即使案子結束了，葛城仍考慮到——相信著——客戶或許還會再次要求修改，而留在公司。

好厲害，原來走馬燈繪師的工作就是這樣！我不禁胸口一陣澎湃。

相對地，自裕噘起嘴唇說：

「可是啊，把已經刪除的東西再放回去，很那個耶。既然要留下不倫的記憶和罪惡感，豈不是繞了一圈，又回到原點了嗎？」

社長聞言，雲淡風輕地說：

「不管是繞了一圈，還是剛起跑就跌倒，又或是跑的方向根本不對……那又有什麼關係呢？」

實際上，完全回到起點的案子似乎也有過好幾次。客戶猶豫再三，把加上去的畫面又刪除，把刪除的畫面又放回去，次序也拿不定主意，重新安排了好幾次……結果維持原狀。

「那，等於什麼都沒做？」

「不，完全不同。繞了一圈之後回到原點，跟從一開始就在原點，怎麼可能一樣？」

「呃，可是——」

「再說，走馬燈沒有開始或結束，就只是不斷地轉動著。沒有人知道哪裡是起點，哪裡是終點，搞不好根本沒有所謂的終點。」

社長又把目光移向我說：

「布萊梅旅程的『布萊梅』，是來自格林童話的《布萊梅的音樂隊》。葛城告訴過妳吧？」

我默默點頭。

「布萊梅是德國現在也真實存在的城市，童話中，老邁無用的驢子、狗、貓和雞為了加入音樂隊，前往布萊梅。」

「嗯……我知道。」

「可是驢子一行人沒有抵達布萊梅。他們在路上的森林搶走了盜賊的家，在那裡快快樂樂地生活。」

沒錯，確實如此。

「布萊梅指的就是無法抵達的地方。」

聽社長這麼一說，我恍然大悟。

「驢子一行人沒能抵達當初設想的目的地，但那則童話以快樂的結局收場。」

「……是啊。」

「所以我才把我們的公司命名為布萊梅。」

以無法抵達的城鎮為目的地的旅行社——

讓懷抱著未竟之志的人生圓滿落幕的公司——

「這就是我們。」

社長有些靦腆地挺胸說。

4

自裕見了光子和達哉之後，和社長一起前往羽田機場。

得知父親要來接他，自裕嚇得倒了嗓，甚至說：「我可以逃亡嗎？」但社長說「把離家出走的兒子帶回家，是父母的職責」，自裕儘管垂頭喪氣，表情仍有些開心。

「那，今晚加上我爸，大家要一起吃大餐嗎？」

真是不屈不撓，再接再厲，充分展現了滑頭鬼的志氣。

「真拿你沒辦法，可是……」社長面露苦笑，朝葛城努了努下巴。葛城也立刻察覺社長交棒給他的意圖，以變本加厲的陰沉、冷靜且冷漠的口氣說：

「你父親搭的是五點前抵達羽田的班機。那個時間，還有好幾班回周防的班機，在機場談過之後，直接回去吧。」

毫無談判餘地。就算是自裕，也只能閉嘴了。這時社長再次出聲：

「你回家吧。你媽在等你。」

自裕點點頭。他沒反駁，也沒有不必要地搞笑，溫馴地深深頷首，彷彿可以聽見點頭的聲音。

社長把目光轉向我，說：「妳最好也趁今晚回去周防。妳舅舅可能會留妳過夜，但今天妳會得到重要的事物。」

重要的事物——

「接下來，妳要去經歷一輩子只有一次的時光。在那裡感受到的、想到的、得到的、付出的、未能得到的、未能付出的——妳要把這些都好好帶回去。」

社長把雙手擺成碗狀，說：

「重要的事物，明天可能就會消失了。所以妳要趁今天珍惜地帶回去。」

社長雙手形成的碗，當然空空如也。但我彷彿在掌心上看見了發亮的東西。

接著社長看向我倆，說：

「幸福的人生，和幸福地結束的人生，是不同的。」

無論再怎麼幸福的人生，都有可能在最後一刻搞砸。相反地，即使是事事不順、充滿了失敗後悔的人生，也有可能在最後一刻歡笑。

「我們無法為客戶打造幸福的人生。這只能由本人自己來。每個人的人生，只有本人才能打造。」

但人生的終結就不同了。

「我們的工作，是協助客戶的人生幸福地落幕。」

描繪走馬燈——增加、刪除，或調整順序，讓客戶能安詳地迎接臨終那一刻，微笑著離世。

「幸福的人生百百種。經濟上的幸福、社會地位的幸福、家庭圓滿的幸福、夢想實現的幸福……

有一百個人，就有一百種幸福的人生。」

但幸福的人生落幕，就只有一種。

「在臨終那一刻，全盤接納自己的人生，緊緊地擁抱它，然後展開雙手，讓那段人生飛向天空。」

緊緊地擁抱再放開——

社長以動作重複了一次，眺望著遠方說「就像蒲公英的絨毛吧」，接著道：

「能在最後一刻飛向遠方，這樣的人生還是很美好吧。」

他最後補了句「即使不幸福，也是一樣」。

聽到這話，不知為何，我聽見了歌聲。

小惠隨風飄，悠悠晃搖搖——

小惠隨風飄，悠悠晃搖搖——

明明並不存在於真實的記憶中，我卻知道那是年輕時的小惠的歌聲。

我一個人前往國立市。

「妳要單槍匹馬去見妳媽？」

自裕擔心地說。

「我舅舅也在。」

「可是妳舅舅住在東京吧？周防隊只有妳一個人，太不公平了，我也要去。」

「——什麼？」

「村松母子的事很重要，但妳更年輕，還有未來，而且我跟妳認識這麼久了。雖然我不能做什麼，但多個人陪總是比較好。」

這番道理令人不是很懂，不過在吐槽之前，我得提醒一聲：

「自裕，你得在五點前到羽田機場吧？」

「啊……對喔。」

他真是悠哉到令人傻眼。不過自裕就是會在這種時候完全忘了自己，跑來擔心我。

社長苦笑：「你們分頭加油吧。接下來是你們各自的重要時刻。」

大佛也把眼睛瞇成「︶」型，說：「放心，就算分隔兩地，兩邊也都會順利的。對吧？小圭？」

被大佛這麼問，葛城維持著平時冷漠的態度，聲明「我可沒辦法不負責任地保證」，接著說：

「但你們兩個都不是為了自己，而是為了對方才去見面……只要別忘了這一點，一定能順利吧。」

我是為了小惠。

自裕則是為了爸媽和哥哥。

「對，沒錯。」大佛接過話頭，對我說：「小遙，為妳媽留下最棒的回憶吧。在妳媽的心裡，還有妳的心裡，刻下絕對會留在走馬燈的無比寶貴的回憶。」

她也轉向自裕，接著道：

「為你爸增加一個引以為傲的兒子的回憶吧。你哥也是，一個人太寂寞了，你這個弟弟要陪在一旁。」

彎成「(」形狀的眼角有淚光閃動。大佛自己也發現到這件事，應該是為了掩飾害羞，擺出大佛的姿勢，要自裕和我合掌膜拜。

我們和布萊梅旅程的成員在辦公室道別。我們的道別詞不是「謝謝你們照顧」或「再見」，而是「我們回頭再來」——希望他們能體會話中的心意。

社長也輕鬆地回應「回頭見」，大佛笑道「別在澀谷站迷路了」，葛城則是陰沉地提醒「在吉祥寺站也別迷路了」。他們三人都沒有道別，所以，就相信他們完全理解了我的心意吧。

自裕也在電梯裡說：

「真好，小遙完全被當成一分子了。」

「你不也是嗎？」

社長和葛城都直接叫自裕的綽號，大佛也開心地吐槽他，感覺非常疼他。

「嗯，可是……小遙感覺是超大型新人、備受矚目的職棒選秀第一指名，但我就像拚命賴著不走，才勉強被收留當徒弟的小龍套？」

「你本來就是這種角色吧？」

「小龍套角色？」

「不是啦，是人見人愛角色。」

所以社長才會叫自裕「送遙香同學下樓」。大佛調侃說：「跟小遙小倆口一起喔，真好——」葛城依然陰沉地提醒：「我們也很快就要出門了，快去快回。」

「大家絕對都很愛你的。不只是布萊梅旅程的人……你爸跟你媽也超愛你的。」

自裕就像個小孩子一樣忸怩起來。是一時反應不過來，想不到該如何耍寶掩飾害羞吧。電梯到一樓了。我用拳頭輕碰了一下自裕的背，說：「別害羞了，自裕！」走出電梯。自裕也一個箭步超過我，繞到我前面。

「大家也都愛妳的。」

他嚴肅地筆直看著我說。

「妳阿公阿嬤一直很愛妳，妳媽也愛著妳。」

我這麼相信——他接著說，用雙手大拇指比讚。

「我們現在就是要去確定這件事，對吧？」

我默默點頭。感覺要是開口……會發生有點糗的狀況。

第十二章

1

公車從國立車站出發，穿過站前商店街，在民宅林立的大馬路上開了一段路，接著偏離主街道，進入綠意盎然的一角。

看看Google地圖，這裡有大醫院、醫療機構、療養機構、特殊支援學校匯集，光是這類機關，就形成了一個街區。還有醫生宿舍、護理師宿舍，甚至是護理師專門學校。

許多醫院和機構都冠有「綜合」二字，實際上每一棟建築物也都很大，名符其實。進出的人很多，有門診病患、住院病患、陪伴的人、探望的人、醫療工作人員、各種業者，因此街區各處的停車場幾乎都是滿的。

公車會在醫院和學校前面的站牌繞過一圈，再回到主街。我在那一圈的途中，醫院前面的站牌下了車。

大輔就坐在站牌附近的長椅上。我在澀谷站打電話給大輔時，他也已經在路上了，說「我應該會比妳早到一些」。

我們上次見面是星期六，隔了三天。和星期六不同，大輔今天沒打領帶，但穿著西裝外套。

「晚上有怎麼樣都無法脫身的工作……不好意思，再晚我也只能待到四點多……大約四點半。」

約一個小時。

「不過我想惠的體力也撐不了那麼久，所以也差不多吧。」

「……好。」

「本來想說我回去以後，換麻由子或美結過來，不過這樣好像也不太對呢。」

我也覺得。

「沒問題的。我一個人可以回去。星期六的時候我也是一個人回去。」

「如果妳想，可以在我家過夜……」

「謝謝。不過我還是要回去周防。」

大輔的表情微妙地難以接受，但很快轉為笑容：「好，妳想怎麼做就怎麼做吧。」

嗯——他點點頭，就像在確定自己說的話，靦腆地接著說：

「總覺得妳好像比星期六更成熟了？」

公車站前面就是一家大醫院。十一樓的建築物，屋頂還有直升機停機坪。大輔告訴我，這裡在東京都內也是規模首屈一指的綜合醫療中心，約十年前才剛落成，因此建築物還很新穎，醫療設備好像都是最先進的。

「不過小惠不是在這裡住院，她住的是更小的醫院。」

走路幾分鐘的鄰町，有一家專門做安寧照顧的私人醫院，與綜合醫療中心的緩和醫療科合作，為病患緩解不適，讓他們能舒服地迎接終點。

「床位只有十床左右，所以只是一棟矮公寓，說好聽就像民宿。建築物也是，老實說很老舊了。」

從國立車站出發的話，坐公車到醫療中心是最方便的，路線也比較好懂。

「但仔細想想，約在這裡或許錯了。」

大輔從公車站朝目的地走去，抱歉地說：「一開始看到那麼棒的醫院，妳可能會很失望……」

「不會的。」這是我的真心話。從公車站仰望醫療中心的建築物時，我反而畏縮了。因為我完全沒料到要在這樣的大醫院和小惠再會——實質上是初次見面。

得知是小醫院，我真的放心了。我覺得不只是我，小惠一定也認為比起大醫院，住在小醫院更好。

「雖然醫院又舊又小，但醫生、護理師和看護都很好，惠好像也待得很舒服。」

喏，跟我想的一樣。臉頰漾起笑意。我猜對了。跟小惠一樣。如果自裕也在，他一定會驕傲地說「聽到了吧？妳明明就很瞭解小惠嘛」——果然還是希望自裕在這裡。

小惠住的醫院，叫做「國立拉帕切」。

名字一點都不像醫院，而且實際站在二層樓的建築物前，怎麼看都是一棟老公寓，說民宿風還是大樓，都是過譽了。

「雖然冠著國立的地名，但地址是在府中市。國立這個地方很受歡迎。」大輔苦笑說。周防的公寓大樓也經常會這樣。

「拉帕切是什麼意思？」

「是義大利語，安寧的意思。」

我點點頭，注視貼磚的建築物。無論外觀如何，我覺得這個名字道盡了一切。

「好，我們走吧。」

大輔領頭開門，走進院內。

這裡是安寧照顧專門醫院，所以沒有門診病患，玄關離大門有段距離。寬闊的前院開著繡球花，前往玄關的通道兩側並排著牽牛花盆栽，雖然還不到花季，但再過一個月，應該就能欣賞到美麗的花朵。不過大輔說，住院病患在這裡生活的時間，平均約是兩星期。小惠是上上個星期住院的，所以或許……一定看不到牽牛花了。要是比起牽牛花，小惠更喜歡繡球花就好了。

大輔在一進玄關旁邊的櫃台辦了會客手續。手續比民宿入住還要寬鬆，應對的護理師也都非常友善。

大廳也和擠滿了門診病患的醫院截然不同。感覺比實際的地板面積和天花板高度更寬敞，如果這裡有暖爐或燒柴的壁爐，幾乎就像真正的民宿休息區了。

小惠住進來這裡是對的——

我的肩膀大大地起伏了好幾下，甩動雙手，舒緩緊張。

不過聽到辦好手續的大輔說「小遙，走吧」，身體瞬間緊繃起來，心跳也一下子加速了。

小惠的病房在一層樓有三間的單人房，最裡面那間——也就是走廊盡頭處。

「一般的話，會用一〇一號室、一〇三號室稱呼，但這裡不一樣，不是用號碼，而是直接用入住病患的名字稱呼。」

小惠所在的房間，就是「小川史惠女士的房間」。

「應該是因為房間數量不多，才有辦法這麼做……但這樣感覺很好。我覺得很感動、很開心，小惠能在最後一刻來到這家醫院，真的太好了。」

我也有同感。

「所以，喏……」

大輔在最前面的房間前停下腳步，向我指示門邊的名牌。

確實，名牌上不是寫著房號，而是只記載著住院的佐藤和子這位女士的姓名。同時，門上掛著軟木板，板子上貼著上了色的軟木文字「和子阿嬤」，還有佐藤和子被三個小孩子圍繞的照片。

「聽說是曾孫。」

房間裡好像裝飾著更多照片，以及總共超過二十名兒孫寫給她的卡片等等。

「已經近百歲了，真正是長命百歲呢。」

「……就是呢。」

隔壁的山本俊博的房間，用雙面膠貼著以毛筆寫的木製名牌「山本」。

「那是他長年居住的自家門牌。可能是擁有自己的房子，讓他覺得擁有了自己的城堡，失智初期的時候，好像不停地講蓋房子的事。」

山本俊博今年九十歲了。十幾年前，太太先走一步，直到五年前他都一個人生活，但出現失智症狀，不得不住進安養院。位於鄉下的住家，也在兒女討論之後賣掉了。

「所以這家醫院的這個房間，是山本先生最後的城堡。」

佐藤和子和山本俊博應該即將會看到的走馬燈上，畫著怎樣的畫呢？我打從心底祈禱全都是令人莞爾的畫面。

來到走廊盡頭了。

小惠的房間門上沒有任何裝飾。門旁的名牌寫著「小川史惠」。字跡往右下傾斜，很像小孩子的字。不是小惠寫的，而是護理師寫的——

「她沒有寫。」大輔帶著苦笑說。

不是沒辦法寫。

「她還有寫自己的名字的體力……但精神上有點沒辦法。」

這樣的話，「小川史惠」也跟「一〇一號室」沒什麼兩樣了。

「但本人好像已經不在乎這些了。」

這家醫院鼓勵病患從自家帶來入院前使用的物品。即使飲食沒辦法照舊，但水杯、擦臉的毛巾等等，都盡量使用家裡的——這是希望病患能在與自家相近的環境迎接最後一刻。

然而小惠退掉租屋處，把家私物品全部處理掉，兩手空空地來住院。

「不是形容詞，真的是兩手空空，連換洗內衣褲都沒帶。」

住院的時候，小惠拿了一筆現金給院方，請他們幫忙購買必要的物品。

「金額完全足夠，應該還有剩。如果有餘款，可以挪到住院費，而住院費……還有過世後最基本的葬禮和火葬、靈園的納骨費那些……金錢的準備和行政手續，她都辦好了。」

乾乾淨淨地結束一生。靈園她好像申請了合祀的納骨堂。不回到周防的墓地，和父母團聚。不在金錢上和墓地問題給任何人添麻煩，在遠離故鄉的東京，和許多人合葬在一起——或許就和活著的時候一樣，死後也繼續待在東京的人群之中。小惠是自己如此希望的。

「債務也是，除了我這邊以外，好像全部處理好了，而我也跟她說別在意我這邊。所以她可以卸下肩上的重擔，一身輕地上天堂了。」

大輔笑道：「我覺得有點羨慕呢。」又說：「雖然老實說，這讓我這個做哥哥的感到很寂寞。」

門鈴旁邊有盞小燈，顯示是否方便入內。好像可以躺在床上，用類似護士鈴的按鈕操作。可以進去的時候亮綠燈，不想見任何人的時候亮紅燈。現在是綠燈——大輔伸手確認指示之後，用那隻食指按下門鈴。

宛如小鈴般溫柔的聲音響起。

室內沒有回應，但大輔用眼色向我示意「進去吧」，打開房門。

2

房間像是飯店客房或單人套房。一進玄關，是衣櫃和盥洗室、廁所，經過短廊就是起居間。床鋪在衛浴後方，因此從門口看不到。沒辦法第一眼就知道小惠的情況。

「惠，是我，妳哥。」

大輔在門口打招呼。他經過走廊，接著說「小遙來看妳了」，用動作示意我先停在這裡。

「太好了，總算趕上了，嗯，終於趕上了……」

大輔進入起居室，停下腳步，身體對著床鋪。

「妳今天覺得怎麼樣？可以說話嗎？」

沒有回應，但大輔瞥了我一眼，向我招手說：「可以了，過來吧。」

我一口氣緊張起來，行走間完全感覺不到身體的重量。

大輔站在床邊。我來到他旁邊——終於見到小惠了。

小惠坐在床上，臉對著窗外。

「小遙來看妳了。」

大輔再次出聲。小惠面無表情地看著窗外，下巴微微一動。她聽得見。她注意到了。但她沒有回頭看這裡。

「太好了。妳一直那麼想見她……幸好趕上了……真的太好了……」

大輔感動得語帶哭音，然而小惠還是沒有看我。

她骨瘦如柴。手腳就像枯枝一樣，眼周也完全凹陷，幾乎形成黑影。不光是瘦而已，整具身體都很單薄，毫無水分與彈性，臉、脖子、手背這些睡衣遮蓋不到的地方，全都呈現灰敗的顏色。阿嬤過世不久前也是這樣。也許，為了活下去而必要的養分，已經無法傳送到全身每一個角落了。

這些我都預期到了，卻沒想到小惠會撇頭不看我。是狀況太糟，聽不見大輔的聲音嗎？或是連有訪客前來都無法察覺了？

窗外是後院。後院開著繡球花。雖然比前院狹窄許多，但植栽維護得宜，繡球花的藍，甚至比前院的更要鮮艷。

小惠就看著這樣的後院，沉默著。起初困惑「咦？為什麼？」的我，片刻之後也冷靜下來了。正確地說，是冷掉了。

不懷念。

小惠毫無疑問是我的母親，我們時隔十四年重逢，而且這應該是最後一次見面了，我的心卻波瀾不驚。

現在的小惠，形同尚未斷氣的遺骸。我希望她再健康一點，我才有辦法懷念過去，或是為了她拋棄我的事而恨她。

「喂，惠……妳怎麼了？突然害羞什麼啊……」

即使是大輔，也為了惠的毫無反應而焦急起來：「好不容易終於見面了，妳有很多話想說吧？」

他也朝我使眼色：妳也跟小惠說說話啊——

我知道，我知道，可是就不懷念啊……

小惠注視著窗外，終於氣若游絲地開口了：

「……對不起，沒有什麼可以說的。」

道歉的對象不是大輔，而是我吧。

「我們在妳懂事之前就分開了，也沒有回憶。」

沒錯。我之所以只能冷冷地面對小惠，理由一定也就在這裡。

「妳可以生氣。」

雖然沒有看我，卻是在對我說。

「妳可以恨我，也可以怨我……忘記我也沒關係。」

我默默搖頭。我並不想這麼做，然而身體——我的心，任意選擇了這個動作。

就這樣停頓了好一會兒。小惠還是一樣看著窗外，大輔也不知所措，最後只能沉默。

其實我想要繼續說下去。可是，我的嘴巴發不出對小惠的稱呼。

進房間以前，我原本打算叫她「媽」。這是我實際上一次都不曾說出口的稱呼。三歲以前的我，似乎都叫小惠「媽媽」。我沒有記憶，是大輔告訴我的。

我以為如果是現實中不曾使用過的稱呼，就能夠冷靜地把它當成道具使用。只要把它當成戲中角色的名字，我是在見一個叫做「媽」的角色，這麼稱呼她就行了……

我想得太簡單了。「媽」這個稱呼太強烈了，實在沒辦法當成角色的名字叫出口。但時隔十四年喊「媽媽」，感覺更假惺惺——比戲劇角色的「媽」還要假。

我無奈之下，決定省略稱呼。

「……妳在看繡球花嗎？」

小惠瞬間露出意外的神情，但很快地又面無表情。「花就在那裡。」她說。「就在那裡，所以看，這樣而已。」

「……妳喜歡繡球花嗎？」

小惠再次露出意外的表情，旋即變回無表情，說：「嗯，喜歡。」

「我也喜歡繡球花。」

這樣啊。小惠點點頭。我繼續問她：

「牽牛花和繡球花，妳喜歡哪一邊？」

這次她傻眼地短促一笑：「繡球花。」

太好了。「那……」我接著問。「櫻花和繡球花呢？」

小惠有些受不了地嘆了口氣，又回答：「繡球花。」

太好了。真的太好了。阿嬤會開心嗎？或者會反過來生氣？阿公阿嬤的牌位還在行李箱裡。還是不該在這時候拿出來吧。

我繼續提問：

「紅色和藍色的繡球花，妳喜歡哪一邊？」

這次小惠沒有再回答。沒關係。我想說的只剩下一點點。

「我喜歡藍色的。」

現在窗外盛開的繡球花也是藍色的。然後——

「周防我們家庭院的繡球花，是藍色的。」

小惠深深地吁了一口氣，說：「我記得。我留下妳的時候，也開著藍色的繡球花。」

她的視線終於轉向我了。

小惠微笑著。因為消瘦憔悴，笑容一點都不柔軟。臉頰一動，反而更突顯了凹陷的眼周陰影。

但是她看著我的表情，確實是笑容。

「再多說一點。」

她帶著笑說：

「再多說一點妳喜歡的東西。」

這個問題很唐突，但我的回答流暢得連自己都感到驚訝，彷彿老早就在等待她這麼問，應答脫口而出：

「學校的科目，我喜歡國語的古文。」

嗯、嗯——小惠點點頭，以眼神催促。

「我對偶像和搞笑藝人那些沒興趣，但喜歡看動物影片。特別喜歡看貓的影片吧。」

喜歡的東西，還有——

「甜點只要是巧克力口味都喜歡，正餐的話，連續吃義大利麵一星期也不會膩。」

想到什麼瑣碎的「喜歡」就說出口的話，實在是講不完，因此我只說出我的「最愛」們。

「我最喜歡的人是阿嬤，第二喜歡的是阿公。雖然他們都已經不在了，但我現在最喜歡和第二喜歡的還是阿嬤和阿公，以後一定也永遠都是。」

小惠慢慢地點頭。是鬆了一口氣的動作。

「我喜歡在二樓窗戶呆呆地看著周防的市區，特別喜歡在晚上看新幹線來來去去。」

小惠的眼睛不知不覺間閉了起來。是睏了嗎？或許連睜著眼睛的力氣都沒有了。可是，小惠確實在聽我說話。錯不了，絕對。我有著毫無道理可言的確信。

「我有很多喜歡的東西，實在太多了，不知道該從何說起，也多到講都講不完。」

小惠閉著眼睛，輕柔地一笑，用比剛才更安心的樣子說：

「謝謝，太好了。」

聲音比呢喃細語還要柔軟、淡薄、朦朧。大輔向我使眼色，用動作指示我更靠近一點聽，自己則是後退，把位置讓給我。

我猶豫地朝床鋪走近一步，豎耳細聽。

「……太好了。」

小惠又說了一次。眼睛依然閉著。我把身體探向床鋪，更進一步縮短和小惠的距離。

「妳有那麼多，喜歡、的東西……真的，太好了……」

因為呼吸很淺，聲音變得斷斷續續。與其說是她的聲音傳入我的耳中，更像是我撿拾起一說出口就散落的她的聲音聆聽。

小惠放下肩上重擔了嗎？得知我現在很幸福，她從拋棄孩子的罪惡感當中獲得了救贖——所以才不停地說「太好了」嗎？

我猜錯了。小惠絞盡力氣，深深地吸了一口氣，接著說：

「往後，妳也要有更多、喜歡的東西……有很多喜歡的東西，很快樂……太好了……小遙，太好了……」

她是在為我放心。我有許多喜歡的事物，小惠為我感到欣慰。

她也叫了我的名字。明明相隔了那麼久的歲月，她叫起來卻是那麼自然。就好像叫慣了的、剛剛也才叫過的名字。

小惠張開眼睛了。看到我的臉就在近處，她有些驚訝，但沒有再次轉向窗戶。

「妳剛才叫了我的名字。」我說。

小惠垂下目光，我笑道「不是，我沒有生氣」，接著說：「可以再叫一次嗎？」

小惠看向我：「咦？」

「剛才妳叫我的名字，老實說，我一點都不覺得懷念。但我想往後總有一天，我應該、一定會覺得懷念。所以，請妳叫我的名字吧。」

叫多少次都行——我說。

小遙——

和我親近的人、要好的朋友，每個人都這麼叫我。我也已經完全熟悉這個稱呼，比「小川同學」或「遙香」更覺熟稔，也覺得與自己的距離更近。

但小惠再次閉上眼睛反覆呼喚的「小遙」，和發自其他任何人口中的「小遙」都不一樣。

就好像喉嚨乾渴無比時喝下的運動飲料，從耳朵一路流入心房，最後沁入胸口深處再深處、讓人想問「咦？胸口居然有這麼深嗎？」的地方，徹底滲透後消失，點滴不剩。

好厲害。

不過，這和感動或感激有些不同。說起來，我根本無法回想起以前小惠叫我「小遙」的聲音。如果小惠能變回以前的聲音叫我，或許還能喚起記憶，但現在逼近死期的聲音，聽起來和第一次見面的人沒有兩樣。

可是還是好厲害。

我感覺得到：啊，融化了。

小惠呼喚的「小遙」在胸口深處再深處化開來，在我當中逐漸融化。因為已經變成了我的一部分，所以再也無法取出了，然而千真萬確，小惠呼喚的「小遙」就在我當中。

小遙——

小惠閉著眼睛，聲聲呼喚。她已經沒有連續叫我的體力了。「小遙」與「小遙」之間，拉出了比換氣更長的間隔。

大輔把牆邊的椅子搬到床邊，讓我坐下。我也乖乖照做了。與其說是為了自己，更是因為我站著的話，可能會讓小惠感到焦急。

大輔又向我出示手機的語音備忘錄畫面。是在問我要不要錄音。錄下來的話，小惠的聲音就會永遠——在她死後也繼續——保存下來。

但我搖了搖頭。不必留下記憶也沒關係。「小遙」已經確實滲透在我之中，成了我的一部分。這沙啞微弱的聲音，遲早會在記憶中變得淡薄、模糊，最後被遺忘吧。但沒關係，「小遙」再也不會離開我了。

高中入學考時讀到的參考書上說，學習任何知識，就像是整理腦中的收納櫃。必須在排列方式下工夫，以便隨時可以取出來。

我一直以為回憶也是一樣的。我一直相信人的腦中有許多收納櫃，我們都會在無意識之中依日期排列，或依地點、人物附上標籤，以便可以回想起「那個時候發生過那樣的事」。

但現在我明白了。

化入自己當中的回憶再也無法回想起來，不過它確實就在自己當中。絕對。

這些回憶，在人即將離世，一切都要消失的那瞬間，會離開肉體，和回憶的主人道別。死前看到的走馬燈，或許就是這麼一回事。

小惠的肩膀開始起伏喘氣。她好像很難受。吸的氣很淺，吐的氣很深。我不想再對她造成更多的負擔。

「謝謝妳。」

我對小惠說，低頭行禮。

不是這樣的——我自己也清楚。現在該做的不是道謝，也不是行禮。

「妳叫了我的名字那麼多次，我很開心……真的。」

不是這樣，不對，不是這樣……

小惠張開眼睛，說：

「再讓我叫妳最後一次。」

她轉紅的眼睛逐漸濕潤。「再一次就好，讓我叫妳的名字。」

小惠努力深深地吸了一口氣，然而出聲之前，卻先開始嗚咽了。

「小遙……真的、真的，對不起……」

身體自己動了，聲音也任意溜出口中。

我從椅子上站起來，握住小惠的手，一次又一次地搖頭，說：

「不會的，沒這回事……媽，不會的……」

我終於說出口了。

小惠哭了。乾癟的背顫抖著，語帶嗚咽地交互說著「謝謝」、「對不起」。

不過比起小惠，大輔的哭聲更響亮。

「說得好，惠，說得好……小遙，謝謝妳，我也好開心，謝謝妳……惠，太好了……」

我沉默著，不停地摩挲小惠的手背。雖然胸口灼熱，卻沒有流淚。淚水硬生生地被擋在眼底的邊緣。

腦中一隅還殘留著冷靜。我命令自己必須保持冷靜。

見到小惠，太好了。趕上最後一刻，太好了。我也想要一起哭。要是放聲號哭，一定能用淚水洗去種種疙瘩，了無牽掛地道別吧。

但我定定地注視著疊在小惠手背上的自己的手。如果視野被淚水模糊，那隻手或許會在這時候移位到其他地方去。

只要把那隻手搭在小惠的背上，就能看到她的記憶。

所以我很害怕。

小惠記憶中幼小的我，是有顏色的嗎？那是什麼樣的場面？不一定是幸福的。其他的記憶也是如此。

小惠這輩子就像蒲公英的絨毛，輕飄飄地隨風飄搖。有色彩的回憶全是快樂的，最後的走馬燈就像童話故事般，幸福圓滿地落幕——這才是童話故事。

小惠突然嗆咳起來。她拱起背部，喉嚨發出乾嘔般的聲音。

我連忙撐住小惠的身體，撫摸她的背。即使事發突然，我也沒有忘記命令自己不能停下在她背上撫摸的手。

大輔拿起護士鈴，問：「惠，要叫護理師嗎？」

「……不用，我沒事。」

咳嗽停止後，我也繼續撫摸小惠的背。

我立下決心了。

「我可以問個問題嗎？」

我出聲說，並叫了聲「媽」。第二次的「媽」，比第一次更順暢地說出口了。

「媽……妳有什麼後悔的事嗎？」

小惠想了一下，搖搖頭說：

「哥聽了應該會生氣，但這一路走來，我沒有任何後悔。」

大輔吸起鼻涕，哭著罵道：「妳在說什麼啦，我怎麼可能生氣？」

我繼續上下撫摸小惠的背，接著問：

「妳有什麼不願意想起的事嗎？」

「小遙，現在不是講這些——」

大輔插口，但小惠微笑回答：

「完全沒有。」

明明哭得那麼慘，咳得那麼難受，渾身無力，小惠的表情卻有了神采，聲音也變得清晰。她是在絞盡最後的力氣。

所以我也不再猶豫了。

「妳有沒有現在不想見到的人？」

「沒有。」小惠立刻回答。「如果能夠，我想見一路上遇到的每一個人，向他們道別。」

「妳有沒有怨恨的人？」

「沒有。」她微笑否定。「以前有，但現在沒有了。」

她主動接著說：

「我想一定有人恨我。有許多人到現在都無法原諒我。即使是這樣的人，若是能夠，我想在最後見他們一面……向他們道歉。」

小惠一口氣說完，實在是體力透支了吧，再次嗆咳起來。我撫摸著她的背，等待咳嗽平息，問：「妳現在最想見到的人是誰？」

小惠注視著我，說「當然是妳啊」。

「幼兒園的妳、小學生的妳、國中生的妳……雖然再也見不到我沒看過的妳了……但我好想看看每一刻的妳。」

這瞬間，小惠的身體晃動了。她的身體輪廓暈開來了。是我第一次哭了。終於流下淚來了。我好開心、好難過、好不甘心，但還是好開心，淚水奪眶而出。

扶在背上的手停住了。是哭出來的時候，不小心——不對，我是故意的。

只看短短一秒就好。要是浮現的是難過的回憶，那也沒辦法。

我閉上眼睛。慢慢地、慢慢地，放慢呼吸的節奏。

有個小女孩。是背影。那是放學回家的時間嗎？她在公園裡盪鞦韆，背上的紅色書包時近時遠。沒錯，這是有顏色的回憶。

有個女孩。是背影。是穿著西裝制服的國中生，和穿著同款制服的男生走在一起。女生自在大方，但男生一副不知所措的樣子，留意著並排前進的間隔往前走。也許是第一次約會——不，搞不好女生完全沒那個意思，是男生單相思。兩人的制服是綠底格紋裙和長褲。所以這也有顏色。

有個小女孩。是背影。很小，年紀可能快要上小學，和母親手牽著手走路。可能是一起在唱歌，前後搖晃著牽起的手打拍子。兩人圍著同款白色圍巾。應該是手織的圍巾，十分蓬鬆，看起來很溫暖。也就是說，這也一樣有顏色，是可能會畫在走馬燈上的重要回憶。

我的手又動了起來，再次撫摸小惠的背。我睜開眼睛，抹去留在眼底的淚水。

三個女孩都是背影，看不到臉。也不曉得是幾年前、在哪裡看到的回憶。看著那些女孩，小惠心裡在想什麼？但它們全都有色彩，留在她的記憶中，這樣就足夠了。

小惠的走馬燈裡，絕對不會有讀小學的我或讀國中的我。小惠見不到她最想見的人。

可是，我現在就在這裡。

「謝謝妳想要見我。」

從小惠背上放開的手暖暖的。

3

接下來大輔也加入，一起漫無邊際地聊著小惠從小開始的回憶。

這是大輔提議的。

「惠，妳也知道自己的時間不多了，所以哥也就不避諱了……這種時候，好像最好多聊聊過去的回憶喔。」

似乎就和失智的人接受回憶療法一樣，能夠活化大腦的記憶。

「所以，喏……不是說人要去另一個世界之前，會看到走馬燈嗎？重要的回憶，都會好好地留在走馬燈上。」

大輔提到走馬燈，讓我稍微嚇了一跳。如果說出有走馬燈繪師這個行業，我也有擔任繪師的天賦，大輔會嚇到嗎？還是會擔心我的精神狀況？搞不好會懷疑布萊梅旅程是詐騙集團……

大輔說了很多我第一次聽到的事。小惠也不光是懷念地聆聽，還主動道：「哥，你還記得嗎？」說了一些讓我發笑、吃驚，或是傻眼的回憶。

也許兩人有一半是為了我而說。小惠小時候是怎樣的孩子、國高中的時候是怎樣的——每說一段回憶，大輔就問：「是不是很像小遙？」相反地，小惠回顧過去的自己，便會笑道：「跟小遙一點都不像吧？」

也聊到了許多阿公阿嬤的事。小惠說父母管教很嚴，大輔卻有些不服氣地說：「會嗎？」說起兩人散漫的往事。大輔是個溫柔的哥哥，小惠似乎還是一直對父母懷抱著虧欠吧。

我也是，很想說說阿公阿嬤年老以後的事，但大輔和小惠聊得正起勁，我遲遲難以開口。

不過也沒關係吧。去到另一個世界以後，小惠自己會直接問他們。阿公阿嬤也在等她。搞不好他們現在正在焦急，因為沒想到小惠居然這麼快就要過去了。小惠絕對會被罵——首先是為了她才四十多歲就跑過去而挨刮吧。

小惠的回憶告一段落後，啜了幾口吸管杯中的白開水，操作升降床的遙控器，讓床鋪下降一些。

「我休息一下……」

她喘了幾口氣，把吸管杯遞給大輔，就像耗盡力氣般閉上了眼睛。

「我的事已經說夠了……我還可以用聽的……小遙，告訴我妳的事。」

說完後，她把床倒成了水平。

我覺得自己實在敘述得很拙劣。

只是說自己的事而已——不是摘要課文或翻譯英文，而是本人講述自己的事，應該一點都不困難才對。

然而我卻說得漫無章法、顛三倒四。說完剛進小學時的回憶，接著突然講到考高中前的事。喜歡的料理也是，我說我吃豬排不喜歡配又甜又濃的豬排醬，比較喜歡醬油和白蘿蔔泥……呃，這是現在非說不可的事嗎？

我希望告訴小惠更多自己的事，卻心餘力拙。淨是聊喜歡的漫畫和甜點，儘管心想「不對吧，不應該說這個啊」，卻說個沒完。

這樣的內容就行了嗎？小惠想知道的事、想刻印在記憶裡的事……會出現在走馬燈的回憶……她是不是想要聽到更重要的內容……？

可是小惠一直面帶微笑聆聽。即使眼睛閉著，附和的間隔也愈來愈長，還是笑著回應「天哪」，或是傻眼「真是的」。

然後，就在我的話告一段落的時候，她說：

「小遙……妳早餐都吃什麼？」

連小惠也是，這是非在這時候問不可的問題嗎——？

我沒辦法，只能回答「麵包」。「我都吃吐司，塗奶油、蜂蜜、果醬或橘子醬……最近偶爾也會夾紅豆餡。」

「配菜呢？」

「基本上一定有蛋。水煮蛋或荷包蛋，要是打蛋失敗，就做成歐姆蛋……其他就是炒個菜，偶爾加上湯粉泡的湯。」

真的是微不足道到了極點的瑣事。

但小惠滿意地聽完後，閉著眼睛說：「教妳一個訣竅。」

「……好。」

「煎荷包蛋時，打蛋要貼著平底鍋。」

「是這樣嗎？」

「這樣煎出來的蛋黃就會很蓬鬆。」

小惠就像完成一場大任務般喘了一口氣，笑道：「終於做了像母親的事。」

笑得很開心。看到那張笑容，我也輕鬆了起來。我總算明白了。孩子和母親的對話，即使是——不，正因為是稀鬆平常的事、無關緊要的小事，所以才好。

我突然侃侃而談起來。不考慮時間順序或話題的關聯，剛說完現在的狀況，又接著說到小時候的自己，就像洗牌後翻開撲克牌那樣，想到什麼就說什麼。

不是什麼大事，全是些瑣碎、平凡的小事。有許多若非這樣的機會，早就遺忘許久的事，也有些回憶可能這輩子只會想起這一次吧。

但說著說著，我漸漸開心起來。

敘述回憶，就像是一片片拿起形塑我這個人的拼圖碎片，再嵌回去的行為。即使是無甚特出的圖案或形狀，拿起來仔細端詳，或許每一片都滿令自己喜愛的……

這都多虧了小惠。因為小惠要求「告訴我妳的事」，我才能想起許多回憶，而透過述說回憶，我喜歡上我自己了。

小惠是給了很快就要真正變得舉目無親的我，「愛上自己」這個禮物吧。

我對著閉上眼睛的小惠說個不停。回憶源源不絕地浮現。我想要永遠說下去。

但小惠的體力已經瀕臨極限了。呼吸雖然平靜，但她附和的間隔愈來愈長，聲音也變得和睡著的呼吸聲差不多了。其實，也許她已經沒在聽我說話了。

大輔向我使眼色。我也點點頭，在小惠的耳邊說：「謝謝。妳願意聽我說這麼多的回憶，我好開心。」

結果，小惠的嘴巴動了。

「──咦？什麼？」

我把臉貼到小惠的臉旁，以臉頰幾乎相觸的距離說：

「加油，再大聲一點點。」

小惠回應我的要求，雖然音量只加大了一點點，但已是竭盡全力了。

我聽出她是在唱歌。

小惠在唱歌。

沒有旋律。歌詞也幾乎聽不見。但那確實是歌聲。是我也很熟悉的歌。

小惠隨風飄，悠悠晃搖搖──

家人和朋友調侃幼小的小惠，鼓譟著唱歌。對她過度我行我素的個性和行動傻眼或生氣，而笑著這麼唱。

小惠隨風飄，悠悠晃搖搖——

以前我聽阿嬤說過，幼小的小惠也不曉得到底明不明白「隨風飄」、「悠悠晃」當中微妙的語意，就把這首歌當成自己的主題曲，跟著大夥齊聲合唱，有時還自己一個人唱個沒完，怎麼也不厭倦。

小惠隨風飄，悠悠晃搖搖——

是接近人生最後時刻，只有心回到了幼時嗎？是自由地徜徉在無憂無慮無病無苦的那時候嗎？含淚聽著小惠唱歌的大輔，很快地默默跟著一起唱起來。

小惠隨風飄，悠悠晃搖搖——

歌聲停了。小惠閉著眼睛微笑，嘴巴又微微動了起來。

是新的歌。雖然節奏、旋律相同，但歌詞不一樣。

小遙樂逍遙，高高飛雲霄——

大輔再也忍耐不住，呻吟起來。他帶著嗚咽告訴我：「對啊……小遙還是小嬰兒的時候，惠都會唱這首歌……」

小遙樂逍遙，高高飛雲霄——

小惠抱著我，唱過幾次自己的歌之後，把歌中的主角換成了「小遙」。她唱「小遙樂逍遙」，接著唱「高高飛雲霄」，同時伸直兩手，把我抱得高高的。聽說嬰兒時候的我最喜歡玩這個遊戲了。

小惠的心不是回到兒時的自己，而是回到與我一同生活的那段時光。

淚水泉湧而出，再也遏止不住。我就像個嬰兒般，放聲哇哇大哭起來。

4

小惠就這樣睡著了。護理師到房間裡來，說雖然意識清醒程度逐漸下降，但脈搏和血壓都很穩定，所以一時半刻不會有問題。

我鬆了一口氣。所以——

「那，我要回去了。」我對大輔說。「我已經跟媽道別了，要回去周防了。」

先前我提過一樣的話，因此大輔也有了心理準備吧。他說：「嗯，好。謝謝妳來看她。真的謝謝妳。」

「不會，我才要道謝。能見到媽，我很開心，而且媽說想要見我……我真的很高興。」

媽——我終於能夠自在地說出這個稱呼了。光是這樣，來到這裡就值得了。絕對值得了。連一聲「媽」都沒有喊過的人生，還是太寂寞了。雖然感覺這輩子都沒有機會叫「爸」，不過這就算了。

我的走馬燈絕對不會出現父親。這樣就行了。要是死前冒出父親討厭的回憶，絕對令人氣結，而且如果父親是個超級好的人，沒能見到他就死去，會更讓人扼腕。

「如果快不行了……我當然會連絡妳，但我想是來不及見面了。」

「嗯……沒關係。」

「之後的最後送行，應該只會有我們家的人，妳也要來嗎？」

我想了一下，微微搖頭。

已經道別過了。小惠竭盡最後的力氣，努力讓我聽了小惠和小遙的歌。我想她不願意讓我看到她力盡冰冷的身姿，而我也不想看到。

「或許很不孝，也很自私……對不起。」

大輔彷彿從一開始就知道我會怎麼回答，點點頭道：

「不會，我想惠醒來以後，一定也會說一樣的話。」

妳們是母女嘛——大輔這句話，又害我哭了。

搭公車回到國立站以後，我走到一橋大學。因為我想起星期六第一次到國立來的時候，大輔告訴我的事。

校外人士也能自由進出的校園，是小惠喜愛的地點，她好像經常推著嬰兒車在裡面散步。即使我自己沒有記憶，小惠一定也曾在這裡唱過「小遙樂逍遙，高高飛雲霄」吧。

因為是平日傍晚，校園裡行走的幾乎都是學生，但能零星看到像是附近住戶的人，也有帶著幼兒的母親。

我坐在長椅上，眺望校園的景象。校舍都很舊了，十幾年前小惠和我散步那時候，應該也差不多吧。還有許多騎自行車的學生。這應該也和以前一樣。

沒有任何記憶。但十幾年前，我確實看過這片風景。即使現在回想不起來，或許也會出現在走馬燈裡。

手機收到了簡訊。

是葛城傳來的——

〔就在剛才，下午四點三十五分，村松光子女士安詳地永眠了。最後她讓達哉先生握著手，在趕來的孫子們守望下，沒有痛苦地離世了。〕

讀完後，接著又收到一封簡訊。

〔雖然有些老王賣瓜，但我覺得村松女士是含笑離世的。〕

這樣啊，我坐在長椅仰望著向晚天際。東京比周防東邊許多，因此太陽下山得也快。天色變暗了一些。但是，在西沉的夕陽目送下，以最先出現的金星為目標，升天離世，感覺也很不賴。

沒有人能確定光子看到了什麼樣的走馬燈。刪除了所有悲傷的經歷，留下周防熾烈的不倫戀回憶，但保留了因此永遠背負的罪惡感——是否變成了如同要求的走馬燈，達哉這些被留下來的人，只能相信。

這實在是可疑到家的職業。雖然不曉得達哉總共付了多少錢，但想想只是讓村松母子小住一星期就拿到的謝酬金額，想必價碼應該不是一般人能輕鬆委託得起的。若說幾乎形同詐騙，或許如此。如果質問這跟索取鉅額捐款引發問題的宗教團體有何不同，也許難以開脫。

不過，我相信、認同走馬燈繪師。我覺得走馬燈很重要，而且如果小惠的病況奇跡似地恢復過來，還能再活上一個月，也許我會懇求社長或葛城，請他們讓我用盡可能長的貸款，為小惠修改走馬燈……還是不會？

收到第三封簡訊了。

〔達哉先生直到最後，都不停地對光子女士說「謝謝」。我認為這不光是表達感謝，也協助光子女士卸下了長年背負的重擔。〕

嗯、嗯、嗯，我邊讀邊再三點頭，最後——

〔這次謝謝妳的大力協助。那麼，回頭見。〕

比起形式化的感謝辭句，我更珍惜那句「那麼，回頭見」。

聽到了小朋友的笑聲。一個小女孩正被母親舉起來玩飛高高。

小惠隨風飄，悠悠晃搖搖——

我忽然想起了蒲公英的絨毛。

布萊梅旅程的社長告訴我蒲公英的事時，我也想起了這首歌。這次我反過來，把蒲公英重疊在歌上。悠悠晃晃地乘著風，無依無靠，但自由自在地……飛向遠方。

小遙樂逍遙，高高飛雲霄——

這也很像蒲公英的絨毛。對著懷裡的我唱這首歌，最後用雙手把我高高抬起……總覺得這也很像社長告訴我的，幸福的人生結束。

臨終的瞬間，全盤接納自己的人生，緊緊地擁抱，接著展開雙手，把它放向天空——

社長的話再次沁入心胸。光子也是如此嗎？如果真的是這樣，那就太好了。很快地，我的母親就會追隨她似地——

小惠隨風飄，悠悠晃搖搖，高高飛雲霄——

她將從生病的肉體解脫，飛向遠方……如果融入藍天，只要像這樣抬頭一看，我隨時都能見到小惠。

我把目光從天空拉回來，尋找剛才的母女，但原本在那裡的兩人已不見蹤影了。

尾聲

「那，妳幾乎沒看到妳媽的過去？」

自裕驚訝，傻眼。

「都特地去到醫院，明明機會多得數不清，還實際把手放到背上了……卻什麼都——」

「我沒看。」

我斬釘截鐵地說。

「啊，既然這樣，趁妳媽還在的時候，再去一次東京——」

「我不會去東京，也不會去見她。」

「這跟妳昨天不理我的LINE有關嗎？」

「不好意思，我可以原話奉還嗎？」

昨晚十點十五分，自裕傳LINE問：〈怎麼樣了？〉

但我也同樣在晚上十點十五分傳訊息問：〈怎麼樣了？〉

自裕以些微之差早我一步，但訊息幾乎同時變成已讀。我打算等自裕回覆之後再說我的情況，但自裕似乎也是一樣的打算，等著等著，變成兩邊都在逞強，最終彼此已讀不回地過了一晚。

結果我們再度上演了星期一早上的戲碼，相互回覆對方的「怎麼樣了？」。我們在上課前的教室陽台猜拳，這次我輸了，說了跟小惠重逢的情形。

「那，妳不想要知道妳媽的事嗎？」

「與其說不想知道，是覺得不用知道也沒關係。」

「為什麼？」

自裕焦急地問，打斷我的回答，接著說：

「知道妳媽的人生的人，不是只有妳媽自己嗎？她沒有家人，跟朋友也都斷絕往來了，妳舅舅也不是知道妳媽全部的人生吧？」

「嗯，不知道的應該比較多。」

「還有，她沒留下任何東西的話……如果不趁現在看看她的記憶，有些細節不就永遠都不知道了嗎？」

我輕輕點頭說：「這樣就好了。」

「可是萬一後來又想知道，那怎麼辦？」

「我覺得不會，就算真的想，那也是沒辦法的事。」

不是逞強，也不是冷漠，這是我坦然的感受。小惠的人生，應該經歷得比別人更多。那些內容，大概不全是快樂的事，也有不想讓我知道的事吧。所以我決定，就讓它只屬於媽一個人吧。

「小惠一直是個神祕的存在，所以我覺得往後也保持著謎團和祕密，比較適合她。」

「妳絕對不會後悔嗎？」

「也許會，不過就算後悔也沒關係，沒問題。」

自裕歪起頭說：「唔……要怎麼做是妳的自由啦。」然後打起精神來，笑道：

「不過，我好像也可以理解妳的感受。」

「是嗎？」

「我也不會再去看我爸的記憶了，也不會看我媽的。」

因為太可怕了——自裕搞笑地哆嗦了一下，開始說起自己的「怎麼樣了」。

自裕和父親在羽田機場的接機大廳碰面。

開車載自裕去機場的社長簡單地向父親致意後，直接轉身就走：「那我告辭了。」

快到來不及挽留。他大步流星地走掉，一眨眼就混進大廳的人群裡，看不到背影了。

「一秒就不見了。社長不是很高、氣質也很特殊嗎？有種詭異的氣場……」

就算遠遠地看，應該也十分醒目。然而他一走進人群裡，卻瞬間消失無蹤，找不到在哪裡了。

「真的就像神隱一樣。」

「啊，可是那種感覺，我好像懂。」

自裕也望向校舍下方，說「搞不好混在高中生裡面也會消失」。上課鐘就快響了。校舍樓梯口擠滿了在遲到前一刻穿過校門，滑壘成功的學生。

「就算只有社長一個人穿西裝，其他人都穿周高制服……他也能鑽進死角或盲點，突然消失不見。」

那個社長的話，感覺真的有可能做到。

總之，自裕和父親被丟在大廳，一籌莫展。

「突然只剩下我跟我爸……真不曉得該從何說起才好呢。」

父親也是一樣。他的眼神浮躁地游移，說著「東京好悶熱」，或「飛機上的人比想像中的還要少」，只是站著講些無關緊要的話。

回程的機票，社長幫他們訂好了。自裕是在傍晚五點多，在接機大廳和父親會合，回程的班次則是羽田起飛，七點整的班機——考慮到登機手續的時間，只剩一小時左右。沒有選擇更晚的班次，也許是社長的訊息。

「要不要去觀景台？」

自裕提議。與其找家店坐著，在外頭比較好開口，也不必面對面。

這個決定是對的。一走出觀景台，視野一下子開闊起來。甚至能遠遠地看到化為剪影的富士山，而且還能看到飛機起飛降落，或是在地面移動、卸下貨櫃、裝上梯子……等等。因為總是有東西在活動，即使坐在長椅上，也不必擔心視線不曉得該往哪裡看。

「比起我，我爸更是鬆了一口氣。」

這時，上課鐘響了。

我和自裕對望，彼此輕輕點頭。

我們從陽台返回教室，就這樣若無其事地出去走廊。為了默默地強調「我們有校務在身」、「是老師拜託我們做事」、「我們是值日生」，刻意平靜地走著。和前往各間教室的老師擦身而過時，還打招呼說「老師早」。

去體育館吧。好啊。我們交換眼色，經過穿廊。接下來是班會時間，體育館應該沒有人。下樓的時候，班導園田正從樓下走上來。班導的話，實在騙不過去。而且我們兩個昨天都沒來上學。

不出所料，園田老師開口：「嘿，小川、北嶋，你們要去哪裡？你們昨天也沒請假就沒來學校──」

我們再次迅速交換眼色。

「不好意思，我在找東西，先離開了！」

我先往前衝去，自裕也抱著肚子跑掉說：「我拉肚子！要去廁所！」

如此這般，我們在無人的體育館觀眾席繼續未完的話題──

因為在長椅相鄰而坐，緊張稍微舒緩了些，但遲遲難以進入正題。父親說「聽說羽田機場幾乎都是填海建成的」、「那邊那座山就是富士山嗎？意外地很近呢。要是噴火，東京就慘了」，淨說些比在大廳時更言不及義的內容。

不過，這其實讓自裕覺得很開心。

「小遙妳也知道，我爸這人很一板一眼，不管做什麼都要先規劃好才會行動。做得到的事，他能做得完美無缺，但做不到的事，根本從一開始就不會做，而且總是很冷靜。所以，這是我第一次看到他這麼焦急、不知所措。」

為了自己，父親臨時向公司請假，甚至跑來東京，還如此苦惱，真是太抱歉了，自裕心想。然而另一方面，他也有著相反的念頭。

「我害我爸困擾了。我爸為了我而頭痛，為了我而煩惱。這……怎麼說，不是很讓人開心嗎？」

就在這時，自裕收到葛城傳來光子阿嬤過世的通知。內容和我在一橋大學校園時收到的一樣。

「我也把這件事告訴了我爸。比前天更詳細地說出光子阿嬤和達哉先生的事。」

自裕、我和葛城看到光子阿嬤及達哉的記憶的事，也都一五一十全說出來——

「看到別人的記憶、修改走馬燈的畫面那些……雖然比前天說的時候好一點，但老實說，我爸連半信半疑都不到。」

「就是呢。」我也點點頭。

「可是我爸好好地聽我說了。」自裕開心地說。「他沒有打斷我，或是敷衍地應聲帶過，從頭到尾認真地聽我說。」

達哉沒有留下遺憾，為母親送了終。

自裕讓社長和葛城帶著，前往看護大樓，達哉在走廊迎接他們。當時的狀況，自裕並沒有詳細告訴我。

「達哉先生真的帥呆了。不是說他長得帥，總之他的神情棒極了。」自裕覺得，愈是想要詳細地說明，反而會沖淡那種帥，所以無法說得更多。

「不好意思，我國文很爛。」他道歉，但我完全理解他想要表達什麼，更明白他不想勉強描述無法言說的事物的心情。

社長和自裕在走廊和達哉打過招呼後，就立刻前往羽田機場，因此光子阿嬤臨終時，只有葛城在場。沒能看到最後一刻，自裕一開始有些失望，但走出看護大樓，仰望藍天的瞬間，他說他茅塞頓開，覺得：就是啊，嗯，就是啊。

「不好意思，這個我也不太會解釋。」

——無法訴諸言語的事變多，是不是意外地滿不錯的？

聽完這件事，父親深有體會地點了個頭：「這樣啊……那太好了。如果為母親送終的兒子留下後悔，最難受的會是母親。」

「那——」

自裕忍不住開口。他猶豫著，這可以問嗎？還是不該問？但是和父親四目相照，他反而立下了決心。

只能說了。只能問了。而且如果不問出口，就沒有兩人私下獨處的意義了。

「爸呢？」

「……嗯？」

「爸……沒有後悔吧？」

對裕的事——

「和哥道別的時候，爸跟媽雖然也很難過，但沒有後悔吧？因為你們在醫院已經盡了力，雖然哥的病沒能治好，但你們好好疼愛過他，為他做了一切能做的事，所以沒有後悔吧？」

自裕問，內心祈禱一定要是如此。

可是，父親的眼睛盯著起飛的飛機，說：

「有太多後悔了。」

父親的下巴隨著逐漸高飛的飛機抬起。

「數都數不清。」

他繼續看著飛機。伸長了背和脖子，扭轉身體。

「失去孩子，父母不可能沒有後悔……」

最後幾乎是背對自裕了。

自裕沮喪萬分，注視著拖車拉著許多貨櫃從停機坪開往航站大樓。父親的口吻不到斥責那麼強烈，但因為沉靜，反而更滲透出悲傷與寂寞。

但飛機遠離後，把身體轉回來的父親一吐為快似地嘆了一口氣。可能是胸中的疙瘩消除了，接下來他主導了對話。

「或許順序顛倒了，不過謝謝你。」

父親向自裕道謝。感謝他看了自己的記憶。因為自裕看了他的記憶，他得知自己留下了許多過世的裕的回憶。

「要是才過個十幾年，就忘了三歲死去的孩子的事，我就沒資格當父親了……太好了，我鬆了一口氣。」

自裕不知該如何回應，正沉默著，父親突然向他低下頭。父親雙手放在腿上，深深彎下身體。

「對不起。」

這回，他為了自己留下許多裕的回憶而道歉。

「我現在就只有你這個兒子，卻忘不了裕……對不起，真的對不起……」

聽到這話，自裕語帶苦笑地說：

「爸在說什麼啊？」

變成了這樣的表情和語氣，連他自己都感到意外。

「我還滿成熟的喔。」自裕對我說。「覺得好像一瞬間跟我爸成了朋友……」

自裕用那種表情和語氣，對著父親的側臉接著說：

「爸在說什麼啊？這完全沒什麼啊，當然沒關係啦，完全反了吧？道歉的時機跟地點，不是現在吧？要是爸忘了哥，才應該向我道歉吧？對吧？因為如果爸跟媽不記得哥，我對哥就一無所知了……」

「我不可能忘記。」父親也笑著說。「怎麼可能忘記？我可是他爸啊。」

但父親的聲音很快便苦澀地沉了下去：

「可是，我對不起你……」

自裕搖搖頭：「我才要說對不起。」

「沒這回事，是我對不起你。」

「對不起，我任意看了爸的記憶，還說了出來。」

「不用道歉，別再說了，要道歉的人是我。」

「隨便偷看，看了別說就好了，可是我是個大傻瓜，所以跟爸說了，害得爸這麼痛苦，我超後悔的。」

「沒關係啦，那些都過去了，是我不對，該道歉的是我，對不起，真的對不起……」

「對不起，真的，對不起……」

就在兩人的「對不起」同時打住的瞬間，彼此對望——

露出似哭似笑的表情來。

「那個時候，我想到，」自裕對我說。「我跟我老爸長得滿像的呢。」

我傻眼地笑了出來：

「你現在才發現？」

「發現什麼？」

「你是像你爸。比起你媽，你更像你爸。眼睛尤其一模一樣。」

我從小就一直這麼覺得了——我補了一句。自裕變成瞪眼比賽即將落敗前的表情。

笑吧，自裕——！

「欸欸欸，」我起勁地說。「回程的飛機，你有喝玉米濃湯嗎？」

自裕用力拍膝：「對對對，我有喝！超好喝的！」他笑得臉都皺成了一團。因為眨眼眨得太大力，眼角擠出了淚光。你真的很不會掩飾耶。

「那你有續杯嗎？」

「哦，這件事……妳要聽嗎？」

「你說吧。」

「我一開始就決定要續杯，所以雖然很燙，但一下子就喝光了。然後我立刻要了續杯。」

「那不就好了嗎？」

「可是我第二杯也一下子就喝光了，想要再續一杯，卻被我老爸制止了。他說不可以這麼貪得無厭，丟臉。他真的就是愛面子……」

我心想，是不是差不多該跟他說了？

本人或許沒發現，但從剛才開始，自裕就用「老爸」稱呼他父親。明明以前對我提到叔叔的時候，他都說「我爸」的。

如果告訴他，他會開心嗎？還是會害羞？或是惱羞成怒？或者是……

還是別說好了。

幼兒園老師說，不可以弄哭朋友。我相信，遵守這一點，就是友誼的第一步。

小惠在隔週的星期三早晨靜靜地離世了。

見過我之後，又撐了超過一星期。她的努力，連醫生都感到驚訝。但她沒有任何痛苦的樣子，只是昏昏沉沉地睡著。

「這段期間，她一定一直在做著漫長的夢吧。」

大輔打電話通知我小惠的死訊，以豁達的聲音這麼說。

「她是不是在夢裡重新經歷了實際上沒有發生的、養育妳的時光呢……？」

小惠的睡容一直很平靜，還不時露出微笑，就這樣啟程前往另一個世界了。

「因為她見到妳了。多虧妳特地從周防到東京來看她。小遙，妳為不曾盡過母職的妳的母親，盡了最棒的孝行。」

謝謝妳——大輔再三道謝後，問我接下來的後事處理。

「火化之後，直接送到靈園合祀。這樣就行了嗎？」

沒有告別式。我不會見到小惠的遺骸或骨灰。

「對……麻煩了。」

我毫不迷惘地說。

「今年的盂蘭盆節，會是阿嬤和惠的初盆，我會回去周防一起請人誦個經，不過暑假的時候，妳有辦法來東京嗎？如果妳願意，來東京給惠上個香——」

當然，我打算過去。我也想在布萊梅旅程多瞭解一下走馬燈。

到時自裕應該也會在辦公室。暑假期間，他會去打工見習——這次是在父母同意的情況下。不知道兩人相信了多少走馬燈的事，但他們相信自裕說的「我想進那家公司工作」的認真度。

我也是——將來的事，比起對佛壇裡的阿公阿嬤報告，還是跟天空上的小惠說好了。小惠絕對會說「好啊，妳愛怎麼做就怎麼做吧」。我盡了孝。做為回報，也請小惠當個理解孩子想做的事的母親吧。

我們或許是在結束之後，才終於成了母子。

小惠是在七月七日，也就是七夕過世的。

每年，周防都會以這天為中心，舉辦七夕祭典。主會場是曾經和村松母子一起散步的銀天街。七月上旬，梅雨季還沒有結束，因此七夕經常碰上雨天。但銀天街是拱廊街，能夠不受天氣影響，進行布置。商店街陳列了許多大型竹子裝飾，掛著市內幼兒園及小學生寫的願望紙條。旁邊也擺上了桌椅，讓往來的行人自由地在紙條寫上願望，掛到竹枝上。

雖然熱鬧，但這並非什麼歷史悠久的傳統。只是商店街的促銷特賣會擴大版，或是一種商業噱頭……據說是從一九七〇年代前半開始的。

老一輩的人，對這個活動不甚苟同。因為周防原本是在舊曆七月，也就是現在的八月進行七夕竹子布置，縣內也是以慶祝舊曆七夕為主流。然而，卻因要和銀天街拱廊街的落成活動掛勾在一起，硬是把活動挪到七月，有這樣的一段經緯。

實際上，阿公阿嬤也老是埋怨「何必挑在梅雨季辦什麼祭典」、「不要都配合銀天街決定好嗎」，但直到大輔上國中以前，好像每年都會全家一起去逛銀天街。當然，年幼的小惠也會跟著去。

一九七〇年代前半的活動的話，光子和達哉應該也去過吧？我相信一定有。

我在太陽西沉前一刻走出家門。天空很晴朗。牛郎和織女也能夠相會吧。

我和幾個朋友換上浴衣，搭公車去銀天街。公車上的話題，全是自裕的事。自裕參加了在特設舞台舉辦的「周防精釀汽水暢飲大賽」。參賽者必須一口氣喝光用當地的地下水和蜂蜜、柑橘類釀造的汽水，比賽誰最快喝完，並且在喝完後十秒內打嗝的話，就算失去資格……雖然有些幼稚，很像小學生的活動，但自裕在昨天的預賽中以第三名晉級，成為冠軍候補的黑馬。

好像有二十個周高的男生，還有他父母會去幫他加油，所以我就不再錦上添花了——不過，加油啊，自裕！

即使是愈來愈多店家鐵捲門深鎖的銀天街，唯獨在七夕祭典期間，也顯得熱鬧非凡。以前好像人潮會多到甚至無法筆直前進，還有扒手出沒。如果城市也有走馬燈，一定會懷念地描繪著當時的盛況。

當年，光子在七夕祭典的夜晚，和誰走在這條路上呢？雖然人口比現在更多，但這裡是個小地方，沒辦法跟不倫對象的所長正大光明地走在街頭吧。感覺也不太可能跟正值高中青春期的達哉一起出門。

若是能夠，真希望符合七夕節日，是一個人外調的征二回來，一家人睽隔許久地團圓上街。

當然，即使現實中真的有過這樣的事，那也是未被畫在光子阿嬤的走馬燈上的事。不過，也許出現在征二的走馬燈上了。這部分的差異，正反映了夫妻、家人、人類這種生物的複雜和有趣嗎？達哉應該會在幾十年後看到的走馬燈，將是如何呢？若是留下了久違重遊周防的回憶，我會很開心。我和自裕也會登場嗎？

銀天街的前面，有個小女孩讓爸爸揹在肩上。身材細瘦的父親似乎揹得有些吃力，但小女孩不以為意，伸手想要去構頭頂的竹葉飾品。

小惠的七夕是怎麼過的呢？

她這個人平常就是「悠悠晃搖搖」，所以七夕祭典的夜晚一定險象環生。阿公阿嬤應該從頭到尾都提心吊膽：「危險！不可以去那邊！」、「不要唱歌了，走路看前面！」大輔則會說：「惠，牽著哥哥的手！」小惠安安分分地走了一會兒，但很快又發現感興趣的東西，放手往那裡跑去……搞不好還曾經走失。

若是小惠今早剛看到的走馬燈裡有這樣的場面，我也會很開心。

希望小時候的我也有登場。

如果在「國立拉帕切」見到的我，也被畫在走馬燈上的話——

能見到母親，真的太好了。

逛過銀天街一圈，我們前往寫紙條掛上竹枝的活動區，每個人各寫了一張。

朋友的願望不是考試、社團活動就是減重，但我猶豫之後，寫了這樣的內容：

〔飛向遙遠的布萊梅！〕

朋友們噓聲大起：「莫名其妙」、「『遙遠』是指小遙的名字嗎？」「布萊梅是什麼去了？泡麵牌子？」但我才不管那麼多。我「嘿嘿」一笑帶過，把紙條掛到竹枝上。

格林童話《布萊梅的音樂隊》裡，動物們沒有抵達布萊梅鎮，但故事圓滿落幕。

小惠的人生也是，隨風飄盪，悠悠晃晃。即使她未能走到遙遠另一頭的布萊梅鎮，若是能用飛的過去就好了。

我對著竹子裝飾合掌膜拜。「七夕要拜拜嗎？」朋友們很吃驚，但我沒理會，閉上眼睛，慢慢地行了個禮。

回到家，我立刻換掉浴衣。因為正值梅雨季，入夜以後濕度依然很高。浴衣看上去涼爽，但穿起來意外地悶熱。

在放洗澡水時，我出去庭院納涼，收到自裕的LINE訊息。

在汽水暢飲比賽中，他在喝光的速度奪得頭籌，但八秒後忍不住打嗝，功虧一簣地失去資格。

〔不過，這是絕對會留在走馬燈上的名場面。〕——我覺得不要把走馬燈額度浪費在這種地方比較好喔。

由於還是每小時會有好幾班新幹線經過的時間，因此光是盯著東西向穿過周防市街的新幹線，就令人百看不厭。比起為了停靠周防站而慢速行駛的列車，化成光帶飛竄而過的、不停靠的列車，更讓人看了心頭雀躍。我果然也是會飛向遠方的那種人吧。

廚房傳來通知浴缸熱水放好的鈴聲。

我正要返回客廳，卻發現室內燈光照不到的庭院草叢裡，浮現了小小的光點。

是黃綠色的光。

並非大放光明，而是像呼吸一般，反覆地時暗時亮。

是螢火蟲。附近沒有其他夥伴，就只有牠自己孤伶伶地亮著。

螢火蟲的季節是五月半到六月，因此七夕前後難得一見。是這隻螢火蟲太長壽了嗎？或者牠是太慢從幼蟲蛻變為成蟲的悠哉傢伙？後者比較好。

悠哉的螢火蟲輕飄飄地飛起，拉出一條光絲。

牠左搖右晃，飛得很沒把握，光點也隨之左右擺動。

所以，這隻螢火蟲是——

光慢慢地愈飛愈高。草叢只到我的膝蓋高度，但光很快地就超過我的身高，超過屋頂，朝夜空升去。

悠悠晃搖搖。

搖搖晃悠悠。

實際的螢火蟲光早已沒入夜黑之中不見了，然而看不見的光沁入我的眼中，讓我的視野變得一片水融融。

我朝著夜空揮舞雙手。

融入看不見的光的淚水，每次眨眼，便化做無數的水滴、化成星星……

夜空上，現在正高懸著銀河。

（全書完）

遙遠的布萊梅

作　　者　重松清 Shigematsu Kiyoshi
譯　　者　王華懋
責任編輯　杜芳琪 Sana Tu
責任行銷　朱韻淑 Vina Ju
封面裝幀　Bianco Tsai
版面構成　黃靖芳 Jing Huang
校　　對　葉怡慧 Carol Yeh

發 行 人　林隆奮 Frank Lin
社　　長　蘇國林 Green Su

總 編 輯　葉怡慧 Carol Yeh
日文主編　許世璇 Kylie Hsu
行銷經理　朱韻淑 Vina Ju
業務處長　吳宗庭 Tim Wu
業務主任　鍾依娟 Irina Chung
　　　　　林裴瑤 Sandy Lin
業務秘書　陳曉琪 Angel Chen
　　　　　莊皓雯 Gia Chuang

發行公司　悅知文化　精誠資訊股份有限公司
地　　址　105台北市松山區復興北路99號12樓
專　　線　(02) 2719-8811
傳　　真　(02) 2719-7980
網　　址　http://www.delightpress.com.tw
客服信箱　cs@delightpress.com.tw
ISBN　978-626-7721-07-0
建議售價　新台幣399元
首版一刷　2025年6月

國家圖書館出版品預行編目資料

遙遠的布萊梅／重松清作．-- 一版．-- 臺北市：悅知文化精誠資訊股份有限公司，2025.06
432面；14.8×21公分
ISBN 978-626-7721-07-0（平裝）

861.57　　114006237

建議分類｜文學小說．翻譯文學